自然流淌

LET IT BE

童麟◎著

U0824606

中国法制出版社
CHINA LEGAL PUBLISHING HOUSE

童麟，籍贯湖北武汉，1954 年 2 月生于四川省长寿县（现重庆市长寿区），在酉阳县龙潭镇长大。曾插队当知青，就读农校，历经 30 多年为政生涯。20 世纪 80 年代初在《乌江文艺》《黔江文艺》发表过短篇小说，退休后开始在《作家视野》发表散文。

心安之境

—读《自然流淌》

杜亚敏[①]

读童麟的作品《自然流淌》，有思考，有感动；读完，回味有时，共鸣甚深，不知不觉中生出“跟着走了一路”的感觉。这感觉竟不吐不快。

退休后，作者花了两年多时间，让几十年的所作所为、所思所悟自然流淌，把这几十年重走了一遍。

作者所叙，有儿时的记忆和青少年时的回忆，有初入职场的记录，有官场生活的再现，有不同角色的思考感悟，有叩问良心的灵魂对话……每一段写来都有丰盈精彩的故事。这些复杂又简单、严肃又幽默的故事，吸引读者与作者一起感受生活中的喜怒哀乐，一起体验生命中的起伏跌宕。

作者出生于20世纪50年代。这群人经历过特殊的年月，也就留下了特别的回忆和记录。作者笔下一个个人物和一段段故事，从

---

① 管理学教授、法学副教授、硕士生导师、高级工程师、高级咨询师，本书作者发小。

一个侧面，不经意再现了中华人民共和国成立以来不同时期的社会进程和历史转折，也吸引读者和作者一起，重新去感受过去的时代脉搏和历史气息。

作者幼年时候的记忆里，留下了迁徙，就读，饥饿，患支气管炎，积肥，学习雷锋等经历。那些年月，生活很不容易，但民风淳朴，人际关系单纯，社会风气良好，物质匮乏却精神丰富。我读出了很多美好，也被引发出许多快乐的回忆和留恋。

作者刚刚进初中（尽管是个“耕读班”），还是个少年就遭遇“文化大革命”。他心里充满疑虑和迷惑，充满无学可上、无书可读不知前景的茫然；刚刚跨进青年的门槛，又该下乡当知青了，日出而作的劳动周而复始不见出路却又别无选择的无可奈何，我感同身受。

在关于知青生活的记述中，作者用不少篇幅，记录了当地乡间单一却不简单的文化生活：自由发起的山歌对唱，情歌对唱，出嫁哭歌，以及建房福词诵说……通过那些热闹喜气的场面，把当地当时的风土人情、民俗习惯，极具现场感地展示在读者面前。那些连唱带吼的调门、妙语，适时应景，自由奔放，经过收归整理，粗犷中竟也有几分雅逸。你会感到那个特殊的时期，底层民众就是这样在物质匮乏的生存环境里坚韧不弃，生生不息，传承并丰富着重实的乡土文明，即使今天我们读来，也惊叹源于生活高于生活的本土原生、民间原创的艺术经过世代积淀是那么富有感染力！每一个接触到它的人，都会被它强盛的生命力击穿心的硬壳，全身心融入其中，当年的知青也被感染被“裹挟”进去了。

作者在这“陌生的环境里”，从筋骨到思想都经受了严苛艰苦的磨砺，积累了最初的生活经验和社会体验，对形成他的阶段性人格产生了非常重要的影响，可以说这段知青经历在很大程度上促使他成为有能力有觉悟守护自己根性的人。

育成作者人格的还有家庭教育，这无疑是更加重要的因素。

儿时，作者的家庭跟千千万万个家庭一样，父母的收入低，又是多子女。但这是一个物质上贫困却充满爱和温暖的家庭。这份爱和温暖，在少年时期是化育一个人性格、树立价值观、人生观、爱情观等诸多内在东西的重要营养基，并无形中形成了一个人在诱惑面前会做出何种行为的道德标尺。

让我感动的事件之一是作者让出考中专的机会。这既是家庭教育的浓缩，也是作者在知青年代自身成长的典型事例之一。

要不要让出推荐考中专的指标，这个问题对于没有什么强势背景的知青而言，这相当于选择一生的走向，甚至可以说就是选择命运！作者的母亲，一个饱经生活磨难、没上过学的女性，家里还有两个儿子没就业，可她竟然能够不犹豫地支持儿子选择让出指标，这是何等伟大的母亲！

家庭教育的质量在这些关键时刻显示出它的非凡价值，影响尤其深远！一个物质贫乏但却充满爱和温暖的家庭，一位宽宏大度善良的母亲，这样环境里育成的孩子，自然能够以一颗温暖柔软的心待人、待世界；面对再大的苦难，都不会堕落，面对再大的诱惑，都不会迷失。事实上，这也影响着作者的一生。

经过一段时间的“蹉跎”，作者进入政府部门工作。在这以后较长时间里，从专业部门到综合部门，从技术干部到行政官员，在政府机关任职，一干就是几十年。行政工作经历的丰富和复杂磨砺着也考验着这个年轻人。

这个阶段正是社会处于激烈变革的时期，社会热点或短或长不断轮现，各种利益格局总在不断打破和重组中，从而形成各种各样的矛盾。有些矛盾甚至以极端的方式存在着。领导干部总处于矛盾的焦点，角色决定了你不能逃离不能躲避不能推卸，越是这种时候，领导干部所起的作用越是明显。这些矛盾时刻左右着领导干部怎样用对、用好手中的权力，人们也通过领导的实际行动来评判他究竟是一个什么样的人。

作者当然时刻都在表达着和被评判着。回忆录中故事很多，我只说两件事情。

第一件事情是作者处理的某次上访事件。作者对上访群众真诚相待，请上访代表入座自己的办公室（后来又主动请整个上访人群一起到办公室），诚恳地听他们说明缘由，表达诉求，并就解决问题的原则、程序表态，之后调研解决。而作者这种做法被个别同行认为大可不必，认为作者允许上访代表甚至全体上访人员入座办公室的做法是对上访群体的放纵和鼓励性暗示，对后来处理此类事情开了个不好的头，会带来后续的麻烦等等。然而，我却由此看到干部队伍里还有很多这样接地气的干部，能够以民为本，站在群众立场上处理问题，是以解决问题为原则而不是以避免麻烦为导向。在我看来，这样的做法就是服务。

第二件事情是行政区划调整时作者的做法。通常，大的行政区划调整必然伴随机构变化、人员洗牌。对于很多人而言，可能是一个进步的机会，但同时也是一个考验人格，反映人品，展现一个人的价值观的时刻。这种时候，很多有关人员都面临何去何从的选择，此时的表现，一定程度上会把人赤裸化。而作者作为在主要领导身边工作的班子成员，放弃主动争取，放弃与人相争，服从组织安排，同时也不惧承担重担，在我眼里，这是一种自主、自在、自信的选择。这样的选择基本体现了作者的人格，支持了他的价值表达，符合他的世界观、权力观。

这两件事情，上访是处理他人的问题，选择岗位是处理自己的问题，作者的处理都与众不同。作者有此定力，这跟家庭教育密切相关，与他的成长过程一脉相承。作者此前所有的经历和磨难都化入心骨支撑着作者与自己相处，与社会相处。所以作者从政多年依然能够不忘初心，坚守着自己那一份与众不同。

一个有故事的人总是要经历很多事情。这部作品里，作者奉献给读者的都是自己印象比较深刻的经历，所涉及的编撰不出来的细节，带着时代的印迹，以其温暖的文字溢泄着魅力，吸引着读者与他同行。时间在文字间荡开，我们随之起伏漂移，有感如境，体会着作者的体会，感受着作者的感受。

我们感受到，作者为了避免个别部门的决策产生大的损失，冒着极易触及犯上之“红线”的风险，竭尽全力斡旋的辛劳和焦急；同时也感受到成功带来行业发展、队伍稳定、干部团结的新局面之后作者的那份轻松和快乐。

感受到作者为了启动一项利民工程忍受着周围部分人群、业内部分上下的误解和冷言冷语，大胆坚持，敢于担当的悲壮；同时也感受到当项目走上正常运行轨道，推动并引领整个行业又好又快地发展，走在全国领先地位时作者的那份放松和喜悦。

感受到作者在处理一些依法办事意识欠缺导致的经济纠纷时的叹息和无奈，也感受到作者透过现象对问题深层次反思和诘问的深深痛苦……

作者所叙都是亲身经历。一个有思想、勤于思考又有社会责任感的人，正是通过这些浓缩的经历，从一定的角度对当代社会人类的相关问题进行系统观照、整体反思和普遍诘问。本书中，尽管作者仅仅是蜻蜓点水式的描述，让经历本身说话，却是震撼读者的冲击波。

《涪陵蹲点》《垫江住队》反映了那一时期农村基层的政治生态和基层干部的工作场景。那时，基层的运行模式和节奏，人们的思维习惯和工作作风，不同人的个性特征，人与人之间的关系，社会肌体与精神思想的摩擦和磨合等方方面面都显现出明显的时代烙印。作者娓娓道来，看似依稀轻淡，文字间却释放出一股强烈的代入感让读者走入历史的回望。

《新来的年轻人》《县府办秘书》《党校学习》则点滴再现了国家历史转折过程中特别是改革开放初期人们的思想状况、精神面貌的变化。那个阶段，认识，观念，体制，机制，技术，规则……太多的东西日新月异，一个人几天不学习就如同打了思想封闭针一样赶不上外界的变化。那是一个热气腾腾的季节，有热情也有浮躁，有思变也有固守，历史的进程不会照顾某个个人的情绪，反而会席卷太多的人一起形成洪流顺势前行，而那一段经历将是一个人生命中难以忘怀的记忆。作者让它再现笔端，读者可以跟随作者的概括与透视去了解和接近那一段虽然远去却影响深远的时光。

《冒犯》让我们看见领导干部队伍里个性和品性构成的多样性，以及与个人结局的相关性。例如白民新的半辈子人生行程多少可以作为“性格即命运”的典型案例实证，这位既有些才气又有些脾气的领导留下那副耐人寻味的对联，看似写给他自己，但，仅仅是写给他自己的吗？我觉得这对读者是深有启发的。书中，作者也讲述了他自己的冒犯之举。如果我们把冒犯放到更大的场景下，这两位领导的冒犯有着各自特定的背景、缘由及其个人的价值观使然。“冒犯”让我们的看法再一次被强化：很多时候，这个社会更需要的，不是人对社会的全盘适应，而是人的基本坚守。尤其是领导干部，应该是有底线思维、有行为边界的人。至少应该有起码的坚守底线的担当，才可能有践行为民理念的执着。

《苦干之精神》中，黔江的领导和群众在自然条件很艰苦的地方，也就是当年长征路上，面对全区五县大面积的严重贫困及正遇行政区划调整时期的特殊困难，发挥人的主观能动性，不等不靠，“宁愿苦干，不愿苦熬”，形成了扎根于黔江的一种独特的精神。它传承了长征精神，高举长征的旗帜，走上了一条“团结奋斗、艰苦创业”的发展之路。无论今天和明天的黔江以怎样的速度和方式变化，黔江精神都是这块土地哺育出来的生存发展之魂，是黔江历史上高高伫立的标杆性的精神符号！

《承担》一节，作者通过一项涉及民生的综合性工程的落地运行，把部门职能配置在实施运行中的刚性不足弹性太大现象，条条块块的分分合合的不契合现象，分灶吃饭财政体制下财权事权的不够匹配对称的现象图示出来，告诫警醒人们，维持一个系统的正常运行必须要遵循基本规则。否则，会付出很大的代价。同时，作者更是善意地强调了一个承担特定社会角色的人必需的完全履职和担当。

《环卫划转》一节，叙述了决策以及决策实施的曲折反复过程。一项疏于调研弱于论证的决策，很容易被部门利益绑架。不同部门各自为政，局部利益和整体利益的关系、短期效果和长远效益的关系都被部门利益扭曲，结果往往是近期没赢家，长期无胜局。这样的现象越是基层越是多见。只有跳出部门利益，用实事求是的态度寻求解决办法，才是决策管理部门应有的态度和作风。

《重逢》通过几个发小的故事，简单地记录了这群发小的过往和当下，展现了经过时代的严峻磨砺、目前仍生活在基层的一代特殊群体如今的生活场景和精神状态。他们本身就是一种记录 。经历了人生起落沉浮，他们脸上每一根皱纹都蚀刻着沧桑，每一个笑容都透着平和、乐观。中老年的他们，把精神拌入物质，把活着提升为生活，用自己的生命经验守护着来之不易的亲睦祥和。在他们的生命感受中，人人都神奇地保持有一份童真，他们同社会相处是那么豁达宽容！读着他们，我的心为他们深深感动：他们“在认清生活真相之后，依然热爱生活”。这才是生命中豪华而低调的骄傲！

……

这些，不仅仅是作者自己职场生活或官场生活所经历的那一段特定的社会人生的回望，还有他文字背后所包含的对当下社会面临的诸多问题的认同与反思，更包含着由他独特的观察生活的视角所提供的丰富资讯所激发的对固有的一些看法的校正和补充。这些都值得读者深思。

在浩如烟海的纪实文学作品中，这可谓作者的一个与众不同之处。

作者很早就喜欢阅读。小小年纪没有学校可以去上学，晃在家里读了几麻袋书，做过作家梦并且差点成为作家，可能性多大，由作者自己说了算。但是这个家伙少年老成倒是真的。一天，作者读初中的弟弟到千多米之外的水井担水。弟弟一鼓作气把水担回来了，收工时作者看见弟弟脚上竟然是一双布拖鞋，立马向弟弟严肃认真地说道：不修边幅是对自己的不尊重，也是对他人的不尊重。

一个人要注意自己的形象，任何时候都要严谨。自尊自爱，自强自立，就是从小事做起。

当时，我觉得一个初中小男生而已，又不是好大个社会名流公众人物啥的，有多大个形象！作者如此这般小事化大，要不就是小题大做的矫情，要不就是少年老成的稳沉。现在，我支持后一种看法。

我所认识的少年童麟是有点文青特质的人，从小写文章成为范文，写墙报、写黑板报，总少不了他。在其职业生涯中，也坚持以笔为伴。爱读爱写的习惯几十年坚持下来，作者的写作功底也就扎实了。这部作品，文字的语感或者说叙述方式、故事模式都有明显的童氏痕迹，看似语言的表述漫不经心，全书的结构自然平淡不故意暗布规则，其实深具功力，层次分明而紧密，语言链非常坚韧。

看看作者笔下的闹五爷和多经办简主任。

作者用“看两眼”的描述，就把简主任活灵活现地刻画到纸上。

作者第一次交给简主任一份自己写的简报稿，“简主任看完稿子，眼睛并不望我，口里却说道：‘这稿子文字整理得不错……但缺少几个关键数据……发出去没有说服力。’说完，他漫不经心地望了我一眼。”这是第一眼。

一番周折后，作者再次将稿子送简主任审阅，“简主任戴上老花眼镜，仔细看完稿子……在纸页上画了几下……‘同意印发’四字跃然纸上！顿时，我那颗心不再悬浮……简主任仍望了我一眼，他的脸上，却露出平时少有的笑容。”这是第二眼。

就这两眼，作者就为读者勾勒出过去老机关里那种严格严谨、善良直爽，活脱脱就是我们身边一位天天见面的老主任来。读完，竟然觉得已经认识这位严肃却开朗的简主任了。

另外一个人物是闹五爷。“我们搬进整修房屋那天，刚进屋，便听见附近有人连声招呼，只闻其声，不见其影。”闹五爷出场，未见人影先听见声音，作者从一个陌生声音开始，慢慢进入闹五爷的世界。

闹五爷年轻时曾经是会计，到后来身残无望、身边无亲无戚、孤独无助的极度困境，这该是人生变化中足够的不幸了。但是，作者对这样一位弱者毫不吝惜笔墨，极有现场感的描写带领我们一起走近这位身有严重残疾却不颓废潦倒，不破罐破摔，不自暴自弃的孤独老人。我们清楚地看见闹五爷住的仓房和他那佝偻的体态，看见一个对生命大彻大悟，对死亡无所畏惧，对世俗不屑一顾的老人。在作者的心里，闹五爷就是这样一个人：一个生活中真正的赢家，生命中的强者，一位值得尊重的老人。作者就是要让读者感受闹五爷内心的强大，感受闹五爷身残志坚的尊严！作者的目的达到了。

写简主任和闹五爷，作者用墨的一简一繁，我不仅看到作者人物描写功力的扎实，同时感受到作者对人性的平等尊重，对生命最原始的敬畏！

虽然作者当年没有选择当作家，却一直保持着用文字作为重要表达方式的习惯。其实，一个长期从政的人，保留着对文字的痴心与执着，常会活得更有情怀。

在这部作品里，作者罗列了自己的一些“不合时宜”：“不开窍”“一根筋”；不喜欢玩牌，麻将也不搓；天天守在主要领导身边，却不伸手要个“鸡头”当当；从区县到市，为政到退休，一直“副”出头，还以被同事们称为“老板凳”自豪；从政多年却找不着“干部之家”——组织部，以至工作调到主城去报到时与司机在城区四处瞎撞；等等。从这些不合时宜中，我读出一个结论——这个人是在做自己！

做自己，在机关尤其难。机关太多的人被风气同化，被利益诱惑，被争斗扭曲，被强权击垮，迷失了自己还浑然不觉，甚至有的走入歧途。而作者一直坚持做自己！经历了种种无法言喻的矛盾，作者有退让，有抗击，有变通，更多的是有合作。难得的是，退让和抗击之后，还能够不憋屈，不失衡，不乱阵，内心依然平和，始终保持在感性上对内在精神的有效维护。由此，我看到了作者的心性、格局、眼界及综合素养都超乎一般。

这里的素养不仅仅说道德素养也指心灵修养。在浮躁喧嚣的职场守住一份“不合时宜”，说起来不难，做起来不易，这何尝不是在经历了特定的社会人生之后，通过种种社会现状进行整体反思和哲学观照的一种参省和积淀。一幕幕生命意志在生活中展示了它的哲学层面，作为政府工作人员，依然坚持自己的与众不同，不忘初心，没有高深的修为是难以持守的，作者一直致力于此直到退休。

作者退休后的故事充满了闲情、幽默。比如，吃早点押手表，烹饪烧坏锅，最好笑的是有一天竟随身带一把卷口菜刀寻找小区磨刀师傅（幸亏他去的地方不需要安检），刚刚买菜从超市出来再买点小摊上的小葱、蒜苗等。退休后落地了，对在任时没什么感觉的小事能够引发对大事的反省反思和清明的思辨，冷静客观地考虑在任时一些做法的合理性和解决办法的多样性以及可变通性，以开放的心态思考着寻求制度救济的渠道和形式。人的本性无时无刻地显现出来，做事的利民原则依然是作者退休后的牵挂。

结语《路在心中》，让我看到作者一路走来的厚实沉淀。作者对着自己的心倾诉，也向读者敞开了心扉，把一些长时间的思考陈述出来，作者并不停留于行走和感受，观察和思考，而是由细节切入社会全貌，把思想评说意向链接至整个当代人类存在的人文面貌、人文历史、人类文化以及人的基本根性的广角镜像，让读者越读越为心灵的良性碰撞而欣喜。

作者不打麻将，不喜欢觥筹交错，更愿意在阅读、思考中享受孤独。这份孤独经历时代岁月的烘焙，在不断的积淀中促使一个人实现自性的升拔价值，形成强大的内心，让作者找到一种人与自身，人与人，人与世界之间的平衡关系，这种关系是纯粹的，包容的，这个过程是净化的、流变的。所以，在复杂中能简单，在浮躁中能冷静，在喧嚣中能心安，始终是作者希望达到的级态。

在作者眼里，人最终能够安然栖居的，是自己的心灵，是精神世界的和平安详，是一种基于心灵与世界共处而呈现的纯净与恬静，同时也是一种持守反思性维度的静观自得和圣洁。我很赞同作者的观点：一个人能够靠向善，靠自律，靠有所敬畏的自然规则，无限接近心安之境。

最初读这本书，感觉议述稍偏多；一些地方表达文义略显过直过尽；觉得一些叙述改为描述更合适。

再读，我理解了作者的想法。这本书不只是个体生命经验的表达，在文字世界里，仅仅以文字叙说流程，思想深度是不够的。通过生命在丰富历练中的浸泡，作者把人的哲学理念、人的内心感情聚集于思想，为时间链条的空洞填补了血肉和注脚，最后，读者享受到的是精神层面的深厚阅读和共鸣。

2018 年 4 月 28 日于绵阳游仙区科学城

平和心态　坦荡人生

——童麟《自然流淌》序

陈　川[①]

童麟姓鲁，与他认识并成为同事的时候，机关上下不论老少都称他小鲁。其实，他比我们好些人还年长一点，而且已经升级做了父亲。只是身材瘦弱，面相显小，性格温和，不仅无意显摆兄长的威仪，似乎还暗自为被人“小看”而自得其乐。几十年倏忽而去，当读罢他的著作《自然流淌》之后，尽管我早已改口以老鲁相称，但此时仍在心里叫了一声“小鲁”。这当然与年龄无关，而是因为眼前这些文字，因为这些文字映照出来的单纯与明净。

《自然流淌》真实记录了作者60余年的丰富阅历和个人经验。年少时的成长故事，从政的甘苦得失，遭遇重大变故的绝望和挣扎，以及退休生活的充实与恍惚，构成了一幅平凡中见真性情的生动画卷。叙述的方式可以说是编年体的活用，既大体遵循时间顺序，又不平铺直叙，择其人生中几个重要阶段的人物事件钩沉

① 中国作家协会全委会委员、重庆市作家协会主席。

拾遗，读来张弛有致。毫无疑问，这是一部个人史，又因其用较多的文字记叙父母和几位同胞兄弟的人生际遇，也可视作家族史。但我还想说的是，鲜明的时代烙印使这部回忆录具备了普遍的认识价值，是我们这代人集体记忆的个性化表达，从一个侧面见证了当代中国半个世纪以来的深刻变迁。同龄人阅读此书，想必会在许多章节中依稀看到自己过去的身影，沉湎于激情飞扬的青春年华，喟叹人世沧桑，审视内心沉淀下来的到底是追悔还是慰藉。

作为作者曾经的同事，又同在一个地方工作多年，对书中所述相当部分的人和事较为熟悉，所以重温往事和重新发现当年忽略的细节成为阅读本书的特殊体验。我乐在其中，读出了亲切，读出了意味，不时会心一笑，钦佩作者记忆的准确和描写的传神。不过，就个人兴趣而言，我最欣赏的还是相对陌生的《儿时记忆》和《知青年代》两章。浓郁的古镇风情，鲜明的地方特色，普通百姓的喜怒哀乐，在作者深情的叙述中摇曳生姿。尤其是母亲的故事真实感人，从琐屑的日常生活中凸显出勤劳善良、大度明理、隐忍坚强的高大形象。她只是一个普通的劳动妇女，却拥有像大地一样宽广的胸怀，默默承载着生活的艰辛、家人的安宁和未来的希望。

一部好的作品，肯定不是流水账似的简单记录，必然在材料的取舍、观照的角度等方面反映出自己的价值追求。纵观《自然流淌》，作者的人生态度彰显无遗，一股浩然之气始终充盈其间。

作者经历过童年时代的饥馑和病痛，可没有抱怨和诅咒，而是讲述好心人给予帮助的故事，犹如暗夜里点亮的一星火光，传递着人间的温暖和光明；他遭遇了中年丧妻的惨痛，但没有就此沉沦，而是把对亡妻的思念化为他和儿子必须好好活下去的精神支撑；他大半生从政，却心态平和，不过多计较进退留转，只求恪尽职守，不辞劬劳，敢于担当……老实说，我与作者交往数十年，对其品性修为有相当的了解，但读到这些章节的时候，仍然为之动容，心生感佩。内心通透敞亮，阴影便无处可藏，生命因此而灿烂。即便进入垂暮之年，依然襟怀坦荡，初心不改，始终以一颗赤诚之心理性地笑对人生，这便是我们的“小鲁”！

最后我还想说，诚实的写作态度造就了这部作品文风的质朴。作者一生与文字打交道，由秘书而秘书科长再而秘书长，长期的公文写作把他的文字打磨得流畅、干净、准确。《自然流淌》的表达便如行云流水，毫无窒碍；状写人物拿捏到位，分寸感强；交代事件脉络清晰，绝不拖泥带水。但唯其如此，又遗憾这些文字多了一分干瘦，少了些许灵动。

好了，不需我更多地饶舌了，还是去品读原作吧。相信读者会从中感受到时代的风云变幻，感悟到坦荡人生相伴而来的高贵和尊严。

2018 年 8 月 26 日于渝北约克郡

自　序

无数的过往，过往中的无数细节，构成人的一生。而今六旬早过，回望走过的岁月，恍如昨夜星云。

芸芸众生，相对于宇宙的存在，只是瞬间一刹；对于个体，却是生命的全过程。人类社会的历史，正是由无数的个体承前启后构成。无论英雄豪杰、达官显贵，还是庶民百姓，均遵循自身生命的逻辑；他们相互作用，共同推动着社会历史的演进。

蒙上天眷顾，幸得此生。一路走来，在生命的河流里自然流淌。每一段过往，都留下岁月的痕迹，映照着个人的心路历程。在时代风雨中，最终把握自己的，还是我们自己。

从小的家庭境况，也许就为最初的价值观形成植入了顽强的基因；童年和青少年时代的生活，留下心灵成长的轨迹。这自然深刻影响着我后来的人生。现在记下的文字，犹如老牛反刍；回味，消化，寸心自知……

目　录

第二章　知青年代

第三章　辗转流光

下部　从政生涯

第四章　秘书历程

上部　成长岁月

第一章　儿时记忆

一、由长寿到龙潭

我的老家，在湖北省武汉市江夏区农村朱鲁湾。父亲 22 岁与母亲结婚，先后有了我的 4 个哥哥及我和弟弟。除大哥在武汉出生外，我们其余几个都在原四川省长寿县（现重庆市长寿区）出生。

听父亲说，日本投降前，武汉一直处于战乱，一些工厂陆续迁往内陆地区，他的一位堂兄在汉口开办的纱厂也迁到位于长江上游的长寿县，并在此新建了秦安纱厂。父亲跑了几年单帮后，随之进了这家厂子。1946 年上半年，陆续将我母亲和当时年幼的大哥以及祖母接到长寿，居住县城河街镇鱼市街。这一住就是十年时间，我们后面 5 个兄弟就出生在这期间。

20 世纪 50 年代，正是中苏友好时期，由苏联专家帮助，政府决定在酉阳龙潭镇所辖江口地段兴建一座现代化的磷肥厂。建厂急需大批业务骨干，父亲当时在长寿秦安纱厂任财会股长，被先期调往龙潭，参加建厂前期筹备。

父亲在龙潭待了几个月，觉得龙潭是个适合居家的地方。

龙潭镇依山傍水，山清水秀，街面商铺林立，来往人员络绎不绝。令人意想不到的是，这里竟有一所省立中学，周边酉阳、秀山、黔江、彭水四县子弟均在此就读高中；汽车站附近的龙潭小学也远近闻名，方便孩子们上学读书。镇上不但有公办的镇卫生院、联合诊所，还有不少当地名老中医挂牌看诊。

这里的日常用品更是十分便宜，各类土特产应有尽有，价廉物美。那时一个鸡蛋只卖两分钱，这在长寿难以想象。特别让人称道的是，此地民风淳朴，镇街秩序井然。许多外省人长期定居于此，乡音混杂，十分有趣。

父亲回到长寿家中，向我母亲细说了自己的观察和想法。母亲听后甚是动心，也认为确应从长计议，选择一个合适的地方安居下来，不能再这样漂来漂去了。她主张，既然父亲先调去了龙潭，这个家也应该及早搬过去，早去早安心，一家人好有个照应。于是，迁居龙潭的事就这样确定下来。

因工作繁忙，父亲有一段时间脱不开身，便商量母亲，先做一些搬迁的准备事宜，待他这一段忙过了，再回长寿一起搬家迁居。

母亲本是一个行事果断之人，不等不靠，便自己着手准备搬迁。她陆续卖掉带不走的家具物件，抽时间收拾几大包落地就能管用的日常用品和孩子们的衣物鞋袜，汇集在长寿的全部家人，照上合影照后，于 1956 年夏天，告别年迈的婆婆和亲朋，带我们踏上迁居龙潭的行程。

当时大哥才 12 岁，弟弟不满 3 个月，我们中间 4 个兄弟的年龄，依次一个比一个长两岁。也就是说，那个时候，我们兄弟六人还都只是一个个不谙人事的“小不点”，平时都离不开大人照料。而眼下，却像一片片离开根茎的树叶飘零空中，等待着我们的，将是迁徙到不知有多遥远、完全陌生的异地他乡，去重新谋生路求生存，其风险难以想象。

母亲当年 34 岁，拖着 6 个孩子，似乎没去想这么多，也没有想得这么复杂，只顾怀抱着吃奶的弟弟，拖家带口，前瞻后顾，带着我们兄弟一一登上船。后来听母亲说起，当时船上船下的人一个个像看稀奇一样，异样地望着我们大大小小高高低低 6 个小男孩，惊诧不已，无不称奇。母亲却进入自己的角色，从容地做着自己应做的一切。

搬迁的长途跋涉中，从涪陵到武隆的这段水路特别令人揪心。那个时候的乌江，河床狭窄，水流湍急，两岸悬崖峭壁，雨后不时有山石滚下。简陋不堪的机动船，在激流中摆来摆去摇晃不停，让人心惊肉跳。快到羊角险滩时，为了安全，船上要求所有旅客全部下船上岸，沿岸边山崖步行，船体则通过铁索绞滩和纤夫拉纤，艰难地逆流而行。每遇绞滩，母亲就提前将我们几个兄弟分别编号，然后交由热心的旅客帮忙牵扶，护佑爬坡上坎，并不断清点号数，以防意外走失。

我们几兄弟分别被旅客叔叔阿姨们牵着，高一脚低一脚地在岸边乱石路中行走。那时我只有两岁，实在难以想象当时的情形。就这样，自长寿出发，从长江出乌江，由水路转陆路，一路险滩，一路颠簸，途经涪陵、武隆、彭水、黔江四县，历时 5 天，终于结束这趟艰难跋涉，到达酉阳县龙潭镇，开始了在龙潭定居的生活。

我长大记事后，母亲和几个哥哥多次讲起这段行程。我每次听后，都甚觉后怕，有一种说不清道不明的神秘感，这让我魂牵梦绕。以后因工作原因，我不时途经龙潭并在此逗留。每到镇上，我都会想起母亲和哥哥们的讲述，那种神秘感会再度油然而生。后来，我忽然意识到，几十年前的那趟迁居行程，或许是一种象征，它象征着母亲带领我们战胜今后困难险阻的预演和缩影。预演结束了，迎接我们的，将是人生道路上更多的挑战……

二、从小长大的地方

我们兄弟 6 个虽不在龙潭出生，却是在龙潭长大。大哥从 12

岁到17岁考上大学，在龙潭生活了5年。我和另外3个哥哥及1个弟弟，随母亲一起在龙潭定居，直至参加工作独立于世。

我在龙潭整整生活了18年，所受的人生教育，首先是在龙潭这个小镇。这个小镇，承载了我从童年到青少年时期太多的记忆。当提笔描述它时，真不知该从何处着手。虽有不少这方面的现成记载和官方资料，或为旅游揽客，或为招商引资，离我的记忆，似乎相去甚远，远在什么地方，我也说不清。而我的记忆，却是那么清晰，那样依稀可见，它已深深印入我的脑海。

龙潭属于酉阳县一个重镇，一座古镇，当时距酉阳县城50多公里车程。途间行车，沿老川湘公路，要翻越一道又一道呈“之”字形的“九道拐”。该镇坐落在酉阳县麻旺区与秀山县溶溪区之间，前临笔架山，后靠巫家坡。

笔架山位于白岩脚附近，老百姓将这周围的山坡称为前坡，巫家坡和并连的神真坳称为后坡。前坡后坡都是我少年时代常去打柴的地处。镇旁有一条河叫“龙潭河”，也叫“梅树河”，与酉水相连。自瓦厂湾起始，近两公里长的石板街贯穿全镇；街的两旁，砖木民居鳞次栉比。

龙潭镇历史悠久。春秋战国时期属楚；秦统一后属黔中郡……清乾隆元年（1736）酉阳设直隶州后，“设州同分驻龙潭，佐理民事”，民国初改州同署为县，设分县署和分县知事（县佐），1935年由民国政府设镇。

镇上有禹王宫、万寿宫、经院、书院、基督教堂和天主教堂等众多名古建筑和一处范围不大、颇具民国气息的中山公园，1925年设立的四川省立第五中学和以过去龙翔书院为前身的龙潭小学，显示了该镇教育的一大特色和突出影响。孙中山临时大总统府秘书王勃山、中共早期创始人赵世炎，以及赵君陶、刘仁、中共早期领袖瞿秋白首任妻子王剑虹等历史名人诞生并从小生活于此。沈从文、田汉、丁玲等文化名人，对龙潭均有文字描述。

抗战时期，龙潭作为后方，成为当时国民政府金融、纺织、汽车、军工行业的搬迁之地。辅之以古镇历史上曾有过盐业、绸布、桐油、生漆、药材等商品交易传统，龙潭商业发展较快，镇上居民曾猛增到 5 万人之多，全国各省几乎都有人在此定居，平时热闹非凡，“小南京”之称由此而来。

交通上，借龙潭河、酉水之便，水运直通常德；靠川湘公路相贯，陆路运输通畅。龙潭得以逐渐发展为重要的商业集镇，与当时较为便利的交通条件密切相关，中华人民共和国成立后的 20 世纪 50 年代初期，仍保持了基本的繁荣。

龙潭镇与渤海、龙东、白竹、木桶、井岗、苦竹、青华 7 个公社，均隶属当时的龙潭区管辖；镇公所与区公所，利用过去王家大院豪宅毗邻而设。豪宅分东院和西院，东院为镇公所，西院为区公所。

两座公所前门附近，有几口年代已久的古井。由于布置精巧，每口井既能饮用取水，又可淘菜浣衣。其中一口井由当年四川省地质局 107 地质队用抽水机抽水，也是镇上首家“自来水”的专用井。那时母亲在龙潭小学当炊事员，学校用不起抽水机，几十名教职员工和近千学生饮水用水，全靠母亲人力肩挑。我和弟弟每天放学后，便一前一后到这口井抬水，以分担母亲的劳累。离东院不远处的吴家大院旁，还有一口六棱八卦古井，与此遥相呼应。

镇上有许多小巷。王家巷子、甘家巷子、猪行坝巷子、郭家巷子……既延伸着主街的热闹，也是孩子们常“躲猫猫”的地方。王家巷子第一家——郑家的腊梅，每年都开得十分灿烂；人们过往上下，举头打望，无不啧啧称奇。镇街背后的猪市、柴市，每逢赶场交易，熙熙攘攘，嘈杂声不断，也十分热闹。河边复兴码头的五大岩堡，形状奇特，是孩子们打水仗戏耍的地方。

横跨龙潭河两岸的老大桥（也叫复兴桥）、大众桥，连接着龙潭与对岸龙东公社的过往。平时镇上的人到前坡白岩脚打柴，老大桥是必经之地。老大桥附近的赵家庄屋，曾是龙东公社的办公地点。记得我每次和伙伴们去前坡打柴，返回途经龙东公社时，不免战战兢兢。此时总会有一位干部模样的人过来，对我们不紧不慢地仔细盘查，看柴担里面是否有禁伐的经济林木。若发现一株一丫，柴担自然没收，直接进公社伙食团。

老大桥正中桥墩下，当年曾挂有一把“斩龙剑”，剑悬拱顶，神秘莫测，不禁让人遐想。“文化大革命”中，这把剑被几个不谙世事的顽童用石块拽下，神秘和遐想从此不再。与老大桥相距不远的大众桥、附近的江西塘码头、万寿宫、望江茶楼及中山公园等，共同见证着小镇的沧桑。小时候，我们常听大人们惊颤颤地相互私语，某人想不通从桥上跳下去了！我们若问谁跳下去了？为什么呢？大人们马上戛然而止，不再继续往下说。其间也不乏凄美的爱情传说：记不起何年何月，一年轻貌美女子被众男穷追不舍，因难以意决，竟留诗一首，从大众桥直跳而下，以死殉情。这等刚烈，曾引得一时街谈巷议，不绝于耳。

镇上街尾通向黄土溪粮站之间，另有一座名为“梭子桥”的小小石板桥。每当酷暑夏日，总有一桶龙洞凉水摆放桥上，桶内备有木制水瓢，以便行人饮用。少年时代，我常常背着背篼，去黄土溪粮站购买供应粮；过秤后一口气背到桥上，卸下背篼，便坐在石墩上歇息，喝足凉水揩揩嘴，又慢慢背回家。

区、镇公所后面，则是专门经营蔬菜的“鲜菜行”，中华人民共和国成立后叫人民市场。除了方便各类物品杂货交易外，这里还是镇上的集会中心，也是各类文艺宣传演出和放映电影的场所。我印象最深的，是曾在此观看过《林冲》这部影片，并多次目睹各类逮捕人犯的公审公判场景。

人民市场与镇边老川湘公路相连，就近有一个老汽车站，配有相应管理人员和设施，专供陆路客货运输车辆停靠。

镇上还有两家简陋的小厂。一家是建在老川湘公路灯笼堡地界的铁工厂，主要生产加工一些急需的农用机械和手工农具；另一家位于一村正街背后的纺织厂，以生产毛巾、手套、工作服等劳保用品为主。这两家小厂，与当时农业生产及镇上手工业发展密切相关。此外，一些传统精制的手工产品，如中街的手秤，七村竹棕社的油纸伞，一村瓦厂湾范笔客和六村水井湾陈笔客制作的羊毫笔、鸡毫笔，也颇有名气。

全镇按街段共分为 7 个村，每村设一名村代表，由居民选出，镇上认定。村代表负责日常管理，威信极高。平时淘井去污、街面清淤排泥及盛夏抗旱保苗和不时掀起的爱国卫生义务劳动，只要村代表发话，乡亲们便一呼百应，自带工具，踊跃参加。

那时民风淳朴，社情单纯，社会治安良好。全镇警务由一位民警全部包完，负责每天四处查看，指导各村落实。我从小时候起，就经常见到一位身着白色警服的民警，长年累月出入在大街小巷，深入各村走访，至今印象极深。

涪陵汽车运输公司第 27 队和四川省地质局 107 地质队也设在龙潭镇。这两个单位经常在地质队篮球场举行球赛，由于是镇上两个名头耀眼的单位对阵，显得格外抢眼。赛前，人们奔走相告；赛中，无论哪边球队中篮，观赛的人群中会自发响起热烈的掌声；若遇精彩场面，人们更是激动不已，议论不止。赛后，还会七嘴八舌点评，如同当今观看一场世界大赛。

更让人记忆犹新的是，地质队常常在其内部操场放映露天电影。为控制人数，规定内部不要钱，对外售票，凭票进场，一名大人可带一名小孩，由一位姓燕的职工验票。

我们家穷，大人不可能专门给我们买票，电影放映前，我们会预约相熟的大人带我们进去。若未能如愿，就站在检票口，趁人多拥挤时，悄悄拉着生人的衣角混进去；若仍未奏效，最后一招，就是冒险翻墙或钻洞而入。

也就是在那个年代，在那种情形之下，我小时候看过不少现在年轻人闻所未闻的影片，如《黎明河边》《红孩子》《马兰花》《多瑙河之波》等国内外影片。幸运的是，这种难得的精神食粮，竟伴随着我儿时的成长，对自己幼小的心灵产生过直接影响。

这就是我记忆中的龙潭镇，我从小长大的地方。

三、神秘的外来人家

从长寿出发前，父亲便提前租好房屋。

房屋地处龙潭镇一村瓦厂湾，房东姓倪，属于那种朴实而不乏精明的生意人家。倪家有 5 个子女，他们后来分别与我的几个哥哥及弟弟成为同学，小时候我们常在一起玩耍，相处和睦。那时大哥已上初中二年级，二哥三哥均上小学，我和弟弟上了附近一家幼儿园。四哥当时执拗不愿上幼儿园，随母亲在家。母亲最初没有正式工作，经村上管事的居民代表介绍，到一家养猪场做零工。

我们到瓦厂湾住家后，初来乍到，对周围一切完全陌生，周围的人对我们一家的到来也感到惊奇。就连我们一家大小的普通衣着、生活习惯、言谈举止，也会让他们议论纷纷，或许认为这与他们有许多不同。

在他们眼里，我们家是一户神秘的外来人家。

比如，对我们兄弟6个每人的小名甚觉稀奇。我们生下后，除了正式的学名，父母还分别给我们取了小名：从大到小，依次为麒麟、钧麟、宝麟、又麟、童麟、华麟。听大哥说，如此这样取名，全是父母亲视其每个孩子出生时的情景而为。

大哥出生时是头胎且顺利，父母自然看重，并认为吉祥金贵，同时有望子成龙的意思，故取小名为麒麟；二哥出生时遇难产，母子情况危急，犹如千钧一发，故取名为钧麟；三哥生下时像个女孩，极为可爱，被视为宝贝，则取名为宝麟；四哥出生后，父母一看又是一个男孩，索性取小名为又麟；我和弟弟分别为童麟、华麟。大哥说，对我们落小的两个弟弟取小名的缘由，现在他也弄不清了。还说我小时长得胖，家里的人及街坊四邻都叫我“胖子”，“童麟”这个小名反倒没被叫顺。

后来为了书写方便，又常常将小名后面的“麟”写成“林”。父母平时对孩子们都是直呼小名，我们兄弟之间小时候也随父母这样称呼，这在外人看来，也有些不可思议，谁也弄不懂其中的缘由。

母亲作为一个城里女人，带着6个年幼的儿子，来到这座异地小镇安家落户，本身就很神秘。母亲在汉口城长大，品貌端庄，结婚后侍奉婆婆在乡下待过，后随我父亲辗转长寿，见过一些世面。她身上透出的是贫困的城里人气质：贤惠节俭却不失大方；与人打交道总要顾及对方的感受；遇到难事则临危不惧，敢作敢为；说话直爽，从不拐弯抹角。这种天生的品性，加之她平时为人谦和，很快得到街坊四邻的认可和信赖，大家都愿意与她相处，乐意帮她。

我们居住的瓦厂湾属镇街一村。一村的村代表是一位陈姓妇女，她常带着一群无正式工作的姐妹给养猪场打猪草。母亲从小在城里长大，从不认识猪草，总是完不成任务。陈代表见此，就叫其他姐妹们给以母亲关照，她的任务由大家共同帮助完成。

平时，这位陈代表还常到我们家里和母亲聊天，问有什么难处。聊天中，母亲得知，她的丈夫竟然是长寿县人，在县城教书，后调龙潭小学当语文老师，母亲曾和他同在这所学校工作。

平时四哥未去上幼儿园，母亲不在时，他就独自在家玩耍。一次母亲临时上街未回，四哥不小心从柜台上摔下来，一时闭气，十分吓人。街邻看见，急忙四处找寻母亲，并主动去请医生。母亲赶回后，抱起四哥就去卫生院，刚出门便遇见一位提着卫生箱的医生朝我们家走来。后来得知，这位医生姓张，是龙潭镇卫生院的外科医生，当时正在出诊，听说后赓即赶了过来。张医生进屋后，马上让四哥平躺地上，然后不停地给他做人工呼吸，直到四哥脱离危险，方才离去。

1958 年，随着全国兴起“大炼钢铁”的热潮，各地为了完成规定的钢产任务，学校停课，机关人员及街道居民全都积极参与，龙潭镇也不例外。母亲作为普通居民，也经常参加建土高炉、四处寻找废铁渣屑的活动。

那期间，镇上利用原基督教福音堂，合并其他幼儿园办起了机关幼儿园。经村代表推荐，母亲被安排到幼儿园当保育员，并协助炊事厨务。于是，我们从瓦厂湾搬进了福音堂的机关幼儿园宿舍。

福音堂是基督教在龙潭镇的宗教场所，中华人民共和国成立初期闲置若干年，前厅放置杂物，仅神职人员一家留守。我们家搬进去时还是旧屋，临街的正门里面是前厅布道讲坛，进门右手长长的走廊尽头出门通后院，无花果、棕榈、核桃等种种树木环绕一幢砖石外墙的小楼，墙内是木结构，上下两层，有房间若干，我们家住楼上一间小屋。后院有后门，平常不开。父亲休探亲假深夜回家，从前门摸黑穿过走廊，叫门许久母亲才会听见，常叫大哥下楼开门，甚是不便。

“文化大革命”初期，福音堂原址被砸毁，这位神职人员被扫地出门，蜗居在福音堂对门袁家院子。听住在袁家院子隔壁的儿时伙伴回忆说，这位神职人员能写一手纯正隶书，水墨画也有功底。那期间，常见他奉命写标语、画宣传画，一站就是几个小时，却能沉心静气承受。他个矮，面善，脸微胖，背有点驼，皮肤细白红润，头发泛白微卷，为人平和。后来活到 90 多岁。“文化大革命”结束后，宗教活动恢复，前厅拆建成新教堂，后院改建为新幼儿园。

母亲当上保育员后，幼儿园小朋友们平时的饮食、作息安排、卫生防疫等事宜，园里都要事先听取母亲意见。母亲的一项基本工作，就是定期给小朋友们洗澡。时间紧的时候，就在一个大木盆里一次洗两个。有时小宝宝们喜欢玩水，洗完后不肯穿衣，母亲担心他们受凉，就一边前拍拍、后拍拍，一边教唱儿歌，这样又拍又哄，让宝宝们乖乖就范。若遇宝宝生病，母亲总是紧随医生，细心照料。所有这些，母亲算是得心应手，其日常工作，不时受到幼儿园园长称赞。

我和弟弟上的幼儿园与福音堂幼儿园合并后，我们便随母亲转到福音堂幼儿园，我上中班，弟弟上小班，我还被老师指定为班主席。记得一次老师让我给全班小朋友分发糕点，结果差一份不够发，我只好主动不要，老师当场表扬我有点“孔融让梨”的意思，放学后，还告诉了我母亲。

大哥那时 17 岁，已上高中三年级，正值高考。考完自己感觉不满意，母亲安慰他明年再考，要不然先参加工作，来年再考也行。不料他在全班最先收到录取通知书，考上西安冶金建筑学院。

出发那天，我们都去汽车站送行。大哥上车后，直向我们挥手告别，示意我们回去。母亲望着车窗，不断揩去脸上的泪水，我们几个弟弟也使劲地挥着小手，直到客车开动，才依依不舍地回去。

为供大哥上大学，母亲想方设法为他凑足路费、学费，家里已是债台高筑。第一个暑假，大哥为了省钱，干脆不回家，留校做零工，所得收入全部用来为母亲买了一件棉袄寄回。他参加工作后，每月都要从 43.5 元的月工资中拿出 15 元寄回，以减轻家里负担。后来三哥中专毕业工作后，接过大哥的班，也从每月工资中抽出 10 元，继续分担全家生计。

那段日子，虽然家里经济仍不宽裕，但在这座小镇适应后，总算得以安居。

四、难忘的记忆

1959 年开始，由于各地出现持续的自然灾害，粮食普遍短缺，国家处于极度困难时期。那时我正值年幼，也是长身体的时候，自然每天都想到吃。不久，终因日常物品匮乏，母亲所在的幼儿园办不下去了，主管部门只得宣布将其关闭，所有职工自谋生路。这期间，父亲供职的磷肥厂，也由于勘探有误，磷矿储量不敷开采，被上级叫停，职工全部退回原单位。鉴于父亲已举家迁来，上级决定就近将父亲安排在毗邻的彭水县一家盐厂工作。1961 年下半年，我们不得不离开幼儿园，重新在外租房居家。

为了省钱，找来找去，最后在福音堂对面的石姓人家租了一间年久失修，上无天花板、屋底为土地坪的房屋。一遇刮风下雨，房上的瓦片被吹得“哗哗”直响，屋顶多处漏雨。由于室内潮湿，加之营养不良，我的支气管哮喘病也开始频发。

一次严重发病，不能平躺睡觉，只有蜷作一团，依偎在母亲身旁不停地咳喘。喘得厉害时，喉腔胸内嗡嗡作响，像拉风箱；整个身体有气无力，说话也困难。一想喝水，只能望着母亲，用手指着杯子；母亲让我依偎在她怀里，希望这样能让我好受些。我却分明地感到，她的泪水不时滴在我的头上、脸上，我心里有些难受。天快亮时，我突然感到胸闷气紧，说不出话来。母亲见状，急忙背我到附近一家诊所就诊。

诊所的医生姓范，山东人，过去曾任国民党部队的军医，后来独自开了这家诊所。他医术精湛，为人和善，镇上的人生病都愿找他求治，大家都叫他范医官。

范医官一边向母亲询问我的病情，一边给我测体温。他说这种病不易根治，全在平时将息，眼下只有先救急。于是，他当即给我打了一针安茶碱溶液，并开了少许口服药，对我母亲一番叮嘱后，我们便回。我长大后，母亲说：“你这条命算是捡来的，本来早就没有指望了；能挺过那个年月，你算是福大命大啊。”

那时，随着粮食形势的恶化，居民口粮的供应方式也发生变动，由原来的凭购粮证到粮站购买，改为到指定的镇郊社队落实。当时镇上规定 5 斤红苕抵一斤细粮，由本人到统一指定的镇郊社队苕地采挖，挖好后计量过秤，再由自己运回家，这被称为“挖口粮”。

一次，母亲带着3个哥哥去“挖口粮”，临近天黑还不见回，我和弟弟在家饥肠辘辘，实在等不起了，便手牵着手，沿着石板老街，朝镇郊采挖地方向一路找去。后来得知，母亲和哥哥们“挖口粮”受挫，轮到他们采挖时，指定苕地已被挖空，天色已晚，要等到第二天才能重新确定采挖地。母亲顿时傻了眼，急忙向一位现场管事的人员哀求，希望能网开一面，说家里的娃娃们还等着这些红苕下锅呢。那位管事的人却蹲在一旁，闷不吭声。母亲见状，一下急得大哭。此情景被同村一位余姓中年男子看见，他当即出面交涉，说这家是城里来的外地人，来镇里没几年，人生地不熟，娃娃又多，你们就帮一把吧。对方听罢，才破例同意采挖。

母亲和几个哥哥背着红苕返回时，走的是公路，与我们走的小路并行相隔。他们远远望见我和弟弟，急忙呼叫我们。会合后，我们一起慢慢走回家。到家时，天已漆黑，母亲点燃煤油灯，一边擦拭脸上的泪水，一边给我们生火蒸红苕。

这之前，镇上人民市场刚刚上演《林冲》这部电影，梁山好汉鲁智深在野猪林拔刀相助救林冲一幕，被人们热议。母亲后来对我们说，这余大哥就像鲁智深，如果那天不是他出面相帮，当晚我们就会揭不开锅。

这期间，父亲中途从盐厂回家，目睹家中窘境，当即与母亲商量，提出干脆让二哥、三哥暂时退学，像其他一些家庭的孩子那样，上街卖点粑粑果果找点小钱。母亲则坚决反对，她说，无论如何，不能荒废孩子们的学业，再苦再难，也不能影响他们上学，上学读书，比什么都要紧。

虽没有让二哥三哥退学，母亲还是利用星期天，带着他们起早贪黑，到几十里外的井岗场镇购一些低价柿子背回，然后拿到镇上贩卖，偶尔也能赚点小钱缓解危困。这期间，父亲原来送给母亲的手表，家中的皮箱，父亲过去的旧西装，母亲的旧棉袄、毛衣，均陆续变卖。实在走投无路了，就只有四处借钱、赊账；借了还，还了又借，一家人咬紧牙关……

那年正值二哥龙潭小学毕业考初中，虽然成绩优秀，却因眼睛近视，结果榜上无名。那几天，他成天耷拉着脑袋，愁眉苦脸，母亲心里也很不好受。

二哥在班上品学兼优，平时喜欢看书，各类连环画，甚至一些大人才看得懂的书，他都爱不释手。不仅班主任老师喜欢他，学校的校长亦熟知他的名字，对他考初中未被录取也很惋惜。记得有一次，校长登门到我们家，一边安慰我母亲，一边叮嘱二哥平时要注意保护眼睛，不要光待在家里看书，要多看远处的山、河里的水和绿色的树，说这对保护眼睛有好处，还鼓励二哥来年再考。

第二年，二哥通过复读，与三哥一起，又参加了当年的考试。考试下来，二哥的成绩依然靠前，但体检时，视力状况仍不理想。但没想到的是，录取名单张榜后，二哥、三哥竟然双双有名，一下轰动整个小镇！虽然母亲又将为两个孩子的学费发愁，但心中的喜悦，仍难以言表。

这一年，龙潭小学差后勤人员，经一位姓冯的教师热心介绍，母亲被安排到龙潭小学做炊事工作。于是，我们随母亲搬离石家，到这所学校居住。入住后，临近龙潭中学开学，还未筹到二哥、三哥的学费，母亲十分焦急，暗自落泪；两个哥哥也成天愁眉苦脸，情绪低落。

这期间的一天，气候闷热，突降大雨，一位石姓老师临时路过我们家躲雨，而此时的雨竟下个不停。谈话间，他无意中得知我母亲正为孩子筹学费无门发愁，便当即从口袋里掏出5元钱借与，并安慰我母亲，说先应孩子们上学之急，若还有什么难处，以后随时告知。

这石老师平时与我们家并不熟识，他的雪中送炭，让母亲感激不尽。那时我年纪尚小，对这件事印象极深，至今记忆犹新。后来母亲时常念及，并叮嘱我们弟兄，任何时候一定要用功学习，不要辜负好人们的善举。

我们随母亲在龙潭小学住家后，母亲最初只是协助另一位炊事员日常打理，后来学校精简人员，母亲得以留用，由她担负原来两个人的厨务。母亲对此十分珍惜，每天起早贪黑，忙里忙外，虽又苦又累，却从不抱怨。几个哥哥每天放学后，也帮忙抬水、洗菜，分担着母亲的辛劳。

天无绝人之路，就这样，在好心人的帮助下，母亲带领我们渡过难关，站稳脚跟；由此，在这所学校一直干到退休。

五、小学时光

我1960年2月满6岁，这年秋季上了小学一年级。学校按村编班，我被编到一年级三班，和我一起编到这个班的同村同学有书学、长厚、华文等，我们都居住镇街二村。书学的父母在银行工作，入学不久，他便随父母调动转到县城一所小学就读。长厚家就住在福音堂斜对面，多年后我们曾同在一个公社插队落户。华文则在二村端头镇郊住家，离我们两家稍远。我们几个小伙伴时常相约一起上学。

初到学校，一切都感到新鲜好奇。课闲时，特别是后来随母亲在小学居住后，除了玩耍，我喜欢在校园四处走走看看。看后发现，学校的房屋至少有好几十间，都是木质结构，足以满足全校各类用房之需。后来得知，过去这里曾紧邻州同署衙门，乾隆二十七年（1762），此处建起了龙池书院；光绪三年（1877），改名为“龙翔书院”；光绪三十三年（1907）改为“公立两等小学堂”；民国元年（1911）又改为酉阳县立第二小学，1948 年更名为酉阳县龙潭镇第一中心国民小学。到如今，校名几度更易，而校址却一脉相承。我们在这里读书时，还保留了过去建筑的基本框架和造型。

这个建筑群占地数十亩，中轴线上排列着主体建筑和一系列风格统一的房屋，两侧建有庭院。大堂正中粗厚的柱头上，挂着一口古老的多孔型吊钟，轻轻一敲，就会发出清脆的声音。母亲到龙潭小学工作后，平时除了炊事厨务，后来还兼学校上下课敲钟，每天敲的就是这口吊钟。穿过屏门，两侧各有回廊庭院，周围全都连接房屋，中间植有树木花草，右侧庭院还长有一棵茂盛的红橘树。每当红橘成熟，硕果累累，让人眼馋；无论白天黑夜，却无人攀摘。

庭院后面为后花园，开阔幽静；两侧均有配房，其中右边配房装有别致的圆形木门，我们家曾居住于此。后花园中间有一高大挺拔的古树，树名俗称“岩刷子”，附近还有一棵皂角树和几株松树，树的周围全是花台，长满各种花草，左边花台上植有清一色的腊梅。

令人惋惜的是，这片极具文物价值的建筑群，在 20 世纪 80 年代被毁于一旦，除了那棵“岩刷子”树和那棵皂角树尚存，建筑群及其他树木花草早已不复存在。替代它们的，则是后来在原址上新建的几座水泥建筑，取名为“希望小学”。上面的记述，只是我记忆中的再现。

我们一年级三班的班主任是一位姓李的秀山籍女教师，她除任班主任外，还教我们语文课。李老师平时对学生和蔼可亲，加上她一口类似成都口音的秀山话，更让人觉得亲切和气。上学第一周，她为掌握学生入学前受教育情况，要求每个学生用铅笔写一篇简单的汉字交她，说若不会写，交一张白纸也行。

我上幼儿园时写过铅笔字，工工整整写好后，便很快交给了李老师。放学前，她竟将我写的纸页张贴于黑板，让每个同学轮流上前观看，顿时让我两脸通红，有些不好意思。这之后，却促使我学习上不敢懈怠，上课专心听讲，完成作业也格外认真，使我初入小学就有了良好的开端。

教我们算术课的也是一名女教师。她说话语速较快，讲课投入。每上新课，她特别注意前后内容衔接，发现学生不易理解之处，她会重复多遍讲解。上三年级后，李老师因患腮腺癌请长假治疗，也不知是不是这个原因，我们这个班被拆分重新编班。我被编到三年级二班，由一位姓冉的女教师任我们的班主任，她也在学校住，知道我患有支气管哮喘病，故平时对我格外细心，若见我身体有所不适，便会立马通知我母亲。

一到冬天，寒风刺骨。同学们都穿得单薄，每天上学，各自都要提一个取暖用的竹编烘笼到校。烘笼里面置有一个瓦钵，里面盛有木炭火石，上面盖一层灰，这样能持久保持温度，不至于被霜风吹后很快燃尽。

到了上课时间，教室里常常烟雾弥漫，一些未燃过的木炭头在不停地冒烟。同学们一边听老师讲课，一边又在不停地吹火、刨灰；还有一些农村同学将家里自产的黄豆、红苕、洋芋带到学校，上课时就放在烘笼里烘烤，一时香气扑鼻，十分诱人。这时候，大家会东看西盯，想知道是谁弄的动静。这显然影响课堂秩序，而老师却对此习以为常，照常上课。也难怪，在那个年月，学生能够坚持上学已属不易，老师们都睁一只眼闭一只眼，不会在这些事上过于认真。

下课后，那些农村同学将烤熟的食物分给要好的伙伴们分享；没分到的自然识趣，便到教室外面自寻活动，有的滚铁环，有的踢毽子，有的“跳房子”。没有活动项目的，索性就集聚在教室后端，顺着墙壁“挤油渣”，相互挤身取暖。大家一边挤一边吆喝，挤得满脸泛红，全身发热才歇下来。每当此时，教室里就会升腾起一股快活的空气。上课铃响后，大家又回到座位，继续听老师讲课。

讲课过程中，若碰上吃的话题，老师们不会无端延伸，总是戛然而止，以避免分散学生和自己的注意力。教新课时，老师常在教室里踱来踱去，导读课文，若突然抬头发现哪个学生精力不集中，在课桌下面玩小东西，会用课本轻轻地敲一下他的脑袋，以示提醒，然后继续导读。

上四年级后，那时国家的粮食形势还处于逐渐恢复阶段，日子仍然比较艰难，但学校对教学一直没有放松。此时我们班的班主任又换成一位名姓李的男教师，他同时也教我们语文。李老师写得一手工整的板书，平时教学认真，对学生要求也严。他因患有结核病，平时说话或唱歌，常常是上气不接下气，显得很吃力。即使这样，他仍坚持带病上课。

平时，我们除了完成课堂作业，还要完成家庭作业。我的记忆中，老师对学生是否按时完成作业十分看重，交了作业，每次都及时批改。对没有完成的学生，不会轻易放过，放学后必须留下补课，直到全部完成才允许回家。有时老师忙不过来，就安排住家离学校近、平时学习成绩好的学生协助督促检查，甚至代为批改作业，同学们称这类同学为“小老师”。我因为住家在校，常常充当这一角色。

此外，班上还将学生分成若干自习小组，晚上集中在一处同学家自习。自习内容多是互相抽背课文，解答算术难题。有一次，我和六村的两个同学按老师吩咐，一起悄悄到部分同学家抽查，当走到一村一位女同学家附近时，还没到她家门口，只听见里面传来琅琅的读书声。

每逢开家长会，家长们对孩子放学后不能按时回家大为不满，会拐弯抹角地向老师提意见，有的还当着学校领导的面直接反映。会后，老师们虽有所改进，但对学生的管理和要求依然严格认真。

当一名教师，把讲好课、教好学生、不误人子弟视为天经地义。若不这样，反倒觉得不可思议。作为一名履职尽责的教师，当自己的职业生涯结束时，其内心深处最遗憾的，是未能将自己的事业达到满意的程度；最欣慰的，莫过于自己所教的学生能有所出息，被社会认可。这样的学生越多，自己的成就感就越大。

夏老师就是这样的教师。

上了高小，我被编在五年级二班，直到小学毕业，夏老师都是我们班的班主任兼语文课老师，他也是我印象最深的老师。他是酉阳县小坝人，初中就读于省立龙潭中学，后毕业于省立酉阳师范学校，国学基础甚为扎实。

他为人干练，思维敏捷，对教语文课得心应手。他讲课时，总是充满激情，一字一句，抑扬顿挫，掷地有声，并善于融会贯通。他不仅能让学生弄懂课文内容本身的含义，还能让学生跟着他的思路，获取课文以外的知识和学习方法。他指正学生学习的弱点，鲜明尖锐，一语中的，让你心悦诚服，找到努力的方向。而肯定学生的进步，则会让你增强信心，促使你发掘自己的潜力。他特别注意启发学生的想象力，要求学生写作文时，做到举一反三，言之有物，不拘泥于一种形式、一种角度、一种写法，在“活”字上下功夫。对遣词造句，他要求平实准确生动，杜绝浮躁和华丽空洞。

那时我们班语文成绩优秀的有小云、代华、亚敏、艺新等同学。若见哪个同学的作文有独到之处，他会及时鼓励肯定，除了作为范文在班上讲评外，还会拿到外班讲评。记得有一次，小云将课文《董存瑞的战斗故事》中一段对景的描写，恰如其分地运用到自己的作文里，深得夏老师好评。那段描写我至今还记得：“夜，静极了，月光泻在地上，山河、树林像镀上了一层银。”讲评后，顿时引起全班同学的共鸣。还有一次，班上布置每个同学写一篇“某某某同学二三事”的命题作文，亚敏写的那篇也被作为范文讲评。每当讲评时，夏老师脸上常挂着得意的神色，好像这篇作文就是他写的一般。

他这样教学，既激励了成绩好的学生，又让其他学生受到启发，大大提高了同学们的学习兴趣。可以说，我们那批同学，几十年来对付工作的那点文字功夫，都离不开当年夏老师为我们打下的基础。

多年后听艺新聊起，一次夏老师碰上他，曾特地对他说：“艺新呀艺新，你是不晓得啊，我教你们小学语文课时，为了应对上面检查，我每次都将全班的作文本分成几叠摆放，然后将你们几个写得好的放在上面，好让来检查的人一翻就能翻到。他们看后都连声称赞‘写得好写得好！’听他们不停地夸奖，我这心里真是比吃蜜还甜呢！”

夏老师的妻子姓陈，也是龙潭小学教师，主要上低年级的课。由于夏老师夫妇家庭出身问题，“文化大革命”期间受过不少磨难。“文化大革命”结束后，随着中央政策的落实，夏老师夫妇和很多遭此磨难的人一样，恢复了他们应有的尊严和正常生活。

我后来在黔江行署工作期间，一次到酉阳县出差，曾专门去拜望他们。结果不凑巧，夏老师当时出去办事未回，我只见到陈老师。第二天早晨，我正准备乘车返回，出发前，夏老师赶到了我所住宿的酉州宾馆，我在房间招待了他。见面后，我们都很高兴，不无感慨地攀谈了一阵。他老了许多，仍然健谈，还是那样滔滔不绝，上课时的那股激情也还在。分别时，他特地送我一本县楹联协会出的小册子，那上面有他发表的作品。

夏老师不只是我的语文老师，也是我二哥、三哥、四哥及弟弟的语文老师，还是我们这五兄弟的班主任。2001 年 10 月，他不幸因病去世，我得知后，当时正在外地，二哥和弟弟专程赶到酉阳，代表我们弟兄参加了他的葬礼。

几十年过去了，如今我早已退休离岗。多年来，我曾长期从事文字工作，但心里一直明白，自己的那点文字功夫，离不开夏老师。现在回想起来，一个好老师，对其所教的每一个学生是何等的重要！我无不感慨。夏老师早已作古，他的名字，他的工作激情，他那音容笑貌，却时常还浮现在我的脑际……

国家形势开始好转后，为多产粮食，各地采取一切措施全力支援农业生产，我们这个小镇也开展了积肥活动。这项活动与“大炼钢铁”时期不同，没有规定停工停课，而是动员大家利用休息时间参与。作为学生，主要是利用课外时间和星期天积肥。

学校很快将积肥任务布置到各年级各班，以高年级为主。所积肥料种类不限，包括畜禽粪便、草木灰、岩窝肥、青草肥等。任务明确后，当务之急就是准备积肥需用的工具。刚好学校附近有一处修补围墙的工地，那里丢有一些旧撮箕无人收拾，我们发现后，便捡来用于积肥。

我们利用每天放学后的时间，到镇郊田野、山丘四处寻找肥料。一旦发现成堆的牲畜粪便，就像发现黄金一般，会连忙掏进撮箕，喜不可支。有时没有掏粪棍，就索性动手捡拾，然后在附近溪沟洗洗手、唱着歌……天黑后才回家。

那时我正读小学五年级，几乎天天都有交肥任务。每天上学，除了背书包外，还要背肥料。记得各班同学都将积来的农家肥装在撮箕或箩筐里，上学时或背或挑运到学校，摆放在教室外面的檐坎上，由老师组织过秤登记，然后在班上发布表扬。谁积的肥多，肥质也好，谁的脸上就有光。

童年是生命蓬勃生长的时期。作为农村孩子，从小时，乡村就为他提供了相应的生长环境。树木、花草、山野小动物和家里的畜禽、各类昆虫等生命同伴，都在与他进行着无声的交流。相比之下，城镇孩子就显得孤单，远离了土地和土地上丰富的生命。对于成天上学读书的小学生，对于像我这样一直生活在城镇的孩子来说，当下的积肥，给我们提供了满山遍野行走、奔跑、高声大喊的机会，提供了仰望蓝天，贴近土地，贴近大自然的机会。

一到星期天，特别是碰上阳光明媚的好天气时，我就莫名的兴奋，便相约要好的伙伴或随比我高两年级的四哥，或背着背篓，或担着撮箕，一起登上学校附近的巫家坡，去一些岩阡地段寻找黑色的岩窝肥。岩窝肥干松柔软，与一束束须根缠连，抓捏在手上，有股浓烈的泥土清香。每当发现一处又一处的岩窝肥时，我会特别兴奋，一边快活地掏肥，一边得意地高声大叫，向积肥的同伴们炫耀，让他们分享我的快乐。

由于大家都在积肥，到野外能积到肥料已不太容易。有时为了完成任务，我便将家中灶膛里的柴灰、火盆里的炭灰掏尽。再没有潜力可挖的时候，我问母亲："学校厨房后面的煤炭灰能不能用来交肥呢？"母亲笑着回答："傻东西，煤炭灰需用筛子筛过并与草木灰混合才行。"我明白了，却有一种弄虚作假的感觉，心里有些不安。

母亲见我犹豫不决，又对我说："这不要紧，我晓得，要使田土不板结，有时还需要掺一些沙子混合，有点煤炭灰怕什么呢？"她边说还边帮我筛灰。也不知真如母亲所言，还是她为了让我完成任务才这样说，不管怎样，我还是按母亲说的办。当我将这种混和肥背到班上后，老师并没有说什么，我心里暗自窃喜！

积肥的快乐随时可见。那时与我同桌的亚敏同学写了一篇关于积肥的作文，我记得标题就是"积肥"这两个字。作文大致这样开的头："星期天早上，我吃过早饭，和往常一样，带着我心爱的伙伴——背篼，到 × 地去积肥……"这篇作文将整个积肥过程描写得形象生动，亚敏再次受到夏老师的点评夸奖。见她乐滋滋的样子，我心里特别羡慕，同时也为同桌的她高兴。

我们积的肥料由老师带领运送到附近社队。积了这么多肥，到底能多打多少粮食，谁也不清楚，谁都不会怀疑。但我们明显地感到，农民们都打心眼里高兴。

后来大人告诉我们，其实他们在乎的不是这点肥料，而是我们的心意。确实，刚过去的饥荒年月，人们都难忘，大家都饿怕了，农民更是如此。民以食为天，争取年年吃饱饭，是他们热切期盼的大事，千方百计将这件大事办好，是农民最大的心愿。

六、学雷锋活动

学雷锋活动是那个年代人们的记忆，也是绕不开的话题，我至今记忆犹新。那时我正上小学四年级，年仅 10 岁，亲身经历了这个活动，感受了它的氛围。

1963 年 3 月 5 日，毛泽东主席“向雷锋同志学习”的亲笔题词公开发表后，中央正式向全国发出学习雷锋的号召。紧接着，全国上下掀起学习雷锋的热潮，我们就读的龙潭小学也不例外。学校结合小学生特点，在校内开展了“学雷锋，做好事”活动。

一时间，我们阅读《雷锋日记》，观看雷锋事迹图片展览，听老师讲雷锋的故事，聆听先进模范人物畅谈学习雷锋的体会，传唱学习雷锋的歌曲，甚至反复临摹毛泽东主席“向雷锋同志学习”的亲笔题词和雷锋英武的画像，后来还观看过《雷锋》这部电影。那时，群情高涨，热气腾腾，全校上下为之一振，以少先队活动为特点的思想品德教育也紧紧跟上，贯穿其中，呈现出如火如荼的动人景象。

按照“学雷锋，做好事”的要求，我们全班积极响应，个个争先恐后，身体力行。记得最常见的做好事，就是大家用米汤水浆涂黑板。每天放学回家后，同学们吃过夜饭，便从家里带上米汤、刷子到教室，先将黑板擦净，然后用米汤浆涂。浆涂后，黑板不再反光，粉笔书写格外醒目。再就是，同学们常趁放学后教室无人，悄悄相约一起，将窗户擦得净亮，课桌、讲台抹得一尘不染，教室里里外外也打扫得干干净净。第二天上午，老师和同学们都感到惊奇，会问这是谁干的呢？大家不露声色，都装作若无其事的样子，好像谁也不知道，什么都没有发生过，心里却是乐滋滋的。

除此之外，每当下课，同学们会争着擦黑板，个子矮的就垫着板凳擦。课外劳动时，什么活儿最脏、最累，大家都自告奋勇抢着干。哪位同学成绩太差，拖了班上后腿，成绩好的会主动相帮，一对一地辅助他克服学习上的困难，直到成绩跟上。在校外，帮“五保”老人担水、劈柴、打扫卫生，搀扶老人上街买菜……

一次少先队队日活动，大队辅导员老师给我们上队课，提问我们从小学习的目的是什么，要求大家举手发言。同学们都争先恐后举手，有的回答，现在学习是为了以后接好革命的班；有的回答是为了长大后像雷锋叔叔那样做更多的好事；还有的则回答是为了改造世界，因为世界上还有三分之二的人在受苦，我们自己的国家也还很穷呢。

课堂上发言踊跃，一个接着一个，都想说上几句。大家的发言五花八门，天真幼稚，但都极其认真。各年级各班还开展了评选身边“小雷锋”活动，这些“小雷锋”一定是家庭出身好，做好事最多，事例最突出，成绩好的学生。当时我们班一位工人家庭出身的女同学，成绩虽不算最优，也被评为“小雷锋”，教美术课的梁老师还特地给她画了画像张贴在教室墙上。

《雷锋日记》也受到同学们的普遍推崇。大家不仅能熟背其中的警句格言，还能运用到自己的作文中。如“对待同志要像春天般的温暖，对待工作要像夏天一样火热，对待个人主义要像秋风扫落叶一样，对待敌人要像严冬一样残酷无情”“我要将有限的生命投入到无限的为人民服务之中去”“做一颗永不生锈的螺丝钉”等。在各个教室的墙报专栏里，这些格言经常出现。

我那时曾想，雷锋确实了不起，做了那么多好事，不为名不为利，他也没有想到现在全国人民都在学习他呀，他到底为了什么呢？我们学得像他吗？我问过老师，老师当时怎么说的我已记不清，或许那个时候我们年龄小，不可能理解。

雷锋不是神，是一个人。是人就不可能完美无缺，是人就有着他自身生命的逻辑。每个人在特定的生存环境下，有着自己的价值取向、生活态度和行为方式，他们在社会生活中的一切，无不遵从和反映了自己生命中的内在依循，并影响着社会的发展。这种依循，体现了其自身生命的逻辑。

一个个鲜活的生命，从出生到死亡，是一个不可逆转的过程。生命来自大地，又分分秒秒消逝于大地，回归自然。这是一种生物学现象，也是生命的普遍规律。当今不少大彻大悟之人，生前主动将自己死后的遗体或身体器官捐献给人类医学事业，去拯救更多的生命，既是他们对社会、对大自然的回报，也是对生命认识的一种觉醒。这世上绝大多数的平凡普通人，他们在这个社会默默地生活着耕耘着，不知不觉地奉献着，是再普通不过的事实。

雷锋作为一个普通战士，与绝大多数平凡普通人一样，在平凡的岗位上默默奉献，以自己短暂的一生，体现了自己生命的价值。

学雷锋活动始于 1963 年，无论现在的个别人怎样发挥自己的想象力去探究、推测、质疑甚至臆断，但可以肯定，“雷锋精神”中的中华民族的传统美德和唤醒人们社会良知和公德意识的时代价值观，已被当下社会和大众普遍认同，成为社会的一种共识。它不仅不会被人们遗忘和摈弃，随着社会的向前发展，还将持续发扬光大，并以新的形式绵延于世。

七、就读耕读班

1966 年下半年，我小学毕业前夕，国内形势出现一些变化，但我们照常参加了当年的初中升学考试。录取结果出来，却让人意外，许多成绩好的同学榜上无名。我虽被录取，却被编到新设的龙潭中学初中“耕读班”。

“耕读班”对现在的人来说闻所未闻，自然很陌生。它是20世纪60年代各地常见的一种农村办学形式，一般在农村大队一级办班。这种班只有一位老师上课，学生年龄小到七八岁、大到十五六岁，学习用品由大队负责，主要是解决农村孩子上学难问题。这样办的班就叫“耕读班”。从字义上理解“耕读”，就是“边种地边上学”，“耕”和“读”相结合，它源于中国古代的一种耕读文化。

那时我们就读的耕读班其教学设置与其他班完全不同，所发课本全是种粮、种菜及养猪、养牛、养羊、养鸡等农村实用技术内容，常规的数理化、外语课本全无。

后来得知，设这个城镇耕读班，是当时上级教育部门的一个试点。

校方在制订试点方案时，认为常年在龙潭镇街长大的学生与农村学生比起来，属于四体不勤，五谷不分，将这批小学应届毕业生列入试点对象，更容易出成果。方案实施后，居住在镇上吃商品粮的录取生几乎全部被编入耕读班，其他各地的农村应届生则编入常规普通班。同学们望着这些课本，大惑不解，全都傻了眼，心里虽不平衡，但比起那些未被录取的同学来，觉得还算幸运。于是，大家只好自我安慰，不再耿耿于怀，心里也渐渐平静下来。

正式行课后，给我们上第一堂课的是一位操着北方口音的薛老师。薛老师也是我们的班主任。他上课的内容，主要是给我们介绍学校的基本情况和学习纪律，而对设置耕读班的背景缘由却闭口不谈。看得出，他不是不愿谈，而是他也说不清楚，我们也未多说什么。

记得班上还设了一名辅导员。辅导员是本校高中一位1967级的农村学生，他专门协助班主任对学生的日常管理。尽管这位辅导员平时说话谦和，没有一点架子，与同学们相处也好，但我们还是觉得，这种由本校在读学生担任我们辅导员的做法，总有些不妥，让人不可思议。

虽是耕读，却既无“耕”也无“读”。正式行课后，我们班与全校其他班的学生一样，多数时候都是在学校礼堂参加形势报告会。报告会由学校教导处主持，校领导轮流上台主讲，并宣读上面的各类批示、讲话和文件材料。由于主讲者们对时下形势认识不清，有的又不甘示弱，于是不懂装懂，难免加入自己的见解，自作聪明地发一些议论，结果往往自相矛盾，弄巧成拙，最后不能自圆其说，引起满堂师生哗然。后来，报告内容变成专门宣读来自上面以及各地的传单。

记得有位身材姣好、长得秀丽端庄的高中女生，几乎每次都由她在台上宣读传单，而且边读边谈自己的体会。她是北方人，口齿清楚，声音清脆，讲起话来亲切可人，能产生极强的现场感染力。特别是她那一口正宗流利的北方普通话，以及她不时将头上那对不长不短的辫子往脑后一甩，既温柔又大气，极富战斗激情！

她除了宣读传单，还特别喜欢唱歌，其嗓音十分悦耳。当她在一些场合一展歌喉，唱起《毛主席窗前灯光明》这首歌时，那真是十分动听。同学们，特别是我们这批刚刚进校的初中小男生，都会情不自禁地跟着应声齐唱。

突如其来的形势变化，已让大家不知所措，似乎所有学生都忘记了自己的学习任务。于是，我们先前就读耕读班的抱怨情绪，早已烟消云散。读什么班、发什么课本对我们来说已不再重要，也不再被我们在乎和看重，反正大家都一样，都没有真正行课。

随着岁月的流逝，耕读班这个独特的学历称谓，也逐渐淡出我的脑际。几十年后，现将它记叙于此，却在于一种纪念。因为，它毕竟是我后来学习、工作、事业的一个起点，激励我读书学习，并伴随我的一生。

八、初次远行

那段时间，外地学生纷纷涌向北京，北京的学生则纷纷奔向外地，各省市的学生又相互流动，我几乎每天都能看到徒步经过镇上的学生。我也想去外面的世界看看，便央求四哥带我一起出去。

四哥已满 14 岁，正上区农中，他满口答应，并说刚好班上同学正组织徒步串联去韶山，让我跟他们出去。母亲开始有些不放心，不想让我去。我说我读的虽是耕读班，也是正式考进去的初中生，也有资格出去呀，再说班上也有同学出去呢。母亲见我执意，便同意我随四哥同行，还说，既然国家承担费用，出去见见世面也好。

这期间，三哥从涪陵商校回到龙潭，已约定几个同学一起出去，因人不齐，那几天正在家中等待。我们动身前一天晚上，母亲一边给我们收拾行李，一边叮嘱四哥，要他在路上特别注意照顾体弱多病的弟弟，她有些担心。四哥连说不要紧，一路上人多，他也会细心。

此时三哥正躺在凉床上看书，听后，突然蹦了起来，对母亲说："算了，还是我带他们一起出去吧，他们两个年纪都小，没出过门，我也不放心。"

母亲一怔，说："那怎么行呢，你不是与其他同学约好了吗？先走了，别人说你失信怎么办？"

三哥说："管不了那么多了，我也收拾一下，明天一起出发吧。"

于是，我和三哥、四哥与农中的同学一道，于 1967 年 1 月 9

日上午 10 点由龙潭出发，沿川湘公路，开始了为期两个月的徒步“远行”。

当天下午 5 点左右，我们到达秀山县龙池镇。在该镇接待站（一所小学）住下，大家分别用热水洗了脚。晚饭后，便早早上床就寝。第二天一早，由龙池出发，经秀山到洪安，然后坐“拉拉渡”过河，入境沈从文笔下的边城茶峒镇。再往前走，又经花垣、吉首、泸溪直达沅陵县。

我当时 12 岁，初始徒步长途，确感体力不支，加之耳廓、脚跟冻伤，创口破溃流液，疼痛难忍；一路走走停停，对大家多有拖累。

到沅陵后，三哥便带我去接待站医务室上药。过程中，医生见我年纪小，冻伤不轻，显得格外关心。三哥便打探询问：“像我弟弟这种状况可不可以免费乘车？”医生说：“你弟弟已连续步行几天，实在不容易，你们去车站问一下，看能不能办理免票。”经过努力，三哥终于办到两张去常德的长途车票。于是，为方便三哥对我沿途照顾，我们与四哥他们分别前行。

在沅陵车站上车时，一位年纪偏大的乘务员按座号点名。由于他将三哥名字中的“荣”认成了“茶”，加之他浓重的湖南口音，连叫三次“娄茶斌两人”，我们都未听懂在叫谁，直到车已发动，我们一下回过神来，得知刚才正是叫我们，这才急忙上车。

从沅陵到常德再到益阳，我们在这两座城市各住了几天。

住在益阳接待站期间，我和三哥每天去街上闲逛或看“大字报”，到了吃饭时间便准时赶回。晚上住在集体大铺，闲着无事，就与同屋的学生聊天。

大家觉得，出来一些时日后，身心开始疲乏，感觉也发生了变化，那种精神抖擞、神气十足劲已荡然无存。刚出来时，各个队伍还打着标志旗，神色庄严，列队规整地行进。而到了后来，旗帜不打了，行进也不再有队形，最后不得不量力而“行”；一堆一堆地、慢慢地拖着走，捱着走。实在走不动了，就皮耷嘴歪地靠坐在沟边地角、树干旁歇息，或去附近人家讨碗水喝，或站在公路中间拦车，指望司机体恤我们这些学生辛苦，能停车带一程。

这种路中拦车，我们也曾屡试，多数时候不被理睬。无论空车还是载有货物的卡车，大都一驶而过，有时还见司机从车窗伸出头来怒斥，指责我们的行为影响他行车安全。当然，遇到运气好时，偶尔也有成功的时候。上车后，我们会一路感激不尽。

静下来后，我开始想一些心思，想一些弄不明白的疑团。

全国这么多学生出来，吃住不要钱，国家怎么供得起？大家串来串去，一站接着一站走，越到后来越没有了激情。到了目的地，落实了吃住，泡了热水脚，就再也不想动了。疲乏了一天，谁也没有想过要去找什么人串联呀，更不希望当地人上门来。实际上，出来这么多天，还从未有人来找过我们，我们更没去找过什么人。这段时间的情形，已让我感到奇了怪了！天天都这么走这么住，什么人物也没接触，什么事情也没干，国家的钱不是白花了吗？我真的弄不懂了。时间一长，也觉得有些无聊，有些想家了。

由益阳乘小火轮去长沙，在船上，我们与一位河南嵩山籍回族少年相识。这位少年约莫十四五岁，他个子不高，脸宽眼小，憨厚朴实，却耿直健谈。一路上，他向我们介绍了河南的少林武功逸事和有关回族的民风民俗，三哥也向他介绍了巴蜀一带的山川地理和各种历史传闻，他听得饶有兴致。

我还向他讲述了山城重庆的渣滓洞、白公馆以及小说《红岩》中的一些人物。没想到他竟听入了迷，不断地刨根究底发问，倒把我难住。因那时我还没去过重庆，更没参观过渣滓洞和白公馆，不知如何作答。我向他讲述的内容多是从书中得知或听老师所讲。这让我一下明白，凡事不能信口开河，否则会使自己难堪。分手时，我们相互留下通信地址。

后来我们未能继续保持联系。50 年过去了，那次偶遇，他那宽脸细眼，憨厚朴实的神态和简短的话语，我至今还有印象。不知他是否还记得我们？茫茫人海，何处相寻相遇？若能再次碰上，我会请他吃山城火锅，吃重庆麻辣小面和荣昌卤鹅，会陪他去参观渣滓洞、白公馆、红岩村、看山城夜景……任他吃个够，看个够，问个够，我也不会信口开河了。

到了长沙，我们去了毛主席曾就读的湖南第一师范学校，极目远眺了橘子洲，还参观了岳麓书院。这几个地方我都曾听说过，也很向往。现在来到这些地处，便联想起湖南一些著名人物在此从事革命活动的故事，特别是青年毛泽东当年领头与地方军阀斗争、与志同道合的伙伴们一起雨浴、一起畅游湘江的豪迈情景。对岳麓书院，当时只感觉它肃穆庄严，深不可测，是古时读书明理的好地方。

2009 年，我曾再去长沙，又专门参观了这座书院，联想到少年时代来过这里，感觉与那时大不相同。我们参观完内院出来时，被书院门上那副“惟楚有材，于斯为盛”的对联所吸引。

当地陪同人员介绍，晚清以来，湖南人一直以此为荣，此名联成了湖南标准的广告语。清嘉庆十七至二十二年（1812—1817），袁名曜任岳麓书院山长。门人请其撰题大门联，袁以“惟楚有材”嘱诸生应对。正沉思未就，明经（贡生的尊称）张中阶至，众人语之，张应声曰：“于斯为盛”。这副名联就此撰成，张悬于大门。上联“惟楚有材”典出《左传》。原句是：“虽楚有材，晋实用之”。下联“于斯为盛”出自《论语·泰伯》。全联的意思或可理解为：楚国是个出人才的地方，岳麓书院更是楚国英才齐聚的会所。

陪同人员还介绍说，春秋前期的楚国，曾是中国南方的主要强国之一。楚地，包括现在的湖北、湖南、以及河南南部一些地方，楚国当时即以湖北为中心。就一“楚”字而言，这种骄傲当由湖南湖北共享。

而岳麓书院，则是全国四大书院之冠，据志书记载，它创办于公元976年，即北宋太祖开宝年间，距今已有1000多年历史。它曾先后五次获得皇帝赐额或御赐箴文，无数次得到朝廷所赐经书。“岳麓书院”四字就是宋真宗御赐的。不少著名的历史人物如王船山、魏源、曾国藩、左宗棠、郭嵩焘、杨昌济等都曾就读于书院。1916年暑假期间，毛泽东也曾寄居于此，以后又数次寓居，在此主编《湘江评论》《新湖南》刊物，进行革命宣传。

离开长沙，又踏上去韶山的泥泞土路。行进途中，竟然与分手多日的四哥他们不期而遇，我们三兄弟在此意外会合。四哥随即与我们一道，再度直奔韶山，曾与母亲在福音堂幼儿园共事的袁伯娘之子袁中建也与我们同行。

快到韶山时，一眼望去，不远处挂有白纸红字的大幅标语，上面写有“热烈欢迎全国红卫兵小将来伟大领袖毛主席家乡做客”的大字。那天正飘着雪花，天色灰暗，满地泥泞，我们身上的衣裤全都淋湿，冷得直发抖。到韶山后，三哥找到厨房，让我们赶紧在灶门口取暖，并转着身子烘烤衣服。顿时，衣裤直冒热气，散发出浓烈的异味。三哥则在一旁重复做着下蹲动作，靠运动发热御寒。

这里接待站规模较大，四处都是用新木方搭建的大型棚屋，每间棚屋都有三层通铺，铺上的被盖、褥子、棉絮都用包装白布包贴，睡在上面特别暖和。伙食以红色糙米饭为主，另有馒头和大钵的米汤煮萝卜丝和白菜、胡萝卜等，菜中偶见少许油渣，整个饭菜食用管够。来韶山串联的学生很多，到处人山人海、口音混杂。我们依次排队，参观了毛主席旧居及屋前荷塘、屋后竹林和毛主席父母的坟墓。

到了韶山，我心里一阵激动。这之前，因年龄小，我们未能赴京见到毛主席，心里一直遗憾，这次徒步走了不少地方，虽一路辛苦，终于挺了过来，终于到达此行的目的地韶山！虽未见到毛主席他老人家本人，却到了他出生和从小生活学习的地方，战斗过的地方，还参拜了他父母的墓。这不是任何人都能经历的，我们却宝贵地经历了。这难道不值得骄傲和自豪吗？回去后，还可以向家人和镇上的伙伴们炫耀一番呢！

在韶山的活动一结束，我们又步行赶到湘乡火车站。这是一个只有货运编制的小站，当时正好有几节腾空的闷罐车皮要发往株洲。由于这里没有客运，我们不宜久留，三哥当即决定先赶这趟车到株洲，然后再想办法去武汉。

眼看列车快要启动，学生们纷纷往车窗内翻越。三哥见状，带我们迅疾跑到一列车厢前，放下行李后，连忙将我托举，一下推入窗口。我“扑通”一声落入车厢，赶忙爬起，只见三哥抓住窗沿，四哥在下面抱住他小腿，不住往上推送，三哥就此而入。站稳后，他马上转身将双手伸出窗外，紧紧抓住四哥送上的手腕，将他拉入车窗，然后用同样的方法，将袁中建也拉了进来。我们还未站稳，列车已徐徐启动。由于人多稠密，拥挤不堪，顿感胸闷气紧。我们几个紧偎一起，手牵着手不敢松开，生怕被挤散。第一次坐火车，屁股却未落地，就这样相互挨挤，一直站到株洲。

下车后，见一列开往汉口的列车刚停，我们随即又硬挤上车。没多久，列车到达汉口。我们下车出站，在接待人员引领下，赶往红旗大道北京路小学接待站入住。

既然到了武汉，我们兄弟三人都想到应回老家一趟，看望未曾谋面的亲人们。住下后第二天，三哥按照平时掌握的住址线索，给在湖北天门县卢市中学的堂兄去了一封信，告知我们来到武汉，想回老家看望，请求给予帮助等等。信寄出后，平时我们便出去游览市区，去过的地方有湖北大学、中山公园、武汉长江大桥和著名的黄鹤楼。

老家的人终于找上门来了。第三天下午，我们的两位堂兄找到接待站，查到我们的入住登记记录后，足足等了半天才把我们等回。因刚过午饭钟点，我们被带到附近一家小店，每人吃了一份“盖浇饭”，然后上一路公交车。过了长江大桥，在武昌转车到关山，从关山又步行好几里路。此时天色已暗，好几间土坯屋映入眼帘，这便是我们的老家朱鲁湾。记得那天是阴天，地上湿滑，鞋上沾满了泥。虽然回到老家，我们的心情却高兴不起来。

老家的老屋里几乎没有什么像样的家具。二伯个子比父亲略高，说话带喉音，他头戴浅驼色旧毡帽，身披灰色旧棉大衣，脚穿手工做的布鞋。晚饭是老家的特色小吃，名为“豆丝”，其实就是在龙潭镇上常见的“绿豆粉”。当天晚上我和二伯睡一张床，三哥、四哥住在隔壁四平叔家里。本家几位长辈听说我们从四川回来，都过来看望，并分别约请我们去家中吃饭。叙旧中，他们不时谈起祖母及我父亲、母亲在老家生活的情景。

我们在湾里逗留了两天，离开时，二伯还专门送了一袋豆丝和一条风干的长江青鱼，说带回四川让爸妈也尝尝这久违的乡味。

自那以后，我和三哥再也没有回过老家。后来听前两年回过老家的大哥、二哥、四哥说，如今的朱鲁湾已今非昔比。原来的湾子及周围一大片土地早划为市里的开发区，现已建成多条宽敞的大道和一幢幢现代建筑，湾里的人现在家家户户都有好几套住房，每家每户也有自己稳定的找钱门路。他们说，这都得益于改革开放带来的机遇，不然再过几辈子，都难指望会有如此翻天覆地的变化。

第二天中午时分，我们又去了几里路外的钱李湾二姨妈家。二姨妈长得与我母亲很相像，微胖，红光满面。她育有四男一女，分别取名为木生、福生、树生、半斤、莲珍。二姨家境还算不错，她常进城卖菜，有时也顺便去城里大姨家看望。

二姨父看上去较精明，只是腿脚不很方便，行走需用拐杖。二姨见了我们，又惊又喜，她握着我的小手，眼眶浸满泪水。我们坐下后，她即刻上灶，给我们每人下了一大碗面条，碗里还有两个荷包蛋和一些腊肉片。二姨一边看着我们吃面，一边不住地问爸妈的情况。离开时，她含泪从屋里追出，硬往我手里塞了两块钱。

辞别二姨一家后，树生又带我们一行乘公交车到汉口铁路子弟中学，见到了大姨的长子建生表哥。建生哥年近四十，身高约一米八，清秀较瘦，留分头，脖子上围着咖啡色格子围巾，看上去颇有气质和风度。他是这所中学的美术老师，后来听说他还是武汉市美术家协会会员。建生哥与我们见面后，向同事打过招呼，便带我们赶乘公交车，行至武昌蛇山脚下，下车后进入铁道线旁临街的第二排平房，便到大姨家中。

大姨家房屋虽窄小，却收拾得很干净。大姨见了我们，更是喜出望外，我们看见她也倍感亲切，大姨比我母亲明显显老且瘦。大姨父言语不多，慈祥和善，看上去身体、精神尚好。曾听母亲说，大姨父年轻时在旧警署当过三等巡官。大姨家也是 4 个男孩 1 个女孩，即建生、韵琴（已成家去了襄樊）、汉生、志生和玉生。我们住在大姨家，就像住在自己家里一样，一点不觉生分，那几天晚上我都挨着大姨睡。

白天，我还与志生、玉生一起在屋前地坝玩玻璃珠子，并听他们讲述都市里发生的一些奇闻逸事。我也向他们摆谈途中的见闻。当谈到武汉两派争论激烈的“二八”声明时，他们迷惑地望着我，似乎不明白，我怎么会去注意大人们才关心的事呢。建生表哥则喜欢听我的观感，并夸我小小年纪还蛮关心社会大事哩。

每天吃饭，我特别喜欢当地的洪山菜苔，据说是武昌独有。没想到，在如今的超市也经常看到这种红色的菜苔，也许这就是武昌洪山菜苔吧。

在大姨家期间，我们游览了附近的洪山公园，参观了“二七”大罢工纪念馆，这又让我联想到反映“二七”大罢工的小学课文和《风暴》这部电影，联想到工人运动领袖林祥谦、大律师施洋与反动军阀做斗争英勇牺牲的情景。

“二七”大罢工被镇压的当夜，天降大雪，敌人把林祥谦绑在江岸车站站台的木桩上。敌人恶狠狠地命令刽子手举刀砍向林祥谦左肩，“上不上工？”林祥谦斩钉截铁地说“上工要总工会下命令。我头可断，血可流，工不可复！”屠刀又砍向林祥谦的右肩，他血流如注，昏死过去。醒过来，敌人再次恶狠狠问他：“现在怎么样了？”林祥谦拼尽最后的力气怒斥敌人：“现在还有什么话可说？！可怜一个好端端的中国，就断送在你们这帮军阀手里了！”林祥谦壮烈牺牲时，年仅 31 岁。

电影中，施洋着长衫灰旧大衣，一边烧毁文件，一边猛吸着纸烟，那种从容赴难的形象，令我印象深刻。在敌人的法庭上，他怒斥军阀镇压工人运动的滔天罪行，以大无畏的革命气概压倒了敌人。面对敌人黑洞洞的枪口，施洋大义凛然地说：“你们杀了一个施洋，还有千百个施洋！”敌人恼羞成怒，连呼开枪。施洋高呼“劳工万岁！”第二枪响后，他依然屹立，牺牲时也只有 34 岁。

来到他们英勇就义的地方，瞻仰着他们的遗像，我的心情久久不能平静。心想回龙潭后，一定要向小伙伴们详细摆谈，让他们也受到教育！

与大姨一家离别时，大姨也给了我 5 元钱，她还让汉生哥陪我们去长江码头排队候票。一年后，我母亲带着弟弟从龙潭去武汉，专程看望了她一直思念着的两个姐姐，实现了多年的夙愿。

由武汉返涪陵，我们乘坐的是“东方红 103 号”长江拖轮驳船。驳船本身无动力，靠主轮带动。为运送大批学生返程急需，船务部门临时在驳船货舱底部铺上草垫，用于返程学生住宿。我们住下后，三哥独自在船上打探走看，无意中发现机房的冷却水可以洗澡，便带我们轮流去享受一番，痛快淋漓地洗了个热水澡，顿觉周身舒坦。

记得底舱还住有几位新疆维吾尔族男女学生，我们都以为他们是外国人，纷纷掏出毛主席语录本请他们签名留念。当得知他们和我们一样也是学生后，大家又执意请他们表演维吾尔族舞蹈。这几个维吾尔族学生倒也大方，便在甲板上翩翩起舞，一下引来不少学生热情围观。

船上的伙食还不错，每餐每人一大碗甑子饭，饭上浇有豆腐、白菜、萝卜和胡萝卜，还有少许涪陵榨菜。饭菜着实受用，食进肚后，顿感暖和舒展。在舱底沉闷无聊时，我们还轮流去舱外透气，观望江中的浪花和两岸的崖壁。

船在湖北境内一直未停，直到万县（今重庆万州区），才第一次停靠码头下客。当船抵涪陵时，天已黑尽。下船后，我们去附近馆子吃了面条、醪糟汤圆。付账后，三哥将一路节余的十几元钱交与四哥，叮嘱他放好带回交给母亲，然后带我们去乌江码头候船室排队候票。次日早上，我们凭串联证（学生证）办好去龚滩的返程船票后，三哥便与我们分手，独自返回商校。我与四哥及同行者登上乌江“红光 9 号”机动船，经武隆、彭水至龚滩，再乘长途客车回到龙潭。

在乌江船上，还发生一件令人难忘的小事。

由于四哥晕船，一直不想吃饭，每次船员送餐，他都只买一份，让我独自食用，他却连续两餐都只喝“活汤”，不沾饭粒。此情形被送餐的船员发现后，误认为我们钱不够，无力支付两人的饭钱。于是，船员当即为四哥送来一份免费午餐，并说还有两餐对我们兄弟俩也免费提供。四哥见状，连说不是我们钱不够，而是我晕船吃不下，只想喝“活汤”。我也在一旁解释，没想到送餐的船员和一旁的旅客均不相信。我们越解释他们越不信，其中一位船员还对我颇有微词，说我不甚懂事，哥哥喝汤，当弟弟的却不吭不响地吃独食！

看来一切解释都已多余，盛情难却，我们只得接受免费供餐。船至龚滩，我从装有毛主席语录本的“宝书袋”里取出两枚主席像章，当即送给为我们送餐的船员……

外出两月，初次远行，虽然一路劳顿，吃了不少苦，受了不少累，所见所闻，感触甚深。

我们看到的是：县以上城市风起云涌，各类标语铺天盖地，到处在演讲辩论，到处在集会游行。我们在长沙、武汉两座省会城市停留期间，还看到一队队情绪激烈的学生，手持标语小旗，行进在一条条大街要道，冲向一处处机关楼宇，占据广场，激愤演讲，情景如火如荼，洪流势不可挡。而在广场的一些角落，却呈现出另一番景象：各地来的学生们围成几堆，正在自由交换各类纪念章。纪念章别在袖章上，晃眼一望，金光闪闪，密密麻麻；现场人声嘈杂，如同赶集一般。

面对如此场面，我们这些来自山区的学生，全都目瞪口呆！这一切到底是怎么一回事？我们百思不得其解。

为了省钱，我们回龙潭前没有打电话告诉母亲，就突然回到家。母亲见了我和四哥，顿时喜出望外，握住我们的手，迫不及待地问这问那。她说自我们离开龙潭后，她每天都在担心牵挂，那么冷的天，也不知我们几兄弟走到了哪里，一路歇脚的地方怎样，挨饿没有，常常口问心、心问口。她还说最放不下心的是我，年龄那么小，出去这么久，支气管哮喘病发了怎么办？她那颗心一直是悬起的。现在我们平安到家，四哥还从口袋里掏出一路省下的十几元钱和一些粮票给母亲，她心里总算一块石头落地。

晚上，我和四哥围着母亲，讲述了两个月来在外一路奔波的情形，还特别向她摆谈了我们是如何回到湖北老家，如何找到她离散多年的大姐、二姐并与她们见面的情形。母亲听得很仔细，也很开心。我们讲述不清楚的地方，她会忍不住打断我们的话，要求再说仔细一些。年幼的弟弟也不断插话，问个不停；他对我们乘坐火车、轮船感到特别新鲜好奇和羡慕。当我们讲起在乌江轮船上发生的免费就餐一事时，母亲说，看来这世上任何时候还是好人多，你们长大后，做人一定要凭良心，讲良心的人最终不会吃亏。

二哥当时正值上高中，与同学一道去了成渝两地。他比我们先回来几天，也将出去的经历细说给我们听。那几天，一家人真有说不完的话，摆不完的“龙门阵”。

出去了一趟，回来前没觉得有什么不同；回到家，回到龙潭，一下觉得自己长大了许多。

……

九、启迪

我 14 岁那年，全国各地学校已陆续复课，因之前我曾被龙潭中学初中耕读班录取，也就不再有复读初中的资格。消息传来，我成天闷在家里，性情变得有些忧郁。

我从小体弱多病，慢性支气管炎频发，每次发病，都会牵动全家。母亲和几个哥哥都呵护、照顾着我，就连比我小两岁的弟弟，也处处依我；晚上睡觉时，他不再争相挨着母亲，以方便母亲对我的照顾。

住家附近的熟人，也对我十分关切，每遇我发病，他们都会前来看望，并常说一些体已怜悯的话安慰。说这孩子莫看他病恹恹的，学习用功，平时又乖，不用担心，病总会好起来的。开始我还有一种自怜的满足，似乎患病受别人怜悯是件享受的事。随着步入少年，这种慢性疾病对我经常折磨，或许使我的身心产生了某种抗体，病魔一次又一次被战胜，我依然活着。患病自怜的满足，变成了征服病魔的意志。

以后，我每次发病不再像过去那样敏感，那样脆弱和恐惧。我会在患病期间想一些心思，这样既能转移我对病痛的注意力，缓解病患的折磨，还能显示我的勇敢，而我的勇敢有时并不争气。当我故意转移话题，想岔开大家对我病情的关注时，会突然连续咳喘，虚汗直冒，说话开始有气无力，头也歪在一边。这时，母亲又会过来拍拍我的背，摸摸我的额头，然后倒上一杯开水，拌上红糖，慢慢给我喂服；她要我静静地靠着，不要再费力说话。

白天独自靠在床上，我不由自主地望着糊在板壁上的报纸，将那些过时新闻反复浏览，并艰难地移动身体，慢慢下床，翻出二哥平时借回的一本本小说，再回到床上，调整难受的背姿，然后翻开书页，进入书中的世界。

大哥每次从西安回家，围绕读书的话题，多与二哥交流，带动和影响着弟弟们读书。我们在龙潭的几个兄弟中，喜欢读书、书读得最多的，当数二哥。他眼睛高度近视，除了受父亲的遗传影响外，经常看书，特别是经常在光线不好的环境看书，也是一因。

我当时真弄不明白，不知他哪来那么大的神通，居然毫不费力地借回一本又一本小说，其中不乏大量世界名著。托尔斯泰、屠格涅夫、冈察洛夫、契诃夫、狄更斯、雨果、伏尼契的作品都有。鲁迅、巴金、茅盾、沈从文等国内著名作家以及其他作家的作品更是常见。

二哥不但自己读，晚上睡觉前，还给我们几个弟弟讲述。那时没有电灯，为了省油，天一黑，我们便早早上了床。

记得一个晚上，我们几兄弟挤在一张床上，二哥给我们讲述《悲惨世界》主人公冉·阿让的故事。他从头到尾，细述了冉·阿让如何坐牢，如何越狱，成为富翁后又如何当上市长为市民服务，后来又主动自首，再次逃跑，直至去世……这些精彩情节和人物关系，我们听得津津有味，直到入睡。他借回的书，我们几个弟弟都争相阅读，读完后他才拿去退还。

我们对书中的内容不完全理解，却十分着迷，也很享受。如《牛虻》主人公亚瑟坚韧的性格、神甫蒙太尼里的伪善，《悲惨世界》

冉·阿让的机智坦然,《巴黎圣母院》中吉普赛女郎和敲钟人的善良,《奥勃罗莫夫》中主人公的病态心理，以及狄更斯在《双城记》中的大段名言，等等，都给我以心灵的启迪和影响。阅读带来了身心的快乐!

我还记得，那时家里能经常见到一本薄薄的、蓝色封面的哲学小书，书名叫《辩证唯物主义和历史唯物主义》。或许是二哥、三哥上中学时所发，要不就是大哥探亲回家返回时没有带走。我经常在床头，在简陋的书桌上见到这本书。

记得书的开篇就写道:“什么叫哲学?哲学就是关于世界观的学问。什么叫世界观?世界观就是人们对世界的根本看法。”紧接着又阐述:“世界是物质的，物质是运动的，运动是变化的，变化是有规律的，规律是可以认识的，认识是无限的……”这种表述一层跟一层，通俗易懂，让我产生极大的兴趣。像读小说一样，几天就将这本书翻完，至今印象极深。

再就是红色塑料封皮的《毛主席语录》。这本书在家里更是四处可见，不仅阅读方便，而且朗朗上口，不少进入我的记忆。几十年过去了，直到现在，随时都可以信口拈来。如:“在阶级社会中，每一个人都在一定的阶级地位中生活，各种思想无不打上阶级的烙印。”“一些阶级胜利了，一些阶级消灭了，这就是历史，这就是几千年来的文明史。拿这个观点解释历史的叫历史唯物主义，站在这个观点反面的叫历史唯心主义。”“人民，只有人民，才是创造世界历史的动力……”连同那本蓝色封皮的薄书，对我来说，或许这就是最初的哲学启蒙。

我们兄弟正处于长身体的时期，也是渴求知识的时期，个个喜欢阅读，家里却无钱给我们订报买书，这成了一个难题。没想到，这个难题被轻而易举化解，这还得感谢母亲。

平时，母亲除了忙碌厨务，还兼学校上下课敲钟和每天分发报刊。

一般在晚上7点，母亲就将分拣好的报刊及时送到教师们手上，我们便利用这之前的时间，先睹为快。除了党报党刊外，学校还订有一份神秘的《参考消息》。订阅的其他杂志有《学习与批判》《少年文艺》《红领巾》等等，偶尔还发现罕见的、不知是哪位老师订阅的《收获》等文学刊物。我们对这些报刊能读多少算多少，不可能一下全读，更不可能细看慢品。几天后，我们又央求母亲，将未读过的杂志再借回，重新一饱眼福。平时母亲人缘好，老师们都愿借给她，这给我们免费读书看报带来极大的方便。

无意中，我又翻到三哥带回的《刘天华二胡独奏曲》，这本薄薄的曲谱中，还载有刘半农为其哥哥撰写的生平，这也引起我的兴趣。

那时形势不太正常，交通也不是很方便，大哥大学毕业后尚未分配工作，只得滞留在家。他利用这期间，用蜡纸、钢板刻写了几十首经典歌曲，亲自油印成册，分别送给附近一些喜欢音乐的老师和熟人，我们兄弟也人手一册。

那个时候，正值炎炎夏日，既没有电扇，更没有空调。大哥在刻写或油印蜡纸时，常常光着背膀，汗水不断地从他颈上背上冒出，直往下淌，蚊虫也不断肆虐。我和弟弟见此，便轮番给他摇扇打扇，驱赶蚊虫。

这期间，我还跟大哥学识简谱，听他拉京胡二胡，弹奏秦琴，学唱一些歌曲。晚饭后，我和弟弟又随他一起，常去小镇附近的龙洞乘凉。我们一边唱着一首名叫《边疆处处赛江南》的新疆歌曲，一边采摘溪沟旁的刺梨子。记得大哥还将一句“战士归来鱼满船”改为“战士归来刺梨一大包”，要我和弟弟回家唱给母亲听，并献上采摘的刺梨。回到家，我们边唱边捧上刺梨，母亲见我们一脸的快活，果然十分高兴。

那个时候，各地学校上课一直不太正常，这不正常却让三哥在涪陵商校学会了拉二胡，平时四处参加演奏的机会不少。他不仅弓法指法娴熟，坐姿讲究，音色也拿得极准，还会演奏许多名曲。每次回到家中，只要他一拉琴，就会吸引周围邻舍的人们，大家听后都赞不绝口，三哥无不得意。这对我也产生了影响。

不知不觉，我常趁哥哥们不在时，偷偷从墙上取下他们借来的二胡，模仿他们平时的动作，反复摆弄，梦想什么时候也能奏上一曲。

一次不小心，我将二胡的琴弦调得太紧，琴筒蛇皮绷破。二哥发现后，虽有些不悦，却没有埋怨指责。没过几天，二胡的主人、二哥要好的同学来家闲聊，他起身离开时，二哥顺手将壁上的二胡取下送还，并就琴筒蛇皮被弟弟绷破一事向他致歉。我在一旁看着，心里“咚咚”直跳，生怕对方不原谅，让二哥为难。还好，这位兄长连说不要紧。我的不安顿时烟消云散。

就这样，哥哥们借回的二胡，多是我在拨弄。学会一两首简单的乐曲后，便一发不可收；拉得有些熟练后，应一些伙伴之约，我还参加他们举行的器乐小合奏。这种合奏，也成了凝聚朋友的一种方式。

后来，我们在一起不只是合奏，也不只是参加合奏的人才在一起，其他一些人也陆续参与进来。大家在一起更多的是“排马路”闲聊，聊得最多的是人生。觉得人除了衣食住行外，好像还应有比这更重要的东西；衣食住行要依赖外界许多条件，自己不能完全做主，而人的内心，则由自己做主……。虽然还很朦胧，谁都抖不清，悟不透，但都明显地感觉到了。

写到这里，少年时代一位朋友进入我的思绪。

龙潭小学背后水泥厂有一蔡姓人家，夫妇分别在县区部门工作。他们有 5 个子女，都极其聪明，学习成绩也很优秀。其中大儿子利川、二儿子利华，兄弟俩年纪都比我小，3 个妹妹矜持寡言，平时多待在家里温习功课，显得规规矩矩。

利川长得白净斯文，一脸清秀。他不光成绩好，还喜欢绘画、阅读，并勤于思考，间或也写一些诗与朋友交流。他弟弟利华那时还不太省事，常随他哥哥到学校玩耍，几乎是走一路跟一路。当他哥哥得知我也喜欢读书并且还会拉二胡后，一次偶然的机会，我们彼此认识，后来交往甚密。平时，他经常来家与我和弟弟一起神聊，也听我拉琴。

我学会拉二胡后，便喜欢上刘天华的独奏曲，后来又迷上现代芭蕾舞剧《白毛女》《红色娘子军》的旋律和流行一时的陕北民歌；对王洛宾、雷振邦、王立平的曲子也很喜欢。我虽拉得不全，弓法指法也未真正到位，但这并不影响情感抒发，有时还拉得如痴如醉，自我感觉不错。

利川每次听后，都赞不绝口，称赞中也少不了羡慕，而我却感到名不副实。我对他说，我只勉强懂点简谱，不识五线谱，这点小拨弄入不了格，更上不了台面，你莫当了真。他却认为我是谦虚，说我无师自通，能拉成这样，已很不错了。他的称赞，对我是一种鼓励，我嘴里谦虚着，心里却有些得意。

我和弟弟也常到他家，看他画的画和平时读的书，后来我们还一起上山打过柴。打柴对他来说，纯属一种体验，那时他们的家境比我们稍好。我还记得在他家的书桌上，长期摆放着一本书名为《初升的太阳》的书，这本书描写的是苏联一位少年画家成长的故事。书中的结局，即主人公还未成年，便过早夭折，长大后当画家的梦想破灭，成为悲剧。

中小学复课后，利川见我失去复读初中的机会，很为我惋惜。相处熟了，我觉得他极富个性，比较执着，显得有点另类，什么事都要探个究竟，不轻易放弃。在别人看来，他常常将一些简单问题复杂化，争论问题也爱钻牛角尖，给人一种不接地气的感觉。就一些话题，他喜欢与我讨论，有时我们都坚持自己的看法，他会激动起来。激动时，他满脸通红，嘴角抽动，唾沫也会溢出。每当此时，我会主动打住。久之，我倒觉得，这正是他的可爱之处。

从初中到高中，他各科成绩出类拔萃。下乡当知青期间，他参加了当年国家恢复性高考，成绩虽高出重点大学录取分数线，却不知什么原因落榜，这对他冲击很大。第二年他再次参加高考，上了涪陵高师。

我从农村插队出来在涪陵农校学习期间，他那时还在酉阳当知青，家住县水电局，我们曾通过几次信。一次，我将自己写的一首反映农校生活的小诗随信寄他，他回信点评：这也算诗？一段顺口溜罢了。我看后哈哈大笑，心想这就是他，他就是这小子！

1976 年年底我农校毕业后留在了涪陵，接着连续两年在垫江等县农村蹲点住队，从此再也没有收到他的来信。后来得知，在他就读涪陵高师期间的一个端午节，他与几个同学冒险泅渡乌江，不幸被激流卷走。我听说后，无不扼腕痛惜。一轮“初升的太阳”还未升起，就这样消逝！

38 年后，利川的弟弟在整理原家中书柜时，无意中竟发现哥哥的一个未寄出的空信封，信封是写给我的，里面无信页，却不知道这封信为什么没有写就或写后没有寄出。于是当即将信封传给了我。不知怎的，我对他的早逝似乎有某种预感。回想起我们在龙潭相处的情景，一切都还历历在目。世事难料，深感生命之短暂，灵魂之孤寂，命运之神秘莫测！这又引起我的多思。

但愿他九泉之下能够安息。

十、分担

我失学期间，由于各地生产不太正常，导致日常生活较为艰难。家里实在窘迫的时候，就只有四处举债。

能经常借钱给我们家的，是一位负责学校伙食团管账的冉老先生。

冉老先生过去是一名秀才，但谁也没有印证过，只知道他之前是教书的先生，一直在这所小学供事。他略懂音乐，也识简谱，我上小学时，曾见他在厨房里自唱自打拍子。他常唱的一首歌歌名为《学习雷锋好榜样》，见一些教师子女唱歌时经常走调或把握不住节拍，他会随时主动给予纠正。

他平时为人和善，生活节俭，喜欢喝点小酒；每次用洗净的墨水瓶倒半瓶，随便就点酸菜、萝卜之类，就能喝上一阵。他之所以愿意经常借钱给我们，一则他负担不重，老来有一闺女一直跟着他，老伴则常年在家务农。他每月的收入，除了平时节俭的用度外，略有节余，余下的钱也不兴存银行。再就是我们一家到龙潭小学后，他觉得我母亲为人讲诚信，工作吃苦耐劳，平时厨务安排井井有条；

借钱给这种人家，他自然放心。

另有一件小事更让他信服。

一次二哥、三哥帮他搬家，无意间，发现柜子里有一叠上了灰的人民币，一数，整整一百元。在那个年代，一百元不是个小数，哥俩却二话没说，毫不犹豫地将钱交给了他。他十分震惊，也很感动，他早已记不清这柜子里的钱了。他捏着这一百元大票，直夸二哥三哥，说这都是我母亲平时教养得好。后来我们家每遇难处，只要开口，他都愿意相帮。而母亲每月领工资后，总是先按比例还债，再安排家中生计。冉老先生早已作古，他的善举，令我们兄弟至今难忘。

生活窘迫的状况，不止我们一家，大家都在想方设法渡关。与我们同校居住的多子女家庭和我们家一样，吃饭人口多，生活负担重。当时每家都能做的，就是尽量节省，把仅有的钱，用在基本生活的保障上。此外，孩子们上山打柴，减少柴禾费用开支，或做点力所能及的零工，也能为父母分担。

龙潭镇前后都临靠大山，山坡野岭连绵不断，岩阡石窝灌木丛生。由于土层太薄，这些灌木林丛和各类藤蔓相生相伴，难以成材。那时公路不通，更无条件烧煤，山上山下人户都是柴灶用火，漫山遍野的灌木林丛，便成了人们生活的能源基地。

我初次上山打柴是随四哥一起。

四哥小时生性贪玩，对语文课从不上心，因严重偏科，当年上了区办农中。学校停课后，其心思常用于鼓捣一些玩耍的土制器具，对此他心灵手巧，乐道在行。

一次，不知他从哪里弄来几个滚珠滑轮和几块旧木板，几下就制作成一辆开敞式推车；闲着时，便在房前地坝轮流推着我和弟弟玩。除此之外，他用竹节、橡皮条和鸡鸭羽毛制成土制羽毛球，再用木板做成球拍，带我们一起打球。他还用两根木棍钉上鞋钉，做成类似北方高跷的“竹马”，人踩上去，双手紧握木棍，保持平衡行走，也很好玩。他特别上心的是自制一种“炸弹”，即将牙膏皮用火熔化，然后倒进事先准备好的模子里，形成锡制模体，钻孔后装满火柴头粉末，用铁钉插入，并用橡皮拉紧，周围再缠上一束废旧布条，这玩具炸弹即成。将它往空中一抛，落在石铺地上，会发出轰烈的响声。

四哥天性善良，为人忠厚，家中的粗活、重活，都勇于承担。他对母亲孝顺，对我和弟弟也特别呵护。为减轻母亲的劳累，他常帮母亲担水、劈柴、洗菜。当母亲临时生病不能上班时，他就代替上厨，煮饭弄菜，保证学校食堂正常开伙。若遇我和弟弟在外受到欺负，他决不容忍，会不顾母亲的劝阻，毫不犹豫地出手相帮或非要去讨个说法。后来他从农村当知青出来，被江西一家工厂录用为仓库保管员，其间考入杭州东江船舶工业学校，学满三年毕业回厂，从办事员干到处长直至退休。

上山打柴，常遇灌木林丛野刺横生，四周岩阡坎多石滑，钻进钻出时，稍不留神，就会进得去出不来，不是脚被卡住，就是被野刺划伤。砍完柴，需要两个多钟头。过程中，全身衣裤会磨得破损不堪，脸上、手脚也难免被划破擦伤。

砍好的木柴需先拖到平地，剔去枝叶，摆好理顺，再分别用藤条捆绑扎紧，然后用削好的扦担穿插其间。上肩后，走过几段拐弯抹角的山路，便将木柴放平，上肩拖着下行。

每当此时，我们站在山腰，远眺山下的房屋，会长长地舒一口气，表明全天的劳累只剩下最后一段坡路了。歇一会儿后，又系上拖绳，拖担在肩，顺着下坡路，一蹦一颠地，像放飞车般地将柴担拖到山脚，然后重新挑担上肩，一步步走回家。

四哥去农村插队后，我相约一些伙伴继续上山。久之，我打柴的技能也日渐娴熟，从磨刀、准备拖绳、选择柴源地，再到砍柴、齐柴、扎捆和如何保证上肩后不致失衡，可以说环环扣紧，十分在行。在山野中行走也能跨沟越坎，行步自如。对各类灌木杂柴的名称，也分辨得清清楚楚。

我们最喜欢的一种木柴叫“六股筋”，这种柴木质紧密硬扎，燃后的火石供冬天取暖特别管用。还有一种杂木柴叫“胡椒刺”，极易燃烧，刚砍下的湿柴点火就燃，湿柴能当干柴烧。“岩刷子”“九板斧”“马林灌”等都是极好的硬扎木柴。这些柴摆放在家门前，常引得过路行人羡慕不已。

我们常去打柴的地方叫神真坳。从家里出发，先要走两里多平路，然后翻山越岭才能到达。由于山高路远，费时较长，需三更起身，四更出发，到了柴源地，天才刚刚亮。将木柴挑上肩时，大约中午时分；回到家时，已过下午五点。只要不是雨天，几乎每天都要出行。星期天弟弟不上学，也会跟着我一起去，有时没约到同伴，我索性独自一人上山。

我每次也是半夜三更起身，胡乱弄点东西吃后，便腰系绳索，背挂镰刀，冒着徐徐寒风，行走在无声无息的山路上。有时月色相傍，有时漆黑一团，除了四周山野的虫鸣鸟叫，风吹叶响，寂静的山野空无一人。此时，我不仅没有一丝恐惧，心中还充满一股莫名的豪气。

我感到山野的植物、动物都是我的同伴，它们在与我进行无声的对话。有时我又觉得自己不像是在打柴，而是在找寻着什么。这种空灵的气息，似乎与我心灵相通，山野越是寂静，我的内心深处，我的心灵世界越是狂野翻腾，像是在诉说宣泄着什么。周围的虫虫鸟鸟、树木草坪都在倾听，它们都成了我的陪伴，我的知音。这种从未有过的心灵感应，使我的身心一下融入山野，融入整个大自然。

没多久，我们家房前屋后、灶房的抬梁上，到处堆满了一捆捆齐整的木柴，母亲既高兴又心疼。高兴的是我们家烧火煮饭再也不用花钱买柴，也不用买冬天取暖的木炭。心疼的是，见我每次打柴回家，手上脚上被野刺划破扎伤，用热水泡脚时，疼痛难忍，有时竟失声叫喊；独自一人上山，也难免存在意外风险。

有时我打柴归来，母亲执意要给我两角钱，要我去附近小馆买一碗臊子面吃。每次都被我拒绝，原因很简单，即我打的这担柴，还值不到这碗面钱，若花费了，这柴岂不白打了？母亲听我这样说，顿时潸然泪下。

后来，镇上陆续有一些水利工程开工，需要大量河沙、土石方，镇上榨菜厂也在大量加工成品，运往涪陵统一对外销售。这些，都为我们做一些零工杂活挣钱提供了机会。

我参加挖土方的时候居多，按方计价，每挖一方，可收入四角钱。深挖过程中，若遇上大片坚硬的岩石，则需凿眼放炮，将岩石炸碎。每到燃放时间，吹哨警报一响，大家便相互提醒，迅速跑到隐蔽处躲炮。一次，有位同村女生躲避不及，被飞来的碎石击中头顶，顿时头破血流，颅骨受损。手术治疗后，虽保住了性命，却留下伤痕。

我也经历过一次险情。

一次在河边挖土方收工后，返回时，见河中有一拦河坝；若从坝上过河，可省路省时。那时已是下午 6 点多钟，肚内空空，全身疲软。为了早点回家，我便由此抄近路过河。踏上坝面没走几步，才发觉，被流水长期冲刷的坝面长满青苔，一踩一滑，随时都有可能摔下坝底，而此时的我已进退两难。

当时四哥正在对岸，虽焦急万分，却不敢呼叫，只得捶胸顿足，眼睁睁地看着弟弟在坝上犹豫。我高度紧张，抠紧脚趾，小心翼翼地，一步一步向前移动。快到岸边时，我不顾一切向岸上扑去，溅了一身泥，却终于安全上岸。

除了这些生计之活，这之前，我还喜欢上下军棋和打乒乓球。每次下棋，总少不了“师长后面跟炸弹”，“工兵拐弯挖地雷”，那种在棋盘上排兵布阵、调兵遣将的感觉，至今难忘。打乒乓球更是我的兴趣所在。还在上小学时，我就和弟弟常在露天的水泥台、教室的黑板上挥拍，有时也晃到附近地质队，到那里的正规球台上与大人们一争高低。大哥在西安读大学时，一次暑假回家，特地买了一副时兴的球拍球网带回，这让我和弟弟喜出望外，乐不可支，并四处炫耀！

失学在家，生活艰难，我的身心却得到磨练，体质也逐渐好转。总体营养跟不上，个子始终长不高，但一度频发的支气管哮喘病却很少再发。我仍然坚持读书，将二哥借回的小说反复阅读。随着年龄的增长，我开始喜欢多思多想，喜欢独自思考；忽然觉得，自己已经懂事，似乎长大成人。

第二章　知青年代

一、插队白竹

1972 年 5 月，为响应毛主席“知识青年到农村去，接受贫下中农的再教育，很有必要”的号召，按镇上要求，我们都递交了下乡申请。那年我刚满 18 岁，虽上过初中，却未正式行课，算是挂名。其他伙伴则大多是高小毕业，有的连高小都没上过。

镇上规定，所去地方为几个高山大盖公社，由自己联系落实。经打听，白竹公社山林茂密，经济活泛，打柴用水也很方便，只要能吃苦耐劳，全年吃饭不成问题。于是，我便确定去白竹董家坝插队落户。

出发前，镇上例行召开了欢送会，我们也戴上了大红花。当时龙潭到白竹不通公路，由简易的机耕道和弯弯曲曲的山路相连，共六十多里路程。我们挑着行李，告别家人，由龙潭出发，过了龙东公社地界，翻过“红山岭”，又走了二十来里山路，便抵达白竹。

白竹公社作为政社合一的基层政权组织，隶属龙潭区公所，辖董家、青龙、龙坝、茶盆、香树、加强 6 个生产大队；生产大队下设生产队。公社经济属集体所有制，实行“三级所有，队为基础”。“三级所有”是指农村生产资料分别属于人民公社、生产大队和生产队；“队为基础”就是以生产队为基本单位进行核算和组织农业生产，对收益进行分配。公社所在地既是当地政治、经济、文化中心，也是本社和毗邻社队的人们进行物资交易的场所。

公社所在地范围不大，除了几间用作办公和开会的房屋外，还有一个砂石铺成的简易篮球场；球场左边是一条不到 500 米长、用男：

大田栽秧行对行，一路青来一路黄；
秧子黄来欠粪草，情妹脸黄欠小郎。

女：

大田栽秧先栽角，情妹下田先脱脚；
过路哥哥莫笑我，郎没回家莫奈何。

有些劳动山歌即是直接叙述庄稼管理，也很有意思。如：

锣声歇来鼓声停，听我字字唱分明；
苗稼切实保护好，定叫五谷得丰登。
一天田边走三道，三天土边走九巡；
莫让青虫吃苗叶，莫让蝗虫吃苗心；
不准老鸦啄种子，莫叫野猪损苗根；
拿获青虫要斩首，抓住蝗虫要抽筋；
捉到乌鸦砍翅膀，打着野猪割脚筋；
薅草淋粪要展劲，三薅三淋要认真；
只要般般做到了，谷神爷爷有眼睛。
苞谷树上打得揪，高粱长像楠竹林；
红苕个个像牛角，小麦线线像缆绳；
绿豆叶子包得盐，高粱秆秆把船撑；
谷神爷爷也高兴，保你年年得丰登。

沙和泥铺筑的小街；街的两旁分别是出售日用杂货的商铺和饮食小店，右边还有一所小学。孩子们上学放学由此经过，平添了小街的生气。

当时规定，每 5 天为一个场期，农民们利用赶场天，到小街进行物资交易和购买日用物品，或与熟人见面说事。一些性情中人，遇到高兴之时，几杯苞谷酒下肚，会一路醉醺醺地捱到天黑才回。

我们到白竹后，公社举行了简短的欢迎仪式，并安排早已等候多时的社队干部与我们见面。我和同村的小建、小兴被分在小地名为大坪的董家大队第四生产队。

小建与我同年，是龙潭小学 1967 级学生，籍贯湖北，其父在镇上汽车 27 队工作；他后来通过招工进了四川长寿维尼纶厂。小兴是龙潭镇本地人，高小未毕业，插队前随当搬运工的父亲干一些杂活度日，后来被招进酉阳搬运公司当工人，因过早伤力，早年病亡。

来接应我们的是生产队的田队长，他四十多岁，墩笃壮实，一双细小的眼睛特别有神，说起话来高腔大调。田队长和随同的两位后生接过行李，便带我们往大坪方向赶路。

公社离大坪还有十多里山路，田队长边走边介绍队里情况。一路上，他不时用汗巾揩去脸上、背上的汗水，并问我们口渴没有，说若渴了可在路边人户讨碗水喝。这一路上的人户他都认识，看来他不仅在董家坝是个人物，在整个白竹公社，也算小有名气。

我们在路边一户人家喝足了水，走过一段山坳，便到了大坪。

刚进山寨，田队长老远就开始吆喝："知青来啰，快出来接客喔。"话音刚落，只见一些住户有人出门张望。到他家院坝后，他妻子腰系围裙，已迎在门前，忙招呼我们坐下喝茶，然后去厨房张罗饭菜。不到片刻，饭菜上桌，瓜菜等时令小菜和自制咸菜摆了一大桌，中间还有一盘切成拇指厚的大块腊肉、一钵用作下饭的酸菜挂面。

吃过夜饭，田队长便安排我们在他家隔壁一间木屋就寝，算是最初的安顿。听队长说，早就为我们在队上仓库旁腾出了两间社屋，目前正在整修，各种农具也为我们备齐。他还告诉我们，在我们自己开伙前，平时一日两餐，由队上向各家各户派饭，叫我们千万不要客气，说队上给他们都记了工分。

我睡在屋里简陋的木床上，心里别有一番滋味，望着窗外的月夜星光，不觉思绪万千。从今以后，我们将独立于世，自己煮饭洗衣，自己种自留地，自己料理日常生活；每天将和这里的农民一起劳动，朝夕相处，真正和他们打成一片，从根本上改变过去的生存状态和生活方式。

我自然还想到，我们在这里会待多长时间，一年？两年？还是如上面所要求的那样，安家落户，扎根一辈子，当新型农民？这就是命运？如果我是一个头脑简单的人也罢，反正是活着，哪里都要活人，别人能过，我为什么就不能过呢？可我又偏偏不是这样。我从小体弱多病，性格忧郁，甚至有些孤僻，读过一些书，喜欢多思多想。人生的愿望与现实的反差如此之大，这个坎过得去吗？我不敢继续想下去，但又无法不去想，一夜辗转反侧，难以入眠。

不知不觉，好不容易正要睡着，院坝的公鸡开始啼鸣，引得附近的公鸡都叫了起来，山寨又迎来新的一天。不一会儿，隔壁又传来田队长高腔的吆喝声，他在催促社员们起床出早工。

头天晚上，田队长曾专门叮嘱，让我们先休整一天，不要急于出工干活。吃过早饭，我们便相约去山寨周围和附近山坡转了一圈，了解生活和上工出行的环境。

历史上，川东南这片地域属土家族苗族聚居地。20 世纪 80 年代初，上级对这一带进行了民族成分调研普查。普查结果被国家认可后，上级决定对川东南五县实行少数民族区域自治，分别明确为民族自治县，其中酉阳县更名为酉阳土家族苗族自治县。我们插队时，还未实行民族区域自治，但这片地域的人，则大多表现为土家族人的生活习俗，白竹公社亦是如此。

董家四队位于董家坝上端一处山湾，全队共五十多户人家，都属田姓，聚居为寨。寨子由多个缓坡院落组成，但凡出门，便要爬坡上坎。社员住房以木楼、木屋为主，屋顶盖瓦，冬暖夏凉，避雨防风。房屋层层叠叠，各有别致，虽散落四处，但风格统一，朝向趋同；就像一个多子女家庭，一屋的大娃细崽，高高低低，有胖有瘦，有白有黑，但谁都不会怀疑，这全是一个模子倒出来的。

寨子前方土堡上，有几间相连的房屋，当地人称之为社屋，即队上的公共房屋。社屋前面是一块晒坝，平时用于队上翻晒粮食，也是召开社员大会的地方。寨子斜下方是鱼塘，鱼塘边有一口泉水井，寨上人户平时都在此取水用水。寨子周围山林茂密，一年四季，涵养着这片地域的生机。山林中的枯枝落叶，供寨里人户烧火煮饭，甚是方便。

从寨子往山下眺望，山脚为大小不等的槽地。这些槽地，是全队产粮的主要田土。每次给农作物施肥，需从山上将人畜粪水挑到山下，一天来回几趟；收获时，又将打下的粮食从山下挑到山上，同样要几个来回。这种负重的大起大落，来回上下爬坡上坎的情景，让人不寒而栗，而这里的人们祖祖辈辈都是这样经历过来的。

每年秋收后，送公粮到毗邻的后溪公社粮站，挑着百来斤担子，也要下一坡、上一坡，一路吆喝，相互催促、鼓劲，连续走二十多里高低不平的山路才能到达。能过此关的，唯有年轻力壮的正劳力，一般妇女和身体单薄的后生只能望尘莫及。后来经过磨炼的我们，竟然也趟过这一关。

由于多是山坡瘠地，少有成块成型的水田，这里的粮食作物以苞谷、红苕、洋芋为主。红苕多用机器加工制成苕粉，其余部分贮存在自挖自备的苕洞里；苕洞通风，冬暖夏凉。洋芋则切片过水后晾晒存放。大米在这里十分金贵，只有过年过节和家中操办大事，才见饭里有少许米粒拌和。平时能吃上一顿白花花的大米饭，在这里算是一种奢侈。

这里盛产油茶、桐油、生漆、棓子等，大片的油茶林四处可见。每到冬日，便开始榨油，油坊热腾红火，人气不断。油茶籽榨出的茶油，是队里的主要经济收入，榨出油后的茶籽饼，肥效甚好，社员们都将其用作农作物底肥。每到年底，最高兴的一件事，就是家家户户都能分上数量可观的茶油，少则十多二十斤，多则几十上百斤，这让他们感到自豪。

每年农历的年初新春，队上都要召开社员大会，确定新加入劳动的青年劳力的工分底分。所谓底分，即劳力每天一般能获多少工分。成年男子是主劳力，每人每天能获得 10 个工分；成年女子为女性主劳力，每人每天获 8 分到 9 分。同时每天还有出早工的惯例，每人每次能获得两分。另外，在劳动中也有临时确定工分的机制。比如插秧过程中，队长确定将一块秧田的秧插完，可以得到一定的工分，这种情况叫定额工分。在当时的正统意识形态观念看来，这是属于资本主义，上级不会允许。但为了提高劳动效率，让大家有一定的生产积极性，这种方法还是经常被干部采用。我们来后，听田队长说，队上决定给我们的底分为 9.5 分，这体现了对我们的照顾，计件的农活则按实际量化计分。

这里男人是主要劳力，女人辅助农活，承担日常家务及养育孩子。族内、亲属间长幼有序，不论年纪大小，都以辈分相称，六十来岁的老人叫几岁的小孩为爷爷都很正常。全寨都是田姓，由一个家族繁衍下来，同姓、不同辈分之间都不能通婚。这里辈分分明，礼数较多，平时看起来和和睦睦，相安无事，而一旦涉及切身利益，即便同姓，也不管高辈、低辈，均互不相让，纷争激烈，有时还会大打出手。这时的辈分、礼数便一触即溃，顷刻瓦解。这当然是后来我们耳闻目睹后才明白的事。

当时实行的是“按劳分配”原则，即付出的劳动多，得到的工分也就多，因而所得的报酬也要多一些，反之则所得报酬就少。

生产队的分配有一条原则，就是必须保证集体经济的可持续发展。对生产队一年的收入进行分配，首先必须交完国家的，留足集体的。在分配之前，要召开群众大会，确定分配计划，然后报大队和公社，经过上级批准，方案才能实施。

分配的形式有两种，一种是实物分配，主要是分配粮食。即粮食一般按照每人每年 400 斤左右原粮的标准，不分老幼，平均分配，这为基本口粮。超出基本口粮的，则按所挣工分另计分配。另一种是现金分配，到年终进行，当时人们把这种分配方式也称为“年底分红”。其具体操作方法是：用每年全生产队的总收入作分子，全队所有劳力的总工分作分母，相除以后的价值是每个工分所得。总工分里面还包括规定的大队工。因为有些人在大队当干部，还有民办教师、“赤脚医生”，他们的公务算出工，都折合成工分，一起参与生产队年底分红。

每 10 分为一个劳动日，一般年景，在这里每个劳动日值四角多钱，若每年所得 400 个劳动日的工分，其全部劳动日值大概 160 元，扣除全年口粮款后，能收入七八十元不等，这在当地已算冒尖。劳动力多的家庭，相对来说，所得工分多一些，减去平时分配的粮食所得，然后分配的现金当然就多一些。还有不少家庭由于老人和小孩拖累，得到的工分少，分配的粮食等实物相对要多，最后测算下来，他们不仅不能够得到现金分红，还需要向生产队缴纳超过劳动价值所得的粮食款，这样的人家叫作“超支户”或“补款户”。这种人家没有钱缴纳所得超过劳动价值的粮款，而能多得到现金分配的家庭实际所得可能要相应打折扣，所以相互之间难免产生这样那样的矛盾，即使是同姓家族，也难以调和。

和我们同一大队的 5 名知青都是男知青，有一队的俊培、明光，二队的艺新、利才、会群。其中艺新、利才、明光是我上小学、初中时同学，俊培、会群则是龙潭小学高小毕业生。

艺新个子较小，人很聪明，上小学时学习成绩优秀，并擅长吹笛子。利才清瘦单薄，调皮好动。明光人很本分，却不失精明，喜欢独立行事，平时少与其他知青往来。俊培个子较高，长得精壮结实，会打篮球，还有一副男高音的清亮嗓子。会群则从头到脚都显得干瘦，但唱起歌来却是纯粹的女腔高音，气韵十足。后来我们几个知青一起相聚时，他和俊培均有突出表现，若有名师指点，放到现在，堪比星光大道舞台上的高音选手。

我们这批知青，在社会上受过一些磨炼，也有其韧性和生活能力；由于学业过早荒废，文化甚低，年龄偏大，心智与年龄不很相称，常感自卑。这是当时背景下的一种特有现象。而我们插队的方式，与建设兵团、农场知青或集体知青点有所不同。我们没有单位可依托，也无人具体管理，全都散落各队单立门户，与当地农民的生活方式别无二致；而农民们则把我们看成是极有知识的人，认为我们懂的东西多，对我们的期望也高。

一段时间以后，这反倒提醒了我：既然来到这片土地，只有接受命运的挑战，保持本色，脚踏实地融入，除此别无选择。

二、日出而作

队里腾出的房屋整修好后，我们便开始了自己住家。

所谓整修，就是将原来一间堆放杂物的仓房用木板隔成两间，一间作为睡房，另一间用作灶房。睡房摆了三架木床和一张用于搁置箱子、脸盆的条桌。灶房挖有火坑，安放了三脚和煮饭烧菜的鼎罐、铁锅。屋内显得潮湿，四周龇牙裂缝，平时生火若遇刮风下雨，烟雾灰尘满屋乱蹿。一顿饭下来，煮饭的吃饭的都被熏成花脸，如同唱戏的一般。

虽简陋不堪，总算有了落脚的屋，或叫自己的家，我们也觉安然。以后不用再到社员家吃派饭，也不再有寄人篱下之感了。

冬去春来，日出而作，从种到收，都与土地有关。一年到头，我们每天都与泥巴打交道，平时所说的去农村“滚一身泥巴，炼一颗红心”，此时深有感触。只要肯学肯干，天道酬勤。除了犁田、打耙，对于其他农活，我们都进入了角色。

对犁田、打耙不是我们学不会，而是队上不轻易让我们沾边，因这里田多土少，犁得不好、耕得不好会直接影响谷物生长以致最后的粮食产量。所以这类至关重要的农活，一般都安排大家公认的庄稼老把式上阵。当然，队上会给出远超其他农活的工分报酬，且年年如此。我们刚来的知青不会被派上这种用场，我们自然也不强求，更不会有一丝一毫的不快和失落。

农活中最苦最累的，一是抢种，二是抢收。这两个农忙季节，既要抢时间进度，又得讲求质量，不能出半点差池。不然，“人哄地皮，地皮就要哄肚皮”，农民们深知这个道理；即使在那个吃“大锅饭”的“大呼隆”年代，对此也决不含糊。

比如插秧，一旦开始，就要把握时节，抢时间进度，全队老少都投身其中。

每天出工，都是由田队长亲自安排。天还未完全亮，队长就起床了，他一清早就将每人应该做什么农活在心里估摸一遍，然后相应做出安排。每天清晨听到的第一声，便是田队长安排一天劳动生产的声音，声音清脆悠长，这声音也是催人起床的号令。人们不得不一骨碌从床上爬起来。几天下来，直到满田都见绿，大家才会松一口气。

那段时间，整天蹲在田里，头上、脸上全身是泥，放工的路上，有时头晕眼花，踉跄不断，回屋后顿觉浑身无力。第二天起来，全身疲惫、腰酸背痛，只想在家休息几天，好好睡上一觉。

收割季节更是紧张。从割谷到挞谷，再运送到社屋，每个环节紧扣，队长还少不了吆喝催促。那几天既紧张，又劳累，谁都不甘落后，因这是挣抢高工分的极好机会。

一次早工，我肩上压着一百多斤担子，从山脚挑到山顶，快到社屋时，突然眼前一黑，扁担滑落，人也昏倒在地，后面同行的社员急忙放下挑担将我扶起。我使劲睁大眼睛，摇了摇头，稍事歇息，又继续挑担在肩，硬挺过去。

这种情形，现在看来是一种低血糖反应。这一带历来每天只兴吃两顿饭，出早工都是空着肚子。有经验的社员平时都要用手帕包点玉米饭团或锅巴之类的食物带在身上，而我们知青一开始嫌麻烦，也不好意思带。时间一长，也就顾不了许多，该带则带，不想带时就先胡乱塞一些食物进肚后再出工。

一趟早工下来，筋疲力尽，肚内早已空空如也。回屋后又赶紧劈柴，生火煮饭，饭后用最快的速度收拾锅碗瓢盆，换下糊满泥浆和被汗水浸透的衣服，便倒在床上呼呼大睡。还未睡醒，队长又在吆喝，只得赶紧起身，直到天黑才收工回家。

在玉米地锄二道草，当地叫“薅二道苞谷”，这也是一件富有挑战性的农活。当玉米长到一人多高、开始抽穗之时，需要补充养分。由于坡陡土薄，地面摆不稳粪桶，不便施肥，再说也没有足够的人畜粪水可施，便通过锄草松土，让雨后泥浆代替追肥，使周围养分相对集中，这也是过去传下来的无奈之举。

烈日当空，茂密横生的玉米叶像一根根锯条，稍不留神，身上、脚上手上就会被划伤锯破，汗水一浸，疼痛钻心。玉米地里密不透风，闷热难忍，为缓解这种难受，每遇酷暑天锄草，队里就准备一套锣鼓家什，一边敲锣击鼓，一边锄草松土，以转移注意力。当锣鸣鼓响时，大家便一鼓作气，边锄草松土，边往前冲；锣停鼓息，才稍事休息。

我曾因用力过快过猛，突然鼻血直淌，便连忙就近扯上一把青蒿叶，捏成细团，塞入鼻孔后又进入锄草行列。有人将这种薅二道苞谷的情形通过艺术加工搬上舞台，用以表现薅草劳作过程中的欢快喜悦之情，将其称为“薅草锣鼓”。而我所经历的原生态锄二道草，却从未找到这种感觉，有的只是胸闷心烦，无可奈何。

打岩，则是男人们干的另一类苦重活。那时，正值全国“农业学大寨”热潮，各地农村，无论高山大盖，还是平原丘陵，都兴起了农田基本建设。大量实行坡改梯，土改田，以图增加土地面积，改善土层质量，实现旱涝保收。

砌堡坎拦土需要大量石材，离不开打岩。石材主要从山上的岩坡石壁中选择，一旦突破一处，便可批量取材。再就是将一些石铺地通过爆破后改成土壤平地，就地将打碎的石头用于砌坎拦土。打岩常用的工具是钢扦和二锤，用其打炮眼、撬石头必不可少。无论是掌扦还是打锤，既需要胆量又需要体力和巧力，弄不好就会伤及同伴，或被同伴所伤。

我插队前做零工时曾当过打岩的下手，做些掏石、运土之类杂活，没直接掌过扦打过锤。下乡后，我也逐渐学会。当我抡起二锤在空中扬舞，一锤一锤打在钢钎上时，就像砸在了万恶的旧世界一般，胸中竟有一股豪气升腾！掌扦打锤开始是满手血泡，之后便是满手老茧，与多久不见的朋友握手，紧紧一捏，对方会直呼其痛。这项体会极深的苦活，后来成就了我参加荐考中专命题作文的完成。

经历了繁重的体力农活，相比而言，平时一般杂活就显得轻松和缓。比如烧毛荒，种植收割一些杂豆杂粮等。这类农活通常是临时分组承包，即将当天应完成的农活平均分成两部分，人员也相应分成两拨，由两位队干部分别代表一方承包，事先说定，谁先干完谁先收工。由于这种方式有点小激励，干活效率高，自然收工也早。

有时大家担心收工太早心里不踏实，不愿先回家，就有意放慢节奏，中途兴休息一个时辰。这时，通常会有人即兴唱起山歌。最初听不清他们唱的什么词，也不懂唱的什么调，只觉得新奇好玩。后来慢慢听懂了内容，也听惯了这些调调，觉得十分有趣。每次听后，心情一下活泛开来。如：

要吃海椒不怕辣，我要莲娇不怕杀；
刀子搁在颈杆上，眉毛不动眼不眨。

这山歌不光是单唱，还有对唱。有时唱起来不分时辰，不分场合，只要兴致来了，想起就唱；休息时唱，边干活边唱，上工下工的路上，赶场的途中，不时都能听到山歌声。

隔山望妹砍柴烧，柴也硬来山也高；
心想帮妹砍几捆，只恨水深没架桥。

男青年唱罢，往往有女青年应和：

你是山中一树梅，妹是喜鹊满天飞，
喜鹊落在梅树上，狂风暴雨打不回。

又如：

大山木叶烂成堆，只因小郎不会吹，
几时吹得木叶叫，只用木叶不用媒。

男青年则回应：

高坡种荞哪用灰？哥妹相爱哪用媒？
用得灰来荞要倒，要得媒来惹是非。

后来听当地人介绍，这里的山歌，在这一带被称为武陵山区的“信天游”，从内容上看，还分有劳动歌、爱情歌、闲情歌、苦情歌、反抗歌等。无论男女老少，大都喜欢唱。有的唱现成歌，有的触景生情，信口道来，即兴而歌。如遇到唱歌的对手，自然此落彼起，你应我和，场面热烈。这种唱山歌的习俗一直延续下来。我后来在市上工作时，认识一位酉阳县的市政局长，人称“山歌王”。每次出差到这个县，饭席间，总少不了他即兴的山歌演唱。

那些年的劳作过程中，一旦人声沉寂，就有人唱起来。如引头歌：

早早起，雾沉沉，层层浓雾不见人；
东方一朵红云起，西边一缕紫云腾；
红云起，紫云腾，满天白雾变红云；
红云映红山溪水，太阳照着唱歌人；
鸟雀惊得满天飞，野兽吓得避山林；
唱得天地多晴朗，唱得日月放光明。

又如：

山歌不唱不开怀，磨子不转浆不来；
主不劝客客不醉，树不逢春花不开。

歌声一落，立即有人应声而起：

不唱山歌不闹热，快把山歌唱几则，
这山唱了那山应，那山唱了这山接。

第三者又应声唱道：

春天到来百花开，唱起山歌更开怀；
土家哥妹开金口，亮亮哥喉显歌才。

往往一开头，接着就是情歌对唱，如前所引。女的唱：

楠竹扁担三尺长，挑了凉水挑米粮，
扎双布鞋送给你，扯尺花布做衣裳。

男的应：

太阳出来照白岩，白岩下头绣花鞋，
花鞋绣到九十九，哥哥和你拜堂来。

又如：
女：

送郎送到豇豆林，手摸豇豆诉真情；
要学豇豆成双对，莫学茄子打单身。

男：

送我送到竹子林，手摸竹子诉真情；
要学竹子长青翠，莫学芭茅一个春。

农活空歇不唱山歌时，一些小青年还会摸出一副油光光的扑克牌，围在一起“争上游”。妇女们自然不会闲着，将早已准备好的鞋垫、袜底掏出来缝上几针，然后开始随口发布“张家好事，李家道长”之类的道听途说，一些好嬉闹的妇女还会相互之间，与叔侄之间打打闹闹，随意玩笑。起初她们见我们知青在场有些拘束，后来相处熟了，便无所顾忌，甚至肆无忌惮，图个嘴巴快活！我们对她们的说笑似懂非懂，从不打岔，也不参言，一旁静观热闹。时间一久，也就习以为常，竟从中感受到一种别样的轻松愉悦。

有时我们也参加烧毛荒的农活。烧毛荒就是先用柴刀将毛荒陡坡上的藤蔓、野刺和难以成材的灌木林丛砍断砍翻，然后引火烧山，接着边挖土边打窝下种开荒种粮；连续耕种两年三年后，生土即变熟土。

在荒山野岭较多的地方，农民常用这种刀耕火种方法扩大种植面积，希望多打粮食。这实质上是一种杀鸡取卵、破坏植被、严重影响生态的恶劣行为。但在那个年代，山林、土地不可能承包到户，生产关系决定生产方式，既然实行的是人民公社吃大锅饭的生产关系，就决定了刀耕火种这种短期行为的蔓延。

烧毛荒所造成的后果是，土地面积虽有所增加，土层却越来越薄，水源越来越缺，山地灾害也越来越多。我们所在的大坪、董家坝，乃至整个白竹公社，几乎队队都这样，或许全省全国一些地方也这样。这种烧毛荒的农活，一直延续到改革开放前夕，而此时已再无荒可烧。

翻红苕，也是我们常干的农活。翻红苕就是定期将红苕的藤蔓翻转。通过翻苕藤，可阻断苕藤须根的养分源，利于红苕块茎生长。这种农活不算繁重，但由于成天接触苕藤苕叶，而那时都是用人畜粪水施肥，两手容易中粪毒。中粪毒后恶痒恶痛，满手红肿，严重时会感染发炎，引起全身症状。我们几个知青都不同程度中过粪毒，其中一位中毒严重，不得不请假回家诊疗。

有些农活，也有意想不到的幽默滑稽之处。

一到初冬，开始收获黄豆。黄豆在这里属杂粮，产量不高，一般在田边地角和瘦瘠的荒坡土种植。播种后多是附带管护，让其自由生长，这叫“种懒汉黄豆”。黄豆成熟收获时，一般将豆株连根拔起，扎捆运至社屋晒坝暴晒，然后通过扬打和风车，从豆株中分离出黄豆，再把黄豆晒干入库。黄豆虽不是主粮，却是家家户户不可缺少的豆腐原料，每到过年过节或有客人上门，用石磨推豆腐是必不可少的待客之道。

收割黄豆这类农活劳动量不大，大家有些懒散懈怠，通常是干一阵，歇一阵。歇下来便是一起烧黄豆分享共食，这是多年来形成的习惯，不算多吃多占。

烧黄豆不光是吃，也带有点娱乐味。具体烧法极其简单，即选上几把豆多成熟的豆株堆在平地上，然后用火点燃；随着“噼噼啪啪”的响声，豆萁燃成灰烬，黄豆便熟。这时大家会围蹲火旁，一边说说笑笑，一边将烧熟的黄豆从热灰中刨出堆在一起。因怕弄脏嘴，便用手一颗接一颗地往嘴里投送，就像投篮，一投一个准，十分有趣。一些水灵秀气的小姑娘也是这般动作，不断将黄豆一颗颗“投篮”进嘴，让人忍俊不禁。

开始，我们只是看着好玩，在一旁小声议论。一些妇女见我们无动于衷，连忙拉我们一起参与，并大声吆喝：你们这些城里来的斯文后生，怎么都傻里傻气的？哪有光看不吃的道理，来来来，这烧的豆子就是香，不信你们先尝几颗！边说边调皮地将烧熟的黄豆往我们嘴里硬塞，并哈哈大笑。

由于我们“投篮”动作笨拙，多数时候投在嘴边、脸上，便改为直接往嘴里喂送。没想到这一改，嘴上脸上全被抹黑，成了花脸。大家你看我，我看你，不觉哄然大笑，那几个妇女笑得特别开心。此情形曾让我想起曹植的七步诗，我把它改了一下：烧豆燃豆萁，萁在火中泣，萁烬黄豆熟，投进口中食。可谓苦在乐中，乐在苦中！

还有一种农活，好像非我们知青莫属，那就是看守茶山。也许这不能算是农活，但却能挣劳动工分。

茶籽成熟季节，多年来常有外队、外乡人偷摘，然后拿回去加工榨油或卖给油贩，这显然影响队里的经济收入。我们来插队之前，队里每年也曾安排人员看守，但通常看守人员与那些偷摘茶籽的人放不下情面，多是睁一只眼闭一只眼。队里花了工分，却未见效果。我们来后，队长便将看守茶山的活交给我们知青，明确这算出工，每天照记工分。看守时间从茶籽成熟到收获结束为止，通常一个月左右，我们欣然答应。

那段时间，我们轮流去各片茶山巡查，并事先放出风声，一旦抓住偷茶籽的人，决不手软，这叫“打退不如吓退”。其实即便抓着了谁，我们也不可能动粗，最多是收缴茶籽送队上处理，但这一招管用。这之前，山城重庆下来的知青中，有少数喜欢打架斗殴，名声已在四乡传开。故农民们都相信，既是知青，出门在外肝火都旺，一般人惹不起，由他们看守茶山自然镇得住。而偷茶籽的人听说后，不再贸然进山，我们便落得自在。每天欣赏了茶山美景，又获得了劳动工分，收工时还可采集一些山菇野菌犒赏自己，为乏味的日子平添些许乐趣。

家家户户建房，是这一带土家族人的头等大事。“建房造屋，累软筋骨”“建房造屋，新姑娘进屋”等土家民谚流传至今。我们除了干农活挣工分，每到十冬腊月，也接受农民的建房造屋之请。这种请工只管吃饭，不给报酬，在当地叫“请白活路”。

建房共分伐梁、开梁、缠梁、上梁、抛梁粑5道程序。

首先是伐梁。即建房前，由建房的主人、掌墨师及其一班弟子，带上香烛供品上山，仔细挑选一株硕大标直的杉树或椿木，然后在树下摆好供品，掌墨师焚纸点香，作长揖3个后即诵相关福词，如：

大王木王你生在哪里？

你生在西眉山上；

日月公公叫你生，地脉龙神叫你长；

麻风细雨长成林，你为林中王中王；

……

叫天生，叫地长，发枝发丫子孙旺！

伐梁后是开梁。开梁时，掌墨师用红布缠上凿子——乡间称喜凿，十分庄重地在大梁两端象征性地凿下几块木屑，待主人掀起衣襟承接并用红布捆成一束后，掌墨师又高声诵读长篇福词。

接着便是缠梁。这时主人会请来当地极有名望的老者，将三亲六戚送来的贺幛一一缠系大梁，一边缠系一边诵说福词。代表亲朋好友的祝词，诸如：

左缠三转生贵子，右缠三转生女王；

左也缠来右也缠，缠得大梁放毫光；

主家乔迁新居地，荣华富贵喜满堂；

……

缠梁后即开始上梁。上梁是建房过程的高潮。先将亲朋赠送的红布扭成布条——此时称金带，捆绑大梁两端，再由掌墨师和众徒弟攀上屋架提升，三朋四友等众多帮忙者则站地上用木棒推顶搭力。整个过程，不像其他劳作过程一气呵成，而是边提升大梁边由掌墨师徒们吟唱福词，一直到大梁安放端正才告一段落。

接下来，便是建房仪式富有喜剧的尾声——抛梁粑。新房主人和掌墨师攀上房顶大梁，将预先准备好的米粑、糍粑往屋梁下抛撒，任由地上大人小孩嬉闹捡拾。寓意“落地”生根，五谷丰登。

当然，在甩抛梁粑的同时，掌墨师的嘴巴仍没闲空，他还在乐哈哈地继续诵说大段福词，为主家和邻里封赠无限的吉利：

……

梁粑抛向东，奉献玉帝作香供；

梁粑抛向南，南海观音请先尝；

梁粑抛向西，佛祖吃了笑眯眯；

梁粑抛向北，主家儿孙积大德；

梁粑抛中央，邻里亲朋喜洋洋！

……

这些福词，寓意吉祥，通俗易懂，用当地口音诵说，十分押韵，朗朗上口，听着惬意，不失为一种享受。

屋架立好后，需办席祝庆，感谢众人。开席时，房前地坝，饭席满满，视家景状况，席数不等，席桌坐凳简陋，均从各家各户临时借来。饭菜并不丰盛，但每席总少不了一大碗烟熏腊肉（俗称“黑背背”）和一钵酸菜挂面，各类时令蔬菜、腌制干菜若干，并备有适量浓烈的“苞谷烧”白酒；饭食为苞谷面掺和少许大米的两糙饭，紧吃紧添管够。席中笑逐颜开，我们自然参与其中。

三、串队

虽适应了队里的农活，由于身心疲劳和情绪波动，我们的精神状态一直低落。共同的状况，又来自同一个小镇，让大家彼此走近。于是，相互之间串队，寻求心灵慰藉，是我们那批知青的常态。

串队的知青中，除了本大队的艺新、俊培，还有毗邻青龙大队的华仲、长厚、安顺、福幸等。

华仲在知青中年龄稍长，与我四哥是小学同学，高小毕业后学了厨艺，曾在一处小学当炊事员。平时我们知青相聚，都是他上灶掌厨，即便是几样家常小菜，一经他手，便能弄得有滋有味；饭菜上桌，全都赞不绝口。

他具有兄长风范，为人处事老道，天生幽默，只要他一在场，氛围就会轻松活跃。他不仅有一手好厨艺，还喜欢读书和拉小提琴，也熟谙当地人情世故、乡村民俗。他叙起事来，不时插科打诨，常引得我们捧腹大笑，而他自己却稳得起，当时不笑，过后禁不住大笑，笑中自有一番得意。

一次，我们在他那里相聚，围火坑午饭。未毕，意外来了朋友，此时饭已见锅底。他一边重新备食，一边不紧不慢，以老古班子的语调，向大家幽默了一个段子：

一日，某乡贤与家人正用晚饭，一好友突访，遂入座，围火炕共餐。一碗毕，客人伸碗，示主人贤内添饭；饭食不够，贤内尴尬显窘，接碗略迟。客人即悬碗，曰：“嫂子哟，此地还能找到像碗口这么粗的楠竹吗？”这当嫂子的当然知其意，但罐内已空空如也！情急之下，她索性将鼎罐盖揭开，答曰：“兄弟耶，不瞒你说，莫说像碗口这么粗，就是像鼎罐恁大的楠竹都有，不信过来量量，你要几根嘛？”此言一出，主人客人无不捧腹大笑……

他慢条斯理侃完，在场者亦皆捧腹！那时“凭票时代”，均属计划供应，僻村乡里，更是窘迫，加之通信交通闭塞，确也无法预约，此种情形，实为常态。

长厚与华仲在镇上同村居住，下乡后又在同一生产队插队。他读小学时曾与我同学，毕业后也拜师学艺，练得一手娴熟的木工活，谁要做口木箱或衣架之类，都由他代劳。不知什么时候，他还喜欢上唱歌，一副男低音嗓子，哼唱起来，浑厚低沉，颇有点感染力。

安顺和李福幸也只上过小学，分别住镇里七村、一村。他们两人不会乐器，当听众却少不了他们。其中安顺爱打趣搞笑，特别喜欢说“夺夺句”，冷不防来上一句，也会让人发笑。他的脸天生一副笑相，一句打趣的话说出，别人未笑，他却先笑，自然一说一个笑。

福幸则长得矮小白嫩细乖，像未成年儿童，平时不多说话。问他什么，还未待他开口，便见他满脸通红。大家常戏他：这可怜的孩子，小小年纪，怎么也和我们一样来这里受苦。他最多腼腆地笑笑，仍没有多的话说出。

我们几个知青经常相互串队，轮流做东。一起相聚时，吃饭睡觉因陋就简，并不讲究。遇到运气好时，偶尔也有荤菜上桌，大家自然高兴，个个争相动筷，恰似风卷残云。

夏天的晚上，月光泻地，凉风绕绕，正是社员们坐在房前屋后乘凉的时候。吃过夜饭，我们聚集一起，或在院坝，或在小屋，自由自在地即兴表现。喜欢唱歌的俊培和长厚，二人嗓子一高一低，自是绝配的现成歌手；艺新吹笛子，华仲拉小提琴，小建弹秦琴，我拉二胡，刚好凑成一支临时小乐队。我们一起合奏，或表演独奏，更多的是为歌者伴奏，各得其乐。

那时，除了“文化大革命”中期的《战地新歌》和后来流行的陕北民歌外，我们还喜欢手抄本上的一些歌，这些歌那时被称为“黄歌”。如《莫斯科郊外的晚上》《小路》《红梅花开》《梅娘》《滇池圆舞曲》《在那遥远的地方》《对面山上的姑娘》《花儿与少年》《黑眼睛的姑娘》等。这类歌，好像都与姑娘有关。

除此之外，我们还喜欢一些流行的知青歌曲。有一首我至今还记得，不知是谁谱曲，也不知是谁填词，却口口相传，心心相印，在知青中迅速传唱开去。大致是这么几句：

亲爱的朋友，不要把泪流，生活从来就是这样，不要难受，世上有苦水也有美酒。不要急，愁一愁，就会白了头；不要忧，忧愁会使你更消瘦；眼睛要向前，心中能行舟……

虽然每个人的兴趣特长不尽一致，音乐却是大家共同的爱好，而且各自都有拿手的一着。这里，正是可以无所顾忌尽情挥洒的地方。

长厚是男低音，喜欢电影《冰山上的来客》中的《怀念战友》《冰山上的雪莲》《花儿为什么这样红》等插曲，他的高妙之处，是能将曲中的半音拿捏准确。艺新喜欢《扬鞭催马运粮忙》这首笛子独奏曲，笛声一起，响彻回荡山谷。小建秦琴弹得欠熟练，但《草原英雄小姐妹》《弹起我心爱的土琵琶》这两首曲子却练得滚瓜烂熟，颇有味道。随着琴声节奏，他的头和脚会不断抖动。华仲最拿手的则是小提琴独奏曲《梁祝》，当他演奏时，摇头摆脑，如痴如醉，已完全进入角色，我们全都鸦雀无声，仿佛进入一个幽深甜蜜的境界。我平时喜欢二胡独奏曲《良宵》，自然也拉得很投入。

让人印象最深的，是俊培唱的《滇池圆舞曲》。我们都料定，这首曲子，他插队前在镇上从未公开唱过。但在这里，此时此刻，他却放声高唱："曙光像轻纱飘在滇池上，西山的龙门印在水中央，像一位散发的姑娘在梦中，渔家姑娘歌声悠扬。"每当他唱到最后两句时，大家会产生特别的共鸣，情不自禁地应声齐唱。

插队之前，镇上的一些少男少女，由于失学在家，百无聊赖，在夏天的晚上，喜欢到镇街附近的龙洞戏水乘凉。一般是男生、女生各凑一起，一路排走在前去的路上。如果走在女生背后，便能看到她们披搭在肩上的长发。微风吹来，长发纷扬，这本身就很吸引人了，如果她们再用手指将那长发轻轻往耳后勾勒，那就堪称迷人。

尽管大多数男生都对漂亮的女生有一颗倾慕之心，但在那个年代，不可能有谁敢公开表露。反过来女生对男生也一样，若心中爱慕上谁，也只能将美好藏在心中，最多也只是在日记本上表达爱意，并严防死守，决不能让家人发现。

那时男女之间交往特讲究距离，几乎互不往来。不光在学校，在课堂，在校外也是如此。插队之后，男女知青之间也有串队的时候，但大都有严格的界限，不会越雷池一步。

后来上面要求，每个公社都要定期举行文艺宣传会演，各大队都陆续组织了宣传队，仍按出工劳动记工分，抽出一批活跃的年轻人排练节目，知青们都被派上了用场。我不但参加本大队的节目排练，还应邀协助青龙大队。

那段时间，青龙宣传队正在排练一出忆苦思甜的小剧，剧中有一段凄惨场面，需要悲切的二胡乐曲烘托。我那时能拉上一两段《江河水》，负责编排节目的华仲曾听我断断续续奏过。他对我说，“这段曲子比《听妈妈讲那过去的故事》更富有感染力，其旋律更适合剧中的悲切场景，再说别人不熟悉，听起来既新鲜也有档次，你一定要配合。”我自然应从。

于是，每天收工后，我便与小建串队去青龙；排练结束，下半夜或第二天一早又急忙赶回。一次返回途中，空无月色，四周漆黑，我们经过一片坟山时，竟然迷了路！心急火燎地东转西转，直到天亮才转到路上。回屋后，心里还咚咚直跳。

年底公社会演，我除了协助华仲友情伴奏，还代表董家大队，上台演奏了一首《山村变了样》，一下获得公社好评，也受到大队书记的表扬。

那些日子，除了接触音乐，我们还互相传借书籍，其中不乏许多世界名著。我们抽晚上的时间，挑灯夜读，一旦进入书的世界，常常被其中的人物吸引。有时直看得头发晕、眼发花，甚至废寝忘食，也不愿放下书本，恨不得一口气读完。

插队前特别是我患病期间，曾读过一些这样的书。到乡间独立生活后，再读，似乎与原来的感受有所不同：共鸣感明显增强，心灵深处受到一次又一次震撼，心胸一下豁然，仿佛天空也变得更加晴朗。

大哥特别关注我下乡后的状况，不时来信交流。他在一次信中写道:“不要让环境的粗糙磨钝了自己的锋芒，要善于在艰苦的环境中磨炼自己的锐气，知识就是力量，书本是不可缺少的。”这段话，我不但熟记于心，时时鞭策自己，还曾向一起插队的艺新转述，记得他当即就将这段话记入了笔记本。

插队期间，二哥、三哥曾利用回家探亲的时间，专门来队上看我，并相约一起，步行到三哥工作所在地西酬区游玩。弟弟也经常从家里带一些物品来我这里住一段时间，白天帮忙煮饭，晚上一起聊天。

亲情的眷顾，让我的精神有所提振，心灵得到慰藉，状态也趋于稳定。

四、闹五爷

我们搬进整修房屋那天，刚进屋，便听见附近有人连声招呼，只闻其声，不见其影。

我们感到奇怪，便闻声而寻。结果发现，声音从仓房隔壁的一间小屋传出。我们走进一看，屋内弥漫着一股霉味，满地是灰，方形火坑里架有铁制的三脚和鼎罐；简陋的木板床上，半卧着一位瘦弱的驼背残疾人，屋内显得十分压抑。

他的背已弯曲，像背了个背包；右脚拱起撑在床上，左脚僵硬直伸，瘦小的脑袋耷拉在弓形的右腿膝上，抬不起头，只能歪斜着朝地面说话；整个身躯蜷缩一团，无法活动，更不可能下地行走，一年四季都蜷缩床上。若不是亲眼所见，此人的残疾状态令人难以置信，一眼看去，惨不忍睹，不由心生怜悯。

当地人称他闹五爷。

闹五爷姓田，40 多岁，我们从不知道他的名字，也不清楚他的家世，只知道他与本寨田姓一脉相承，早年就是生产队会计。他高小毕业，自幼读过不少古书，平时能说会道，精明过人；论人说事，各种典故信口拈来。三年自然灾害时，不知何因，他的背便开始驼，腿脚也变得僵硬，后来严重致残。据说也曾四方求治，均不见效，直至瘫痪卧床不起。

他从未成家，无儿无女，孤身一人。既然这条命还活着，头脑尚也清醒，又是田姓相承，队上不能不管。日常生活由队里每家每户轮流服侍，包括吃饭、换衣洗被、收拾房间、打扫卫生和定期理发洗澡甚至大小便侍候，全由队上包完。听周围的人说，他辈分高，心里烦躁时，便一阵吼闹，坎上人户闻声，会赶紧下来查看，辅之料理。久之，大家便称他“闹五爷”。

还有一种说法，即当地民俗流传，但凡家族弟兄多的人户，排行一到五，分别有别称，其中“五”喻五指伸出，有气势显热闹，故将“老五”别称为“老闹”。闹五爷在弟兄中排行第五，“闹五爷”的称呼便由此而来。到底怎么来的，谁都没在意，也不会有人在意。不管怎样，闹五爷的本名却很少有人叫，以至于后来的人们就更不清楚他叫什么了。自然，我们几个知青也称他闹五爷。

有一些人曾背后告诉我们，说他过去当会计时过于刻薄，精于算计，话不饶人，做事绝情，现在落得这般下场，算是报应。但也有人说，他当时是队里的“铁算盘”“红管家”，会计业务熟悉，平时不徇私情，对所有人都一视同仁，谁也别想多吃多占，结果得罪了不少人，弄得到头来连媳妇都没找到。

反正，对他的议论各种都有。不管怎样，自从他瘫痪卧床后，一直由队上养着。时间一长，大家也就不再计较和在乎他的过去。

我们在他隔壁住家，带来了从未有过的人气和生活气息，令他十分高兴。队上还在为我们整修房屋时，他就听说我们将成为他的邻居，一直很兴奋，天天盼着我们入住。如今终于等到了我们的到来，他便主动招呼示好，意在表达内心的渴求。

初次见他瘫痪残疾的状态，我们心里有一种忌惮和不舒服的感觉，故平时不愿与他多聊。有时不得不招呼回应，仅出于一种礼貌。而在他看来，这一切都很正常，虽看在眼里，却并不在乎。我们每次出门进门，他都要主动招呼；我们不在时，房屋里有什么动静，谁来找过我们，之后他会主动告诉。见我们初来乍到，对队里的状况不熟悉，他也会详细介绍。方圆几十里的人和事，他如数家珍，聊起来滔滔不绝。而对我们聊的一些小镇上的事，时政上的事和书中的事，他也饶有兴趣，不时接话、提问，有时也发表看法。总之，他希望我们能经常与他拉话、聊天，以消解心中的寂寞。

一起相处熟了，我们便成了友好邻居。

有时我们离队回家，几天不在，他会特别想念，并不时在人前念叨，打听知青们什么时候才回。每次回队，不等他吱声，我们会主动招呼他后才进屋，这已成习惯。有时我们还会带点成品食物送他，他既惊诧又高兴。每当此时，他的两眼会泛出从未有过的亮光。平时，我们弄到点山菌、田鸡之类好吃的，会舀上一小碗给他端去，他更是兴奋不已，不住夸我们的好，并连声致谢。

见他闲暇寂寞时，我们也会主动与他拉话，听他讲述一些旧小说中的故事情节，什么“薛仁贵征西”“岳家军抗金”“梁山好汉聚义”等。其中的人物形象，好汉的武艺水平、诨名外号，他都讲得十分投入。我们有时会纠正其中的错漏，他也很信服。兴致来时，他还会哼上几句“孟姜女哭长城”“霸王别姬”等古曲古调，当未听到我们的回应，知道我们已歇息就寝，便不再往下继续。

有一次，他动情地对我们说，知青上山下乡的政策实在是太英明及时了，不然，今生今世我也不会结识你们，看来这是一种机缘，你们将来一定大富大贵，不会在我们这里待一辈子。说罢，他又列举过去哪朝哪代、哪个人物从小如何经历坎坷，如何劫富济贫，后来成就大事云云。他的话让我们啼笑皆非，话的背后，则反映了他内心的某种状态。

在闹五爷身上，我们看不出他对生活的消极和一丝一毫的悲凉，也许悲凉存在于之初，现早已过去。我在想，他何尝不清楚，如此严重的瘫痪残疾，已使他的生命处于极大的不确定中，如佛家所说：“生命分分秒秒正在死去”。对于潜伏在身边的死亡，他好像找到了一种合宜的态度，他不但不回避和拒绝，还能泰然处之。

一般人活在世上，对于未来有着种种的期望和计划，并终生为之忙碌。闹五爷如此瘫痪残疾，以他的经历，不可能再有什么期望和计划，更不会忙碌，因为他连忙碌最基本的行动条件都不具备。他也许明白，即使有什么期待，这种期待实际上并不存在，存在的，只剩下还活着的这条命。他已意识到，对于他来说，死亡随时都可能发生。正因为他既无期望又不可能忙碌，也就不再有什么寄托，更无法转移死亡随时来临的恐惧。唯有把握当下，放下其他一切，专注于生命本身活着的状态，并提升为正常的生活，他才会心无旁骛，自然超脱。

也许闹五爷不可能想这么多，这么深，但客观上，他却在这么做。他正在利用生命的每一刻来转化内在，而这种转化，体现了一种大彻大悟和对死亡的无所畏惧，对世俗的不屑一顾。如果换作其他常人，恐怕早已崩溃。

闹五爷的生存状态之差，常人难以想象，但他对生活的态度，对生命的执着，常人却难以企及。他不可能有什么高远的志向和信仰追求作支撑，他只是一个普通得不能再普通、倒霉得不能再倒霉的重症残疾人，而且早已丧失一切，剩下的，就只有一颗完整的心。

他继续用这颗心活在世上，也让常人不可思议，无以比拟。哪怕活着的条件和状态如此不尽如人意，如此之糟糕，但他那颗勇敢的心始终在坚守，从未自暴自弃，这不能不让我们震撼！从这个意义上说，闹五爷是生活中的强者，也是生命中的强者。

闹五爷常年躺卧在弥漫霉味的小屋，终日不见阳光，两耳难闻窗外，却对各类世事十分清醒。比如农事季节，什么时候该种该管，什么时候该收获，他从未记错，并经常提醒我们，怎样办好自留地，种什么最合算，什么时候该锄草、施肥等，俨然成了我们的农事顾问。对生产队的大事，他更是极为关注，常常建言献策，将过去的经验教训梳理出来，介绍给大家，供队上决策时参考。寨上人户娶媳嫁女，添丁进口，修房盖屋这等家庭大事，他也不忘过问。

他虽然如此瘫痪残疾，却不自卑，不自看自低，从不把自己当局外人。他相信，只要自己还活着，就是寨子里众多生命中的一员。

插队第二年，我们回家过春节，在镇上待的时间较长。回队后，我们和往常一样，到屋前向他打个招呼。招呼打了，却不见回应。我们走进小屋，才发觉人去屋空，睡床、木桌等常用物件不复存在，房间已重新收拾，显得空荡冷清。后来得知，在我们回家期间，他染上严重伤寒，因医治无效，已经去世。队里为他操办了丧事，将他葬在寨子后面的山岗上。

我们不免有些伤感，为一个生命。

闹五爷活着时，瘫痪残疾限制了他生命的外在表现，但他能以内心的波动抓住自己，抓住自己的生活、自己的世界，关注自己内在的生命，进而从容地活到与世长辞。正如托尔斯泰说过的一段话："让死人埋葬死人吧，我们既然有生命，我们就应当活下去，而且要活得幸福。"闹五爷活得不算幸福，但他和众多普通人一样，遵循了自己生命的逻辑，将自己生命的张力拉到了极致。

他一定不会想到，他死后，一个当年曾与他相邻而居的下乡知青，40 多年后记下了这段文字。这源于对生命张力的敬佩，源于生命对生命的尊重。

但愿闹五爷九泉之下有知。

五、这里的姑娘

这里的姑娘都姓田，属寨子里同一个家族。平时，她们都称呼我们"知青哥"，听起来特别亲切。在这里插队期间，与我们最贴己的便是她们。

每天吃过夜饭，收拾好锅碗瓢盆，我们便在屋里弹奏乐器，哼唱歌曲，有时也收听一下那台时坏时修的半导体收音机，这已成习惯。姑娘们知晓后，常常相约来到小屋，倚在门前窗外观望，直到我们拨弄结束，行将就寝，她们方才离去。

这里离镇上有 70 多里路程，不通公路，信息闭塞。除了年轻力壮的后生每年要去镇上挑运一两趟化肥外，其他人少有到镇，姑娘们更是难得出门。她们从小到大，几乎只与寨里人户接触，没见过公路、汽车，甚至没见过马拖车，也很少见过山外来客。总之，没见过的东西太多太多，对外面所知少而甚少。对于收音机，她们中真还有人产生过疑惑：这小小的匣子，里面无人无影，既能说话又能唱歌，岂不神奇？

我们的到来，就像是打开了一扇窗户，让她们感受到丝丝山外气息。

她们大多只上过初小，从小就开始熟悉农活，参加队上出工，最初只能挣半个劳力的工分，有的则在家照顾年幼的弟妹。即使还未到谈婚论嫁年龄，却早早有人提亲，一旦定亲，就等出嫁的日子。出嫁前，还得抓紧学会一些活计，弄懂许多事理。如扎制布鞋，缝补衣物，操持家务，经济盘算，各种人情世故等，必须样样熟悉。到了发亲那一天，便远嫁他乡，独立于父母和兄弟姊妹，随男方去重新过一种日子。

早前，我们在各家各户吃派饭时，与这里的姑娘们都见过面。言语中，她们都认为我们是城里人的命，不该来这里插队，和她们一样受苦，应该待在镇上读书，书读出了头人才能出头……我们只有苦笑，不知如何作答。

吃饭时，她们不停地给我们添饭、夹菜，要我们一定吃饱，不要拘礼客气，她们只把我们当成城里来的客人。对于安家落户扎根一辈子，她们说打死也不会相信，也不该这样。后来我们搬到社屋开伙后，她们隔三岔五地，不时送一些时令蔬菜过来；若我们不在，她们就将蔬菜放在隔壁闹五爷处，请他转交。

送时令蔬菜次数最多的是一位叫小珍的姑娘。

小珍那时刚 20 岁出头，中等身材，端庄健康，嘴甜手勤。平时对我们知青多有呵护，每次见面，她都主动招呼，一口一个“知青哥”叫得清甜。和我们熟识后，她有时也会大大方方向我们讲述一些自己的事。

一次出工劳动，她和我们凑在一起。她告诉我们，她将要嫁去的地方，就在后溪场镇附近，打柴用水方便，但坡陡土薄，粮食种类单一，和这里一样，以玉米和其他杂粮为主，少有大米，劳动日值也低；男方的家景一般，吃饭人口多，负担不轻。但不管怎样，她都认命，“嫁鸡随鸡，嫁狗随狗”，全听父母之命，媒妁之言。至于嫁去后的日子怎么过，她说没想那么多，按祖上传下的规矩，该怎么过就怎么过，反正车到山前必有路。而真到了那一天，将要离别父母和兄弟姐妹，离开这片土地，她也会依依不舍。

到了年底，小珍姑娘发亲的日子终于来临。她父亲提前来我们住处相告，请我们帮忙“送亲”。当得知她即将出嫁，我们还真有点不舍。她父亲的送亲之请，我们自然接受。

送亲是当地的一种婚嫁习俗。女儿出嫁时，娘家需请两位男性护送到婆家，俗称送亲。一般是出嫁者的舅父、叔伯或表兄弟、堂兄弟出面。送亲者到男方后，要等男方派人来接才能进屋，自己切不可贸然先进，不然有损颜面。吃饭时，由男方派人陪餐，饭毕，送亲者嘱咐嫁女后即离。

按当地风俗，出嫁三天或七天前，有时是半月到一个月前，新娘就开始哭嫁。开初是隔夜哭，后来是连夜哭。亲族相邻来送礼看望，则谁来就对谁哭。哭的种类繁多，如“哭父母”“哭叔伯”“哭兄嫂”“哭姊妹”“哭媒人”“哭戴花”“哭上轿”“哭辞祖宗”等。歌词一般是七字句，句数不等。既有流传下来的传统词句，也有新娘和陪哭姐妹的即兴之作。其内容多是感谢父母长辈养育之恩和哥嫂弟妹的关怀之情，泣诉少女生活即将逝去的悲伤和未来生活来临前的迷茫不安。

如哭母亲：

门前溪河水流长，女儿难舍我的娘；
一尺五寸把女养，只差拿来口中含；
哭声娘来刀割胆，娘的恩情怎能忘；
日日夜夜费心肠，背上搭来怀中盘；
你在我前把姓冠，时刻未离我的娘；
省吃俭用精打算，口不吞来舌不尝；
缝补浆洗把心操，梳头洗脸常照管；
想你女儿比人强，送我读书进学堂；
哪知女儿无志量，鸡毛成了火石炭；
今天离别我的娘，谁人把我来照看；
娘莫把女挂心上，保重身体心要宽。

也有的是倾泄对婚姻的不满，对媒人乱断终身的痛恨。如哭媒人：

板栗开花吊线线，背时媒人想挂面；
板栗开花结球球，背时媒人想猪头；
媒人是个撵仗狗，吃了这头吃那头；
你做媒人想穿鞋，树上鸟儿哄得来；
你做媒人想吃酒，山上猴子哄得走；
青布鞋子有一双，媒人穿成烂烟杆；
鞋子里白外面青，媒人穿了烂脚筋；
花言巧语几箩筢，不愁银钱不到手；
好比我家好吃狗，东家吃了西家走。
……

这之前，寨里确实发生过本寨田姓姑娘被媒人乱断终身，嫁到男方受尽欺凌、苦不堪言之事。有位田姓姑娘回娘家哭诉后，引起整个家族激愤，于是寨里长辈当即组织了一帮后生，前去对男方武力相胁。最后，男方不得不赔礼道歉，具结悔过，燃放鞭炮礼送才算摆平。

这种由后家为嫁女打抱不平之事，当地称为“打堡子”，由过去延续盛行。用现在的话说，也算后家对男方的一种制约机制。由队上安排，我们也曾参与这次“打堡子”（我们是外姓，自然要记工分）。至于小珍哭嫁属哪种情形，我们不得而知，心里却想，但愿“打堡子”之事以后不再发生。

小珍出嫁头一天，我们应约去她家。

吃过夜饭，娘家人婆家客都在忙碌，唯独我们知青在一间小屋聊天。聊着聊着，突然门开，只见小珍在其嫂子陪同下，径直走到我们面前，叫一声“我的知青哥哥哟”，便“扑通”一声跪在地上，失声痛哭。我们一下怔住，连忙上前扶她起身。她哭腔带词，越哭越伤心，泪水不断外涌，却执意不起。她嫂子见此情形，甚感意外，便上前劝慰。

见小珍不停泣哭，并未起身，我一下想起了什么，迅疾从口袋里掏出平时称盐打油余下的几角散钱，直接递她手上，并再次扶她起身。她异样地望了我一眼，擦了擦脸上的泪水，才止哭而起，移步转身。走到门前，她又猛地转身回头，朝我们深深地鞠躬……

后来得知，通常只哭不起，称为意欲讨“打发”，即客人给多给少不论，以尽礼数和接受新娘哭诉之情作罢。而我们却感觉到，小珍哭而不起，并不是这个意思，她眼里望着我们的那种神情，有一丝明显的哀怨。此时此刻，她本想以此机会，向我们淋漓尽致地最后哭诉和宣泄。因为在她看来，我们是她最合适的倾诉对象。而她的哭诉，却被我们劝止，心结未解，有一种难以言表的不悦。哀怨，便是她的真切流露。

当天夜里，参加婚礼的男女青年则通宵达旦，围绕找“摸米”（新郎），开展了一场有趣的活动，当地人叫“戏新郎”。即谁是“摸米”，由于女方的姑娘们不知道或假装不知道，便三三两两地在人群中、在角落里寻找。若找到一个嫌疑人，就在他脸上抹上一把锅烟墨，惹得众人哈哈大笑。而真正的“摸米”则早已“隐身”，谁也找不着。许多不是“摸米”的小伙往往半推半就，主动被抹了一脸黑。按当地风俗，被抹黑的小伙多，说明被女方姑娘爱上的就多，这也标志着新郎、新娘有了一个良好的开端，今后夫唱妻随，相亲相爱一生。

按照习俗，一旦女儿嫁出门，当父母的要等着送“祝弥酒”这一天了。

“弥”者满也，土家族已婚女子生孩子满月后，娘家人必置米酒等物品前往女儿婆家，当地称为“祝弥”。据当地族谱记载：“齐聚以贺，筵曰：祝弥，两姓尽欢，三日不散。”对于土家族——这个在艰苦恶劣环境下生存的农耕民族，添丁进口，更是一件十分重大的事情，同时也是以此联络亲情、友情的重要活动。

新娘怀孕，即称有喜。按土家风俗，小孩出世后两天，女婿就要去丈母娘家“递信”。这“递信”的方式很是独特：若生了男孩，就由女婿抱一只大红公鸡去岳父、岳母家报喜；生的是女孩，则抱一只大黄母鸡。丈母娘老远看见女婿怀抱一只大红公鸡，就已知道女儿帮婆家添了个男丁；若见女婿手上提的是只母鸡，即明白女儿添了个“千金”。当妈的是过来人，她只要远远地看见女婿手上抱着一只鸡，不管是公鸡还是母鸡，那颗悬吊吊的心就落下了！

得了“信”，约定了期程，娘家人就开始启动“祝弥”准备活动：早已酿好的糯米甜酒、肥肥的乌骨鸡、黄灿灿的大谷和玉米、积存的鸡蛋、大红大绿的毛线及儿童服装用品，一应俱全，分别装入挑子。

挑子送拢婆家后，随着阵阵清脆的鞭炮声，油茶、酿豆腐、竹笋鸡、香菌汤、老腊肉、凉拌侧耳根……七盘八碗桌桌摆满。婆家的娘家的，远处的近处的，男工妇女，大娃细崽，八人一桌围坐；一边喝酒夹菜，一边嬉笑扯谈，其乐融融。

第二天凌晨，公鸡一叫，娱乐活动即止。小珍换上新娘红装，哭拜辞别祖宗，由娘家送亲人员护送陪同，我们也参与其中，在一片锣鼓、鞭炮声中，由寨子出发，踏上通往新郎住家的山路。

经大坪后山，一路吆喝，约莫走了 3 个多钟头才到达。如小珍先前所述，婆家坐落在一处山湾，四周都是岩梁，家里境况一般，但五柱四齐的瓦房却早已备好。后生黑黑瘦瘦，精壮结实，有些木讷。他对我们参与送亲，甚觉脸上有光，待我们特别客气。礼俗结束，便热情招呼我们吃饭、喝酒，并不停地给我们上一种叫“经济牌”的白烟（当地人称卷烟为“白烟”）……

小珍出嫁了，她再也不会给我们送时令蔬菜了，也许今后再也见不到她了！她能适应那里的一切吗？她以后的日子会过得好吗？或许来年我们也要喝她的“祝弥酒”了！

由后溪返回，翻过一座山坡，又回到大坪后山脚下。我们坐在路边石坎上，望着空旷的蓝天，满山遍野的野草、林丛和盘山弯曲的路，不禁浮想联翩。对于小珍，送亲迎亲，嫁出娶进，标志着人生的转折；接着便是日出而作、日落而息劳作生活的重新开始；然后生儿育女，日复一日，年复一年……

六、抉择

1973年秋季，国内各大专院校开始实行“群众推荐、领导批准、学校复审相结合”的招生模式，普遍在各地招收工农兵学员。招生对象为“有实践经验的工人、农民和解放军战士”，规定“在政治条件合格的基础上，要重视文化程度，进行文化考查”。各类中专学校比照实行。

不久，我们所在的董家大队分到一个中专招生名额。大队按上面要求，当即决定在下乡知青中择优推荐。我所在的生产队认为我平时劳动表现好，热心参加大队的各项活动，当年又入了团，便竭力推荐了我，二队的艺新也被队里推荐。我和艺新被推荐，还有一个原因，就是我们都上过初中，虽读的耕读班，学历却高于小学毕业的其他知青。

然而，推荐名单报到大队统一研究时，到底定谁，意见却难以统一。

于是，不知是谁出的主意，大队确定，再比较一下两个知青插队以来所挣的劳动工分，看谁挣的多就定谁。统计核查下来，我的工分略多于艺新。大队书记和我同一个生产队，他开会回来后告诉我，大队研究时基本同意定我，但需做好大队长的工作才能正式确定。

后来得知，大队长倾向于定艺新，是因为艺新与他是一个队的，而此时谁不希望做个顺水人情呢?

艺新本是我小学、初中时同学，到这里插队后，我俩一直相处甚好。他父亲当时在井岗小学当校长，母亲在镇上一家服务社工作，家中弟兄姊妹六个，他排行老大，负担不轻。而我们两家原来都在镇街一村对门对户住家，抬头不见低头见。此事让我心里很纠结。那几天，我思前想后，拿不定主意。于是，我决定回趟龙潭，想听听母亲的看法。

回到家，母亲听我讲完事情的原委，便问我心里到底是怎么想的，我说我也不知道该怎么办，反正想得很多。这是我人生中遇到的第一道难题，感到难以抉择。母亲见我犹豫不决，似乎明白了我的心思。

她说："看来你不是没有自己的想法，只是还没最后拿定主意。唉，知儿莫如母，儿也深知母。哪个当父母的不想自己的子女早点从乡下出来，何况是去上学读书。按说这事你们大队定了就是，定不下来，一定也是为难。"

说到此，母亲话头一转，又说："你们兄弟中，你大哥、三哥早已工作，二哥、四哥也离开了农村，这镇上哪个不晓得，不羡慕?艺新家兄弟姊妹也是6个，实在不容易啊，他与你一直关系好，在家里又是老大，若他这次失去机会，他们兄弟姊妹中就没有一个就业！"

说完她又接着问，"你们大队是不是想让你放弃?"我说好像没这个意思，他们都没有明说。

母亲看着我，又说道："不管说没说，我看这次不如成全艺新，好让他们家也有一个能就业。"

我问母亲，是不是艺新的父母找过她?母亲说，"这种事别人怎么好提出来，正因为他们没提，我才这样想。”

母亲还说，“这次放弃对你确实有点亏，但想来想去，我们算亏得起，而他们家怎么亏得起？如今上面有了政策，以后每年都要招生，兴许以后还会有希望呢。”

母亲倒是乐观！她的一席话，终于让我做出自己的抉择。

第二天回到队上，我将已放弃这次荐考的想法告诉了书记。他仍有些吃惊，当确认这是我的真实想法后，便说，“既是这样，大队就不用再专门研究了，我与他们通个气，马上报公社审定。”末了又宽慰我说，反正以后还有的是机会，出去一个少一个，最后就不打挤了。我心里想，你说得轻巧，以后怎样，现在谁说得清楚？但我也只有点头称是。

这之前，为避免尴尬，我和艺新很少见面。此事确定后，我未将其中的缘由告诉他，只希望他这次能录取，不浪费这个名额。没几天，公社审定下来，艺新过关。他接到通知后，我陪他一起到公社领取了推荐表，在附近小学一间教室填好后，便及时交了上去。

之后一段时间，我不时抽空陪他复习功课。由于明确要考代数，而我们上初中时既无课本也未正式行课。于是，他便设法借来，现打急抓，从头自学。后来笔试时，艺新居然上了分数线，被酉阳县师范学校录取。接到录取通知那天，他及时告诉了我，我也很高兴，分享着他的快乐。

他在酉师校学习期间，我曾去学校看望。在他的单人床上，我们一起挤住过两个晚上。闲暇时，他陪我逛校园，观看班上的墙报、学习专栏，并向我讲述学生生活的种种情景。

望着一幢幢教学大楼，一排排学生宿舍和学生们进进出出在教室、在图书馆、在操场……我心里羡慕不已。他们已跳出农门，不用再挣工分，不用再上山打柴，也不用自己煮饭和办自留地，更不用担心自己的前途了。他们已有心中的追求，有了自己的奋斗目标；毕业后，都能当上正式的人民教师！

而我呢，继续留在农村，还得脸朝黄土背朝天，每天劳顿在山野田间，何时才是个头？转念一想，好在国家现在已开始招生，也许，他们的今天，莫不就是我的明天？我憧憬着这美好一天的到来！

七、夜路

第二年，又迎来全国大中专学校招生。我们大队依然只分到一个中专推荐名额。按照上面要求，这个名额既可用于下乡知青，也可用于回乡知青。结果出来，却让我们大失所望。大队认为，1973 年已推荐了下乡知青，今年则应考虑回乡知青，这叫“一碗水端平”。

消息传来，虽不感到特别意外，还是让我们沮丧。

眼前的状况，让我们的处境更加艰难。每年的招生名额这么少，竞争却异常激烈，而我们的学历起点如此之低，越到后来将会越被动。这种情形，确让我们有些心灰意懒。想得越多，心里越不踏实，而我们又不可能就此放弃，在坚持正常出工劳动之外，还得花时间进行自学补习，等待命运对我们的选择。

这期间，获悉毗邻青龙大队下乡知青华仲得以推荐填表，我们都为他感到庆幸。只是不久将少一位为我们带来快乐的同伴，我们又有些失落。但不管怎样，大家仍为他高兴。

那段时间，我们所在的生产队正闹分队，我们3个知青随队调整，小兴留在了四队，我和小建分到新组合的五队，合住一间重新装修的小屋。

我和小建虽不是同学，因老家都属湖北，又同住六村，插队后一直相处正常。在推荐招生这件事上，我们一开始就心知肚明，即不管推荐到谁，对彼此都是好事，应相互配合，促其过关，为留者开路。没想到这次大家都无望。事情已过，我们不得不面对现实，潜心待在队里，坚持出工劳动，一起补习功课，为今后的机会积累知识。

正当我们开始正常的劳作生活后，意想不到的事情突然发生！

那天收工较早，天还未黑，我们便回到小屋。刚进屋不久，就听见对面山梁上有人大声呼叫我的名字。我赶紧出门张望，只见一陌生青年朝我们小屋方向走来。我迎上前忙问找我有什么事，他确认我的姓名后，便对我大声说道："上面通知你马上到公社领填招生推荐表，明天到县城参加考试。"我一下懵了，叫我填表？考试？怎么可能呢？那人又重复了刚才的话，说他已告诉大队书记，书记在外面一时回不来，叫他直接通知我。他还一再叮嘱，要我多带几天口粮，马上出发到公社领表，填写后连夜赶回龙潭，明天上午再赶到县城，不要误了下午的考试。我当时没听清，他说他是公社八大员中的什么员，还有事需先离开，说完，便转身疾步而去。

我分明已听清楚，却不敢相信这是真的，但又不愿不相信。我耳朵里只装了"公社""填表""连夜赶回龙潭""县城考试"这些诱人的字眼，心想到了公社什么都明白了。我稍事准备，带上电筒，背上挎包，向同屋的小建告辞后，便朝公社赶去。

大坪到公社有十几里山路，我足足走了一个多钟头。天已黑尽，约莫晚上八点多钟，才气喘吁吁地赶到。进了公社办公室，见文书正坐在里面写什么材料，我连忙自报姓名。文书很客气，顺手将办公桌上的一份招生推荐表递给我，并搬了一把木椅摆放桌旁，让我在此填写。然后他边给我倒开水，边告诉我说："这次招生，有一个下乡知青政审未过，上面通知重新补一名，公社研究时首先想到了董家大队的你，还了解到去年你和艺新都曾被推荐的事。其中还有领导说上次公社会演时他们见过你拉二胡，也知道你去年入了团。"我只顾专心填表，他说的话我未能完全听进。

我将填好的表交给文书后，他又专门交代了去县城的具体事项，完后便催我尽快动身，说今晚务必连夜赶回龙潭，无论如何，明天上午必须乘车到县城，不然下午就赶不上考试了。末了他还问我独自一人走夜路怕不怕，我说插队前我经常只身一人上山打柴，都是半夜三更出发，天亮才到达目的地，这算不了什么。他连说那就好，反正夜路越走越亮，这次一定大有希望，并叮嘱我路上多注意安全。

此时已是晚上 9 点多，我谢过文书，随即在场上买了些食品和一对电池，喝足水，然后迈开双脚，朝龙潭方向的山路疾步奔去。

正值初冬，一路寒风习习，行走在茫茫的夜路上，我不仅没有一丝凉意，额上还不时浸出微汗。白竹到龙潭有 60 多里山路，路的两边多是茂密的山林，山林之间有一条常年流水不断的小溪，山路顺着溪流一直延伸到山外。每过一段溪沟，中间都有光滑石头搭成的简易便桥。石头常年泡在水里，时淹时落，长满青苔，行走在上面，稍不注意就会踩进水里。四周的山野空寂无人，除了山溪的流水声和虫鸣鸟叫，周围还不时传来怪异的声响。而此时此刻，所有的声音都淹没在我急促的脚步声中。

一路夜行，想着这突如其来的一切，真让人不可思议。这一切还未来得及消化，我已匆匆行走在茫茫的夜路上。我想，这命运真捉弄人。一件事，当你朝思暮想、如痴如醉热切期盼时，却与它无缘沾边，甚至擦肩而过；当你失望至极、彻底放下不再念想后，它又主动来向你敲门。命运无常，神秘莫测，我百思难解。

几十年后的今天，我仍然在思索，一路走来，人这一辈子，真是世事难料。我从小体弱多病，差点幼年早亡；三年自然灾害，导致身体发育不良；早年失学，心灵成长受到影响；知青岁月，却磨砺了一身筋骨；后来与亲人的生离死别，更让我承受着巨大的悲苦。而只要生命还在，人还活着，就不得不锻炼自己的灵魂，倾注整个身心，义无反顾地应对人生的种种挑战。这一切，似乎生命里有一种神秘的力量在牵引、驱使着我。

从白竹到龙潭的夜行，正是我人生的转折，而这个转折，却来得那样突然，那样蹊跷，那样艰险，它预示着未来所有的风风雨雨将由此开始。

翻过红山岭，天刚麻麻亮。进入龙东公社官偿大队地界后，又走了几里的机耕道，才回到龙潭家中。得知母亲随一教工去县城购物未回，我赶紧洗脸换衣，随即向一位熟识的老师借 5 元钱，急忙去车站购了一张上午去酉阳的客车票。上车后不到两个钟头，便到达县城。履行相关程序后，我准时赶到考场，找到了自己的考位。

进了考场，没想到考试内容与上年大不相同，仅要求考生用一小时写一篇千字以上的文章，且不用再考数理化，我心里暗自窃喜。

我按照命题要求，围绕当时农业学大寨的背景，就自己曾参加队上农田基本建设一事写了篇叙事议论文，并提前交卷离开考场。

考试结束，让我纳闷的是一直未见到华仲的身影，也许我们不在同一考场！我又四处打听，后来碰见几位熟人，他们都说未见到他。其中一人随意猜测："会不会临时被取消了考试资格，或许根本就没来县城呢？听说这种情形不少。"我一听，突然想起公社文书说有个知青政审时未过关，我当时只专注于填写招生推荐表，没打听是谁，难道是他？我怎么也不相信，怎么也不愿意相信！我满腹疑云回到龙潭。

我乘车去酉阳县城那天，母亲与那位教工办理好有关事情后，也在这一天从酉阳返回龙潭，与我错过见面。我回到家中，见过母亲，她喜出望外，连说没想到没想到，看来终于要熬出头了。

后来碰见华仲，我禁不住问他，到底是什么原因没参加考试，他回答："不说了，倒了霉运，填表后有人说我父亲过去当过警察，政审时被刷下来了。还好，由你来补缺，不然这名额就浪费了。"他同时还询问了我考试的情况，并向我祝贺。他的话语显得勉强，一脸的苦笑，不再有往日的快活。

终于，12 月初的一天，我收到涪陵农校的录取通知书。那一刻，我心里一块石头落地，沉甸甸的心一下轻松下来，心里有说不出的高兴。那段日子，我一点不关心农校到底是一所什么学校，设哪些专业，毕业后分配去向如何，我只沉浸在眼前的欣喜之中。从此以后，我也不用再出工挣工分，我也有了自己的前程。

回到队里收拾完行李，辞别了乡亲。离开前，我的心情十分复杂。插队不到 3 年，时间并不算长，来时总想着早点离开，当离开时，却感到这段岁月的珍贵。它是我独立于世的起点，也是我人生的转折点。回想起来，在这里生活的日日夜夜，经历的点点滴滴，让人难以忘怀。庆幸？惜别？我不禁百感交集，思绪万千！

第三章　辗转流光

一、走进农校

12 月初，我告别家人和一起插队的知青同伴，由龙潭乘车，经酉阳至龚滩，再乘机动船顺乌江而下，直往涪陵。第一次独自远行，心中有些惆怅，但更多的是兴奋。我靠坐在船舱的木凳上，望着奔流的江水、两岸的峭壁和藤蔓老树，觉得一切都很清新。船过岸移，心里阵阵舒展。“隆隆”的马达声，一路停靠的嘈杂声，竟未打断我的思绪。

两岁时，随母亲由长寿迁居龙潭，转眼已过 18 年时光；“文化大革命”大串联，返回时走的还是这段路程。而这次独自远行，龙潭已由终点变为起点。从陆路转水路，经乌江入长江，我终于走出大山，走出龙潭这座小镇。18 年的风风雨雨，使我由一个幼童长大成人，童年之皮蜕下，人格也基本形成。与走过的路相比，前面的路将更加漫长。我意识到，这是我人生的一个转折，过去的岁月，已经永远留在了身后，前面等待着我的，是向往已久的中专学习生活。今后的路，似乎依稀可见。

到了涪陵，我与也考进农校的一位同镇女生香玉会合后，一起换乘长江轮渡。约莫两个多小时，轮渡在小地名为二墩岩的地方停靠，一些先到校的同学已在岸边等候接船。我们上岸后，他们帮着挑扛行李，带我们爬越了几百米的石梯陡坡，走过一段平路，便到达涪陵农校。

位于长江边的涪陵农校，原是 20 世纪 60 年代中期，由涪陵地区兴办的一所干部培训学校，主要从事半年或一年的农业实用技术进修培训，培训对象为当时涪陵地区所辖十县的农村基层干部和农技人员。20世纪70年代初，学校定位为地区中专，开始正式招收两年制学生，教学设置以农作专业为主，后增设了畜牧兽医专业，实行普通班与短期进修培训相结合的办学方式。与农校相隔不远处，还设有地区水电校、农机校和农科所，这几所学校及农科所属当时涪陵清溪区世忠公社辖地。农校和农科所由涪陵地区农业局主管。

报名中，得知香玉被分到农作专业2班，我却被分到全校唯一的牧医班。当负责报名的郑老师告诉我被分到牧医班时，香玉说从来没听说过有这个专业，我则猜测，牧医的“牧”或许就是树木的“木”，这个班肯定是从事森林病虫害防治的专业班。我们的话语被郑老师听见，她连忙纠正说，不是树木的“木”，而是畜牧的“牧”。我与香玉面面相觑：牧医班到底属于什么专业，为何只有一个班呢？

我们问郑老师，她回答：“牧医就是畜牧兽医，专业上简称牧医专业。学校过去只有短期培训，今年试办普通班，这期先招一个班试点，以后再考虑是否增设。”我听后，心里闪过一丝迷惑不安的感觉，就像当年初入龙潭中学耕读班时一样。

郑老师似乎看出我有什么心思，接着又补充道：“牧医班共招收了40名学生，其中有11名女生，多数都是下乡知青。”我听后还是有些不解。后来得知，这位郑老师的丈夫就是农校主管教学的副校长，几年后他调到地区农业局畜牧站任站长，曾当过我的直接上司。

我当时理解的畜牧兽医，就是在农村常见的那样：四处走乡串户、边走边吹角呼号的兽医人员，接到畜主救治请求后，便登门诊治。或是给牲畜注射打针，或是行阉割之术，诊治完毕，坐下来心安理得地享受畜主端上的开水荷包蛋后，又去别的地处。由于他们常年出入畜禽圈舍，经常接触患症病畜，身上的衣服总是油腻光滑，不时散发出一股异味。他们从事的这份行当，能直接为农民排忧解难，深受农村欢迎。通常的开水荷包蛋招待，便成为当地尊重兽医的一种习俗。

我毕业后，难道也是这般情形？这确实与我之前的想象相去甚远。当听说还有 11 名女生也分在牧医班后，更觉不可思议。将来，她们总不可能也成天背着药箱，四处走乡串户医猪医牛吧！我如是为她们着想。

报名后，先来的同学带我到指定的宿舍入住。

房间有 4 张双层床，住 8 个人，窗前有一张简陋的书桌。见其他同学都已陆续入住，我放下行李，打开铺盖卷，铺好属于自己的床位。

大家初次见面，相互都很亲热，先来的同学主动介绍着学校的情况，同时也自我介绍。得知同宿舍同学中，除我一人当过插队知青，其他均是回乡知青，文化程度也大多高小毕业或上过初中班。其中有 3 位是复员退伍军人，1 位当过民办教师，还有一位已成家并有了小孩。他们的年龄都比我长。摆谈中，都谈到这次被推荐过程中的艰辛坎坷，都为自己最终能进这所学校感到庆幸。

其实，在人生的每个阶段，每个人都有自己的苦衷和快乐，这终将成为过去。一路的劳顿在这里停止，一路的遐想在这里结束，中专生活将由此开始。

正式行课前，学校安排了 20 天学前教育，以听报告和分班分组讨论进行。过程中，我们熟悉了负责牧医班教学的各位老师。他们多是“文化大革命”前本科、专科院校毕业，从事牧医专业进修培训教学多年，也有出类拔萃的专业工作人员转为教师的。和农作专业各班一样，班上还配有负责学生日常管理的辅导员。我们班的辅导员名叫文家，是上届农作专业的留校生；他酷爱田径运动，擅长拉二胡，还兼我们班的体育老师。

分班讨论时，牧医教研组组长、教遗传繁育课的李老师向我们介绍了牧医专业设置情况。他说，国内外都有这个专业设置，有的地方还设置了专门的本科院校和中专学校；这是一个综合的学科体系，各省都有相应的科研机构。从畜牧繁育、饲养管理到畜病防治，这个专业涉及生物遗传工程、饲料饲养、中西兽医、药物药理、解剖生理等各类知识，国内外不少科研人员和专家教授毕生从事这项事业，各地还有大批的实践工作人员常年工作在第一线。他还特别强调，需要学习钻研的东西很多，要求我们千万不可掉以轻心，要做到学一行，爱一行，钻一行。

行课后，同学们都感到新鲜。久违的课堂，独立的课桌，用蜡纸刻印的书……大家坐在教室，认真地听老师讲课。翻着畜病防治和各类畜禽饲养的课本，让我想起在龙潭中学上耕读班时的情景。转来转去，多年过去，又回到了原点，我心里有一股说不出的滋味！上了一段时间的解剖生理课后，便开始畜体解剖实习，免不了杀猪宰羊。每遇此时，全校师生都兴奋不已，一见牧医班实习，食堂伙食就会明显改善！以至上课下课途中，遇到一些熟识的同学，他们总忍不住会问，什么时候你们班又开始实习呢？

大家相互熟悉后，班上组建了班委会和党团支部，我被选为班委和团支部书记，并担任学校团总支宣传委员。没想到，我过去拉二胡、打乒乓球的那点小爱好，在这里竟派上了用场。凭着这点爱好，我常参加学校和班上一些文体活动，开展团支部组织生活、发展新团员、煞有介事地与发展对象谈话等，这些，都成了我的忙活。

几个哥哥得知我的状况后，都来信鼓励我安心学习，说不管学什么，只要学好学精，总有管用的时候。母亲还说，不管怎样，总比一辈子待在农村挣工分强。三哥在我来农校之前，就承诺以后每月给我寄 5 元钱用于日常开支，平时所需衣物也由他全包。当时正在区乡邮局做零工的弟弟，还拿出他平时的积蓄，买了块“东风牌”手表赠我，说求学在外图个方便，若谈女朋友脸上也有光些。四哥每次回龙潭探亲，往返都要在涪陵停留来校看望。

这些，都让我深有感触，也为日后潜心学习增添了底气和动力。

渐渐地，我终于喜欢上这个专业。对老师讲授的遗传学三大定律，即孟德尔的“遗传分离规律”“基因自由组合规律”和摩尔根的“连锁与互换定律”特别感兴趣。毕业前夕，我还参加了对涪陵水牛、黄牛及黔江黑猪品种资源调查，去过丰都、武隆、黔江等县农村；每天出入畜禽圈舍，测量牲畜体尺，参加屠宰测定并进行生物统计，收集牲畜改良原始依据……

二、不期而至

进校后的第一个学期，我便遇上了她，一个我喜欢的同班女生。她中等身材，美丽聪慧而灵动，端庄生动的脸上，有一对甜甜的酒窝，眉宇间透着一股英气。农校两年，我们彼此都走进对方的心里。

她名叫玉琼，来自黔江，1967 年小学毕业赶上就读黔江中学。初中毕业便到本县正阳公社插队，三年后，与我同时考进涪陵农校学习牧医专业。

一次摆谈中，她对我说：“这门专业值得好好学。你想，背着药箱，身着工作服，行走在茫茫的山野，出入于村庄农舍，为畜主们医治一头头不会说话的病畜，该是多么的神奇！而且，医猪医牛比医人还难，更有学头。”每次交流，我都被她那浪漫的情怀和坚毅的神情所感染。

在班上，她也是受人注目的学习尖子。

她学习用功，是班上提问最多的学生。对一个个学习上的问题，她决不懈怠和轻易放过，非要寻根究底弄懂不可。每次上化学课，她作为这门课的课代表，总是提前进入教室，协助老师做好实验演示的各项准备，配合完成每一个演示项目。课后，她还会利用空闲时间辅导基础差的同学，反复为他们释惑解难。

每遇解剖畜体和外科手术实习，其他一些同学，包括像我这样见血就手抖脚麻的人，常常不自觉地闪躲一旁。她却将此视为难得的机会，总是争着靠前，协助演示。老师见她胆大心细，尚能掌握畜体部位，每次都安排她参与操作。

只见她从容地拿着手术刀，不慌不忙，动作娴熟，在畜体的相关部位上划来划去，俨然成了学生心目中的实习老师。两年学习时光，有的同学一晃而过，临近毕业时，专业上还心中无数。她却从未放过任何学习机会，为以后胜任工作打下了基础。

后来毕业回黔江，她在专业上成了全县知名的行家里手。

一次，该县石会公社某农户家里的一头长白母猪产仔受阻，全身发热，卧地不起不食。畜主焦急万分，连忙赶车到县上求治，局里将出诊任务交给了她。我当时正在黔江，便随她一同前往诊治。到了畜主家，经她确诊，母猪体内仔畜已亡，若不及时施术，患畜必死无疑。那时一头家养母猪就是农户的主要收入来源，若遇死亡，就意味着断了农户的财路。

天已漆黑，当时石会公社尚未通电，她毅然决定用手电照射施术。于是，由她主刀，我操作电麻机，畜主的女儿掌握手电，在房前路边摆开了施术现场。只见她分层切开患畜皮肤、肌肉，然后打开腹膜，割开子宫，从中掏出8只死仔畜及腐物，分层消毒缝合后，患畜一下站立而起，开始进食。

手术完毕，引得围观人员惊叹不已，既惊叹施术者的风采，又叹服术后的效果。她后来以此案例撰写的《实施猪剖腹产手术的体会》一文，得以在《四川畜牧兽医》杂志上发表。

除了学习上拔尖，她还爱好文体活动。

每次上体育课，无论是田径还是球类，她都踊跃参加。还在上中学时，她就喜欢上篮球、排球运动和跳民族舞。上农校后，每年一届的地区中专运动会，她作为学校篮球队队员，比赛场场不缺，奋力拼搏。赛后，她还赶到乒乓球赛场，观看有我参加的比赛，并在一旁鼓劲加油。

学校每次会演、外出实习联欢，总少不了她参加的舞蹈表演。每次排练和演出，都由我和文家老师负责二胡伴奏，我们也常被女生们欢快优美的舞姿所感染。

即便在那封闭的年月，在校期间，我们也不乏接触的机会。

我那时是学校团总支宣传委员，为操心校办黑板报和一些节日专栏，常利用课余时间撰稿和参加誊抄事宜。凡我写的稿子，她总是第一个读者，并喜欢看我在露天黑板上排版、一笔一画写粉笔字。不仅如此，她还特别关注出报后师生们的反响。

星期天，我们还一起去长江对岸的清溪镇赶场购物，结束后，便去一家食店品吃醪糟汤圆，然后乘轮渡返校。那些日子，说是赶场购物，实则是一起共享甜蜜的时光。对此，我和她都心有灵犀。

若遇外出实习，我会主动帮她捆扎背包，规整行李。她明明知道我这方面并不在行且显笨拙，却乐意让我表现。在南川实习期间，我们一起登金佛山，一起采药，一起制作药物标本，还一起参加排练实习联欢节目。遇上星期天，我们还一起去附近山泉药物场，到她的发小同学凤珍处游玩。

场里植被茂密，环境清新，场里还建有一个篮球场。她和凤珍平时都喜欢打篮球，自然要去投篮。我站在一旁看着，心里特别舒坦。聚餐时，凤珍见她不停地给我夹菜，便调皮地冲着我们发笑："哎，哎，怎么啦？生怕我亏待了你这位好同学！"

后来她告诉我，凤珍曾背着我悄悄盘问她，要她如实交代我们之间的关系，还说一定为我们保密。她红着脸回答，别瞎猜，同学就是同学，确实无密可保！几年后，我们一起在黔江与凤珍相遇，她惊喜中不无得意，冲着我们说："我说嘛，当初你们还不承认呢，其实我早就看出来了，怎么样？这下不用保密了吧？"我们只有一笑。

在校内，有时她也一扫平时的矜持，对我主动关心体贴。一次，我临时去校医务室做腰部脂肪瘤切除术，由于麻药失效，手术过程疼痛难忍。术后，我未去上课，独自躺在床上静养疗伤。她得知后，急忙带上那时少有的奶粉、饼干来宿舍看望，并嘱我安心休养，争取早日康复，这让我欣喜不已。平时家里给她带来的一瓶瓶猪油、炒好的肉食，她每次都送我许多，让我与室友分享。

……

这些，师生们看在眼里，猜在心里，他们都希望毕业后，我们有一个共同美好的未来。

毕业前夕，牧医教研室领导分别找我们谈话，告诉我将被分到地区农业局，她则安排留校当老师，我心里有说不出的高兴。没想到，她却谢绝了学校的劝留，说她父亲前两年患肝癌病故，哥哥远在新疆，两个弟、妹尚还年幼，出于为母亲分担的考虑，她执意要求分回黔江。

她曾告诉我，她父亲籍贯四川忠县（现重庆忠州），参加工作后，被招进黔江县税务部门，后就地安家，与她母亲成婚；由于业务精熟，性情豁达，生性豪爽，不久升任县属某区税务所所长。她父亲病故后，一家生活的重担自然落在她母亲肩上。

这之后的一个晚上，我们在江边河堤散步。她对我说，两年来，我们彼此喜欢，心里何尝不明白？但目前家中的状况确实让她纠结。她不想拖累于我，要我珍惜留在地区的机会，好好奔自己的前程，不要挂念她，也不要想着往县里调。

听她这样说，我虽体谅她的难处，心里却一阵酸楚。我告诉她，目前虽不能确定关系，只要她心里有我，我就会一直等待！听了我的表白，她嗓子有些哽咽，眼里噙着泪水，再也没有吭声。我们都默然无语，心中的波涛，却在不停地翻腾。

年底开始毕业分配，我留在涪陵，她却分回了黔江。

离别那天，送走其他同学后，我半夜 3 更起身，赶到她入住的涪陵旅舍等候，帮她挑行李，送她去乌江码头。上船前，我将早已写好的纸条塞到她手上，然后伫立江边，迎着寒风，目送她进入船舱。船离人别，我沿着昏暗的老街，疾步返回宿舍，一头倒在床上，彻夜未眠。

三、涪陵蹲点

几个月后，也就是 1977 年初春，我和同分到局里的刘禄、冉海被抽到地区“农业学大寨”工作队，一起去涪陵酒店公社蹲点。

那时涪陵地区辖川东南的涪陵、垫江、南川、丰都、武隆、西阳、秀山、黔江、彭水、石柱共10个县，粉碎“四人帮”后，为迅速改善农业状况，地委决定继续在全区普遍开展“农业学大寨”运动。组织工作队进村，是当时通常的一种形式。

工作队的任务，是依靠当地党委政府，坚持党的基本路线，深入学习大寨精神，夺取农业全面丰收。地区工作队由农业局、水电局、林业局、气象局等农口部门组成，规定每个单位负责一个大队，每个工作队员住一个生产队，时间一年。要求下去之后与当地社员同吃同住同劳动，每周到公社汇报一次工作。农业局负责朝阳大队，由局里一位科长带队。我被分到三队，刘禄分到六队，冉海分到二队。

到队上后，我被安排住胡队长家。

胡队长年龄四十开外，中等个子，长得精壮结实，说话有点口吃。他家里还有母亲、妻子、一个儿子和一个尚未出嫁的妹妹。所住房屋为普通砖瓦房，面积不大，显得扁窄，我被安排在楼上居住。楼面屋顶见瓦，四周堆满杂物，中间有一地铺，铺有草垫竹席，供我平时就寝。

胡队长与我见面后，显得很热情。

他说：“前几年这里也来过工作同志，说来也奇，每逢工作队进村，老天爷平白无故开眼，一年到头风调雨顺；你们来后，今年肯定又会是个丰收年。”我听后不知怎的，却感到一种无形的压力。他接着又说道：“过去工作队进村，总少不了清理这清理那，一天到晚脑壳都清大了，清来清去，哪还有心思抓生产？我看这生产队长是越来越不好当了。”

这些话，分明是试探我们的来意，同时也在提醒我，以后就看你工作同志怎样支持我了。我这样想。

大队胡书记是位中年妇女，与胡队长是本家，同在一个生产队。

她丈夫是吃公家饭的国家干部，在城里工作。她精力充沛，说话硬朗，嗓子略带嘶哑，对人也很热情。见到我，她首先就问吃住是否安排妥当，生活习不习惯，还说这里条件较差，比不得城里，若不习惯，望多担待。

后来听一些人说，她工作积极热心，对上面跟得很紧。上面说风，她马上就是雨；叫她往东，她绝不往西。一些生产队干部背后常对她嘀咕，但真要是当着面，大都毕恭毕敬，不会说半个不字。只有这位胡队长，依着是本家，又在一个队，在一些生产经营的大事上，常与她较劲抬杠，说她头发长见识短，不怎么懂行，却爱自以为是，越俎代庖，一旦出了差错，还得他当队长的顶上。

工作队进村后，最忙的要数这位胡书记。

她除了常去公社开会，自己也不时召集会议。她开会时不分白天黑夜，讲起话来一套一套，有板有眼，尽管听者开始昏昏欲睡，她却很享受。除了开会，为让大队活动花样翻新，她从各队抽调人员编排节目，组织演讲，举办专栏……搞得有声有色，样样不落人后。这显然与日常生产有冲突，让胡队长大为不快。他当面不好发作，背地里却牢骚不断。我住在他家，便成了他倾诉的对象。

那时大队干部都拿定额补贴，平时所有工作都折成工分，参加所在生产队年底分红。对于各类运动，他们从心底里热衷。因为运动来了事就多，事多会议就多，会议多表现自己的机会就多，拿定额补贴就更加理直气壮。平时一些社员对此心存愤懑，但运动一来，他们的注意力就不知不觉被转移，愤懑情绪便一下消散。

我们这批工作队由农口业务部门组成。为发挥技术优势，工作队将工作重点放在科学种田、夺取农业全面丰收上。而涉及批判资本主义倾向，“割资本主义尾巴”这类事，工作队没揽在手上，主要由当地党委政府落实。由此，以“农业学大寨”为名号的工作队便有了自己特定的科学种田任务和生产要求，而不像以往“四清”运动那样。与之比较，胡队长感到欣然。集中精力抓农业生产，成了他这个队长名正言顺的大事。

我来后不久，已明显感到，这位胡队长并不怎么把我这位工作队员当回事。

他们凭着多年的经验，对工作队的认识已先入为主。何况像我这样一个刚参加工作的年轻学生，虽也称之为工作同志，却从未经历过工作锻炼，来这里待一年，能有多大能耐？他们与我商量办事，多出于礼貌走程序，一段时间后，我便心里有数了。

我虽在农村待过，但那是插队“接受贫下中农再教育”，平时出工干活，受生产队干部支配，叫干啥就干啥。现在一下换了位，我不时还得在社员大会上动员群众，安排生产，甚至做主决定事项。这对我来说，是前所未有的挑战，同时也是锻炼自己的机会。我来前已有思想准备，像我这种刚从学校毕业、无任何工作经验的“工作同志”，在他们心中的第一印象，大概就是“嘴上无毛，办事不牢”吧。我觉得这也很正常。

面对新的角色，我一开始就想到，应该对自己的作为有个定位。即平时尽量做到摆正位置，工作上以协助为主，避免指手画脚；通过边学边干，顺势而为。

在与胡队长相处中，我把握他的性格特点和能力状况，尽量发挥他的长处，鼓励他的工作热情，并维护他的威信。当他出现一些过激或失误时，由我出来承担；若遇到矛盾冲突，也由我出面协调化解。我心里清楚，其实我和他的目标一致，所有工作都是推动农业增产增收，争取当年见效。若目标实现，大家都能“梳光光头”！

这些想法和做法，我说不清是从哪里学来的，因为谁都没有教过，过去也没有遇到过，在书上更没有读到过。也许这就叫“实践出真知”“在游泳中学会游泳”吧。什么事情一旦开了头，就只能顺着事情的发展而发展、变化而变化，渐渐摸清规律，解决问题的办法也就在其中了。后来发生的一切，看得出，胡队长服我这包“药”，我们的相处，渐渐趋于自然正常，我也开始有了底气。

那时中央十一届三中全会还没有召开，全国拨乱反正尚未开始，上面总的政策也看不出有大的改变。但在农业生产上，“一靠政策，二靠科学”的提法开始家喻户晓，“四人帮”鼓吹的“宁要社会主义的草，不要资本主义的苗”的谬论受到批判，其流毒正在被肃清，甩开膀子抓农业生产已是大环境。

至于怎么“一靠政策，二靠科学”，那时我们认为，“一靠政策”不假，但那是上面的事，一切按中央、省、地的文件执行，用不着我们操心；“二靠科学”，则是搞科学种田，要靠我们自己去推动落实。所谓科学种田，不外乎就是推广农业生产的新技术，实行良种良法。如水稻的矮秆品种、玉米优质高产品种的推广，双季稻试种，红苕高温大屋窑的运用，以及怎样合理密植获得高产等。但实施起来，会动摇多年来的种植传统，其难度可想而知。

为此，工作队不断组织生产队以上干部和工作队员四处考察学习，回来后由公社出面开会，每队逐一规划面积，落实种植任务。各大队唯恐落后，纷纷在会上表态，拍胸膛保证完成，回去后又如法炮制，任务层层分解。

工作队还要求，每一位蹲点干部，必须要有一块自己的示范田，做到率先垂范，年底交账。我在队里也落实了一块水田，用作水稻制种示范。那段时间，什么“父本”“母本”“花期相遇”等专业词汇不绝于耳，说起自己的示范田，即便是外行，也是满嘴新词，脱口而出，逢人便讲。

面对下达的矮秆稻品种推广任务，怎样落实，确实难度很大。

在推广矮秆稻品种这件事上，大队胡书记坚决主张，按上面要求落实，思想通不通都必须照办。而胡队长则不愿冒风险，脑壳始终不进“油盐”。认为一旦推广失败，他作为一队之长，到时社员少分粮食，他担不起这个责任。在这种情况下，他们都看我的态度。

此时，我自然想到了刘禄、冉海同学。

刘禄来自黔江，也当过知青。在农校时，他和另一位名叫吴明的同学就与我熟识，我们三人当时都是学校团总支委员，分别担任班上团支部书记，常在一起开会议事。刘禄与我命运相似，他和我一起读农校，一起分到农业局，一起去农村住队，后来又一起在黔江共事，最后都调到主城工作直至退休。他与我先后一样遭遇晴天霹雳，承受过失妻之痛。一直以来，我们多有接触交流，既是“同一条战壕的战友”，也是难得的人生好友。

冉海则和我都来自酉阳，同分到农业局后，我们也多有接触。他平时寡言少语，喜欢读书，也善思考。在农业局不到两年，便调涪陵地委办公室工作，后来曾多有史料文字发表。

由于同在朝阳大队，我们三人常常一起参加公社、大队召开的各种会议，平时相互有所走动。他们二人都是我的“农事顾问”，我也时常关注他们所在队的养猪生产。在推广矮秆稻这件事情上，刘禄一直认为，此举事半功倍，能立竿见影，是提高水稻产量最直接最有效的途径，要我一定坚持不要动摇，并愿意去我那里共同做好胡队长的工作，说服他改变想法。

与胡队长见面后，刘禄从专业的角度向他详细介绍了各地推广的效果，并结合他所住六队的落实情况，告诫胡队长今年一定要抓住机遇，争取打一个水稻高产翻身仗。并提醒他，若执迷不悟，秋收时肯定会后悔，到时少打粮食，上级批评事小，社员利益受损事大。他要胡队长好好掂量，搞农业生产不能只翻老皇历，并说若能下决心，以后他会经常过来作一些技术指导。

胡队长终于被说服，也很感动，觉得这批工作队员的确与以往不同，他不得不信服。于是，他当即行动，落实种植面积，生产安排措施随之也紧紧跟上。

水稻开始抽穗后，胡队长显得特别兴奋。那几天，他经常约我一起四处转转，望着一片片长势良好的稻田，我们都有说不出的高兴。自那以后，我在胡队长心目中的分量陡然上升，我们之间的合作也更加默契。

一次摆谈中，他说要是以后能允许干点家庭副业，多搞点畜禽饲养，种庄稼能像办自留地那样就好了。

我说国家这么大，凡事都有个过程，兴许以后会有一些变化，你就耐心地等着这一天吧。我还说，蹲点结束后，我就回去医猪医牛，再这样耽搁，所学专业就荒废了。他听后一笑，说，我看你以后不像是干这个的。他似乎不相信，但又无法不相信，他在队里曾见过我给队里的猪打畜病预防针。

他还谈到他的儿子，说他上学成绩不错，若能读出头，也考上个中专什么的，将来能吃上一碗公家饭，他就心满意足了。

他儿子正念高小，准备考初中。这孩子平时话挺多，喜欢与人攀谈；吃饭间，睡觉前，他都会钻空打岔，问我一些问题，有时问得我也答不上来。一次我与他父亲坐在饭桌旁谈事，他当着我的面，说他父亲头脑固执，反应迟钝，简单的事要转多大个弯才会明白，若是他，应该怎样怎样，如何如何。

胡队长听后一脸窘色，忙叫他一边去做自己的作业，说大人说话小孩子家不兴打岔。说着说着便开始口吃。见此情形，我不由哈哈大笑，笑得他有些不好意思。他的脸上，却透出一丝得意的喜色。

胡队长当然明白，儿子敢于参与大人们的谈话，甚至当面揭父亲的短，这在外人面前，未必不是一件脸上有光的事，这正显示出儿子的聪明伶俐之处。看得出，作为父亲，胡队长心里暗暗高兴，甚而感到自豪，只是当着我的面不便过于显露。我忽然觉得，这位胡队长，这个地地道道的农民家庭，让我感到特别有趣，也感到从未有过的亲近，刚来时的拘谨和不自在，此时一扫而光。

蹲点后期，我常感到腹部鼓胀，不时隐隐作痛，有时痛得直不起腰，只得蹲上一阵才慢慢舒缓，饮食也极不正常。这样反反复复，身体状况明显下降，由于工作实在太忙，我也没顾得过来。胡队长一家见此，都急劝我及早回城看病，特别是胡队长的母亲，更是焦虑着急，她常对我念叨，“你这么年轻，真要是把身体弄垮了，我们全队的人心里都会不安，我这儿子是当队长的，又是你的住户，我们全家都过意不去啊。”

于是，我便抽时间回了一趟城，去地区医院做了检查。医生确诊为急性结肠炎，说若不及时治，会逐渐转为慢性，便提出需住院治疗，最好是中西医结合。我遵医嘱，向工作队请了假，不得不住进医院。

我住院期间，胡队长带着他的儿子，提着一篮鸡蛋，特地来医院看望。他要我安心治疗休养，不要牵挂队上的事，并高兴地告诉我说，今年整个大队粮食丰收已成定局，产量肯定远超历史最高水平。

一个月以后，我出院回队。此时秋收已接近尾声，果不其然，酒店公社当年获得空前的农业丰收，特别是矮秆稻产量，大大出乎人们预料，增长幅度接近翻番。工作队上上下下都感到欣慰，我和刘禄更是深有感触。

科学种田，良种良法，其实农民的要求并不高，他们的脑袋也决不是天生就不进“油盐”、就僵化。凡是对农民真正有利的事，只要设身处地为他们着想，以事实说话，用真情相帮，他们自然就会心服口服。

蹲点结束回城那天，胡队长和大队胡书记一道来公社送行，我和他们一一握手。看着他们依依不舍的样子，我心里涌起阵阵微澜。是啊，短短的一年，我们都发生了一些变化；这些变化，让我在人生的路上，又多了一些感悟，对中国农村的问题有了一点感性了解。

以前，我容易把农村想得过于简单，认为日出而作，日落而息，虽然艰辛，却也远离喧嚣浮躁，实则不然。事后想来，中国的问题，主要是几亿农民的问题。

这一年，我和刘禄的蹲点工作得到局里肯定，在我们都离开单位的情况下，他和我分别被评选为全国及全省新长征突击手，受到共青团中央、团省委的通报表彰。第二年，刘禄由局里安排继续留在酒店公社，在另一个大队蹲点；我则又被抽派到垫江县，参加地委组织的农村基本路线教育工作队，开始为期一年的住队工作。

四、垫江住队

说实话，这次到垫江住队，我心里确有些不情愿。

患病不久，身体正处于恢复中，回单位刚稳定下来，我正打算熟悉一下情况后，尽快进入业务工作角色。没想到，这次上面抽派去垫江住队的人员时，站里谁都不愿去。那时畜牧站群龙无首，唯一的一位站长被长期抽到地委农工部跑面，工作与单位脱钩。因未正式办理调动，局里没有另任命站长，由一位姓张的主办干事临时负责站里工作，我亲切地称他老张。

老张早先毕业于荣昌畜牧兽医学校，参加工作多年，平时寡言少语，处事老到，在站里有一定威信。由于无任何职务，大家仍称呼他老张。老张清楚我患病初愈，刚从酒店公社蹲点回来，不便再安排我去垫江，他其实也想让我尽快熟悉业务，好独当一面工作。由于种种原因，上面已作决定，并委托他找我谈话，转达局里的意见。

他本来言语不多，甚至有些木讷，这次与我谈话，像是做了一番准备。他对我说："局领导都很清楚，你在酒店蹲点一年，吃苦耐劳，工作努力，且带病坚持，上下反映都好。领导说不如趁热打铁，再去垫江压压担子，既是局里工作需要，也是组织上对你的信任，你看怎样？"他语气平和，话也说得滴水不漏，一口一个局领导，一口一个压担子，却让我听起来有些不舒服，或许是我当时心境本来就不好的缘故。但这话符合老张的角色，他当时也只能这样对我讲。

那个年代说的压担子，与现在压担子的意思截然不同。那时候，干最难最重的活，去最艰苦、最困难的地方，就是压担子。正如那时人们熟悉的一条毛主席语录所说：什么叫工作，工作就是斗争，哪些地方有困难，有问题，需要我们去解决，我们是为着解决困难去工作、去斗争的，越是困难的地方，越是要去，这才是好同志。毛主席这段话，是那些年代有志青年的朴素追求。

不知什么时候，"压担子"后来演变为职场升迁提拔的代名词。

如今，无论是机关，还是企业，体制内还是体制外，个个都喜欢被“压担子”。一听说组织上在考虑给自己压点担子了，便喜之不已，暗自庆幸。以至时下，作为当领导的，与下属相处，对“压担子”一词，使用须得谨慎。一到用人之际，若程序还未走完，决不可轻言“压担子”，不然就意味着欠成熟。除非上面已正式通过，行将任命，才可放心大胆地将“压担子”的话说出，正式将“担子”压下去。

老张找我谈话后，我当时没有多说什么，仅简单地表示服从。他见我表态干脆利索，也就赶快收口，不再多说，心里却如释重负。

这次去垫江乡下住队，除我以外，还有一位刚从四川农学院分来的大学毕业生，名叫许华，学的也是牧医专业。他比我长两岁，彭水县人，瘦高个子，入伍当过兵，说话略带川西口音，初一听不像是彭水本地人。我平时叫他老许。由于他刚分来，则用不着专门谈话，如同我刚分来时一样，通知一声作罢。于是，我和老许成了在垫江住队的同伴。

这次路线教育住队，由地委统一组团，下设各个工作队，工作队又下设若干工作组。每个工作队负责一个公社，工作组负责一个大队。我们所在的工作队负责城西公社，工作队长由地区农科所一位姓朱的书记担任。我和老许以及刚分到地区水电局的小甘被编到裴兴大队，另外还有两名本县的农村积极分子，一位姓曾，一位姓熊，也编入我们一个组；老许在部队时已入党，被安排担任工作组组长；老曾也是党员，任工作组副组长。

正式进驻大队前，即1978年初春的一天，我们在垫江县委大礼堂参加了路线教育住队动员大会，这也是一次集中培训。工作团团长和垫江县委主要领导先后在会上讲话，对这次教育作了动员部署，并提出明确要求。大意是：要学好文件抓住纲，深揭猛批“四人帮”，坚决批判和遏制资本主义倾向，用社会主义思想教育和改造农民。同时要努力开展好农业学大寨运动，彻底改变农村面貌，夺取农业全面丰收等。会后，各工作队组织了认真讨论，并就进村后一些注意事项作了强调。然后，便分别由当地干部带路，各工作组及时奔赴所住大队。

到裴兴大队之初，工作组人员各住一个生产队，我住裴兴三队。那时粮食还未完全过关，农民的生活十分清贫，一日三餐，半干半稀。我们整年住在农户家，确实让他们有些犯难。

一次，我的住户不知从哪里弄来一点猪肉，本想特地为我改善一下伙食，打一次小牙祭。没想到，他 10 岁的儿子端菜上桌时，一不小心摔了一跤，盘里的肉菜倒落一地。他父亲见状，忍不住厉声斥责。我忙说不要紧，叫小孩赶快将肉菜捡起来。小孩战战兢兢，连忙用他那脏兮兮的小手将散落一地的肉菜刨拢，重新盛入盘内端上饭桌，然后站在一旁望着父亲，不敢吭声。见此情形，我连忙上前安慰小孩，拉他上桌一起吃饭。若是以前，我不会先动筷夹菜，而此时，为打破这沉闷的空气，我若无其事地带头动筷，当作什么都没发生一样。住户一家见我并没介意，气氛一下缓了过来。时间已过去几十年，这件小事却留在了我的记忆中。

没过多久，大队安排我们搬到一处社屋，并落实专人煮饭，说便于我们相互之间联系交流，也有利于平时的工作开展。其实我心里清楚，这主要是为了照顾我们的生活。

对我们的到来，他们都很热情。大队支书姓齐，年近七十，背驼，一脸和善，说话有些气紧，平时披一件黑色旧风衣，手持一根拐杖。大队长姓郭，四十多岁，头上包一条白布头巾，脸色有些憔悴，平时言语不多。能感觉出他们的热情有些不自然，更多的则是小心翼翼，即生怕说错话、做错事。

按照上面部署，工作组依样画葫芦，一番动员发动后，便拉开了路线教育工作的序幕。

初始，我们还有一点新鲜感，每天开会听取汇报，接待来访，实地查询，一天下来，疲惫不堪。到了后来，就觉得不怎么对劲。特别是我，由于这之前在涪陵酒店公社蹲过点，对比之下，感觉这里的一切与蹲点时明显不同。

蹲点时务实的时候多，真正折腾的时候少。当地党委和工作队把主要精力集中在推动科学种田上，多数时候仍围绕农业生产在转，对各大队、生产队有明确要求，工作有目标有抓手，成天有事干，虽然苦累，却也充实。而在这里，整日没完没了受理大量与农业生产无关的事，费了心思，干部群众却对此并不热心，我们的一些做法，似乎也没有引起他们的共鸣。

我们稳定下来后，直接抓的工作，一是抓阶级斗争，开批斗会；二是“割资本主义尾巴”。

批斗会一般由各生产队主持，大队和工作组派人参加。而判定谁应受到批斗，则根据群众反映和平时掌握的情况。这中间难免夹杂一些个人恩怨，随意性较大。批斗时比较文明，不会像过去那样对其动手动脚。也有一些队干部或积极分子，本来磨不开情面，平时抬头不见低头见，为证明自己立场坚定，而一到开会时，往往当着工作组的面，言之凿凿，慷慨激昂，仔细一听，多言之无物，干吼一阵了事。此时，批斗者与被批斗者都心照不宣，会议一完，马上又改换面孔，相互关系照常。

“割资本主义尾巴”是住队工作中的一个常规动作。其背景是，国家完成社会主义改造后，从理论上讲，小农经济仍然是滋生资本主义的温床。针对那时农村的种种情况，认为资本主义形式已经多种多样，如农民多养几只鸡鸭、几头猪，在自留地或开荒地种点菜，在房前屋后或庭院里种植水果，然后拿到市场交易等。还有一类是一些农民会点竹木、编织、缝纫或修修补补手艺，利用雨天或晚上给他人制作一些家具物件，或小修小补收点报酬，当时都被视为资本主义。为禁止这种倾向的蔓延，就大张旗鼓地“割资本主义尾巴”。

具体操作时，就是对多养多种的农民实施教育，并下令整改，做到下不为例；通知有资本主义倾向、私自外出“捞取外快”的“资本主义者”（能工巧匠）回队参加集体劳动。对一些屡教不改者，通知到大队参加统一“办班”学习，并规定和宣布一律不得外出。而对一些“资本主义倾向”比较典型的地方，则针对具体的人和事，采取有组织、有领导、有针对性的集中统一行动。这种突袭的行动不多，也不经常，更不是主要形式，由于猝不及防，声势较大，往往起到一定的震慑作用。

整个路线教育工作分阶段推进。每个阶段，工作队都要召开现场会，然后总结前段工作，布置下一阶段任务。到了后期，则对一些难以下结论的人事列为专案，组织专人办案核查。最后，评估总体效果，鼓励、表扬在运动中表现突出的积极分子，以此作为调整充实领导班子的依据，从而建起一支“永不走的工作队”，确保运动的长效机制得以落实。

这期间，日常生产、兴修水利、治理病库、改田改土等，也是工作队要抓的事，但不是重点。对一些感到头痛的老大难工作，公社和大队会借机纳入运动的内容大力推动，任务由干部包干，逐队落实。

按照上面的部署，我们完成了每一个步骤，各项工作推进得有声有色，干部社员对我们尊重有加，但我们始终高兴不起来，心里还感到莫名的空虚。

路线教育工作接近尾声那段时间，好像听到了什么风声，各项工作开始放松，会议也少了，我们再也不像住队初期、中期那样紧锣密鼓。两位农村积极分子不时请假回家，少则三五日，多则十来天。我和老许哪里都没去，每天相约一起到各队走走看看。有时碰上当地兽医给牲畜治病，我们便凑拢去小试身手。此外，我还常到县图书馆翻阅书籍，一待就是半天。在阅读《物种起源》一书的过程中，我竟做了数万字笔记。达尔文对进化论的精彩论述，对自然界各类物种演变的细心观察，让我大开眼界，惊叹不已。

刚从涪陵地区水电校毕业的小甘，平时喜欢唱歌，尤其喜欢唱一些傣族民歌。闲暇之时，他常对着屋前的山岗，引吭高歌“有一个美丽的传说”。悠扬的歌声，响彻山野，一扫大家心中的沉闷。他还运用自己的专业知识，不时到水库整治工地作技术指导。那时觉得，似乎这些才是我们应该干的事。

这一年，正应了蹲点时那位胡队长说过的话：“每逢工作队进村，老天爷都会平白无故开眼”。是的，老天爷又开了眼，今年又是风调雨顺，粮食已经丰收在望。不知是老天爷对农民的怜悯眷顾，还是对我们工作队的体谅支持，这只有老天爷自己清楚。不管怎样，老天爷总算帮了我们大忙。

一年时间已到，住队工作便告结束。

工作队离开那天，各路送行的干部群众聚集县城主街，敲锣打鼓，夹道欢送。齐支书、郭大队长等大队干部也悉数到场送行。他们握着我们的手，嘴里不住地说叨：“这段时间真是辛苦你们了，感谢感谢，欢迎以后再来。”一些参加送行的女青年，竟然泪流满面，对我们依依不舍。此情此景，此时此刻，让我心里又掀起阵阵微澜。

回单位不久，这一年的12月8日，中央十一届三中全会召开，国家进入一个伟大的历史转折。我在单位关注着这一时刻，及时通读了全会公报，其中农业部分的内容，让我感到特别贴切。

“全党目前必须集中主要精力把农业尽快搞上去，因为农业这个国民经济的基础，这些年来受了严重的破坏，目前就整体来说还十分脆弱。为逐步实现农业现代化……必须首先调动我国几亿农民的社会主义积极性，必须在经济上充分关心他们的物质利益，在政治上切实保障他们的民主权利”“……社员自留地、家庭副业和集市贸易是社会主义经济的必要组成部分，任何人不得乱加干涉。”

这回老天真正开了眼！我不由想起公社的胡队长，想起参加裴兴大队办班学习的能工巧匠们，想起他们的期待……他们再也不用担心“割资本主义尾巴”，不用担心有力无处使了！农民的期盼终于开始实现。我为他们、为整个农民群体感到欣慰，也为自己连续两年在农村所发生所看到的变化而感慨。

五、初涉机关

我去垫江不久，长期抽派到地委农工部的畜牧站站长已调地区农办，农校一位副校长接任站长，临时负责站里工作的老张和另一位姓覃的资深同事提为副站长。此外，这一年还分来两名荣昌畜牧兽医学校毕业的学生。他们分来时，站里正缺人手，于是相应落实了业务岗位，一位安排在地区诊断化验室，另一位负责全区黄牛改良工作。

我们从垫江回来后，因老许学历比我高，也很快落实了岗位。唯独我一直闲着待岗。没多久，省上决定在涪陵建一座液氮站，由地区畜牧站实施建设。工程刚开工，站里便安排我协助管理工地。

这个管理，就是每天拉拉卷尺，对不时运来的沙石和就地挖掘的土方进行测量。为防止弄虚作假，正式测量前，我会用一根木棍在砌好的石方堆里乱捅一气，检查里面是否有架空冒方现象，然后才拉开卷尺，一一测量，现场计算。这种运送沙石、挖掘土方的活计，过去我曾干过。那时，一旦施工员拉完卷尺，我们会围在他身旁，盯着他用笔在小本本上不停地演算，然后急切地等待结果。只见施工员一笔一笔地反复核对，直到具体的方量体积出来，我们才放心地离开。几天后，便凭据到财务室领钱。每当将劳动挣来的钱交给母亲时，我感觉特别的舒心快活。

由于有过这种经历，对前来找我测量的民工，我会体谅他们的难处，常常是随叫随到，尽量不让他们久等。测量时，也从不为难他们。其实我还在农村期间，就养成了凡事应设身处地考虑别人的感受的习惯，用母亲的话说，这叫“将心比心”。

那段日子，我集中精力做好自己的临时工作，尽量不去想别的事，也不与别人攀比，自认运气不好。我不喜欢下棋打牌，空闲时，便独自待在小屋读书看报，翻阅业务资料。心想，这些总有一天会管用。当然，偶尔也回办公室坐坐，看他们办公，听他们说事和不停地打电话，特别喜欢听他们与省上大机关通话。电话铃响了无人接听时，我也会接上应几句，然后传呼该接电话的人。每次通话，我感到很神秘，也有些兴奋。我不仅学会了打电话，还能边接电话边做记录。过去在电影看见的一个镜头也偶尔出现在我的身上：将电话压在左下巴与脖子之间，嘴里不停地说话，手也不停地在纸页上记。这不就是“楼上楼下，电灯电话”的办公场景吗？看起来，这动作就是爽，就是神气！

见他们神秘兮兮的样子，我感到有些别扭。与他们对照，我现在算什么？一个百无聊赖的闲人！有时我在办公室也协助干点杂事，主动与同事攀谈，并虚心请教。时间久了，相处熟了，我逐渐发觉，这个单位，这个机关的人员，并不是我原来想象的那样单纯。

这让我想起，刚来局里报到时，局办公室一位农校毕业的上届女生告诫我的话。她说：“分到这个站好是好，能够专业对口，但这个站一直风气不正，你去后就知道了，平时可要注意把握。”这位女生为人忠厚，办事利索，深得机关上下认同。她见我来自山区，腼腆少语，又是校友，不忌讳向我提醒。我却不以为然，心想无论怎么复杂，只要我努力工作，脚踏实地为人为事，总不至于处不下去吧。

前几年，单位管理松散，各种乱象无人问津，常常是你出来你大，我出来我大，互不买账，已成定式。站里总共十四五人，先后从不同学校分来。时间一久，相互之间便起隔阂，人与人之间的关系也变得复杂起来。平时说话做事，稍不留意，就会得罪一堆人。那时常挂在嘴边的一句话就是“你算老几”，这种语言不绝于耳。同事之间的关系，不是以工作为纽带，诚信为基础，而是同行生忌，专业相轻，就读学校相比。同是大学、中专毕业，却相互轻视，都不把对方放在眼里。若属工农兵学员，都得自降一格，若不低调，难免受到歧视。这种不同学校之优劣，不同就学之背景，延伸发酵，便形成各自的小圈子，再加上前些年形成的派别纠葛，这复杂就可想而知了。

工作上，自然是扯皮拉筋，互不配合；谁要问点什么，大都装聋作哑，不会轻易成全别人。遇到急事难事，则闪躲一旁，尽量不去沾边；而对风光得体有利益的事，则毫不谦让，蜂拥而上。至于人前人后抬高自己，贬低别人，更是司空见惯。一项简单的任务，本可在短时间内完成，大家却不慌不忙，能拖则拖，能捱则捱，同时又装出一副特别忙碌的样子。平时的言语与行动，对上与对下，当面与背后，往往不一致；人人都像戴有面具，谁都搞不懂谁的心思，谁也不会轻易相信别人。

我忽然意识到，这两年来，我连续在农村住队，接触基层和农民，而没有待在机关，没有过早地陷入复杂纷繁的人情世故，虽未能从事专业，却获得充足的时间培养自律，强化责任，学会担当，这难道不是一件大好事？要想成为一个对社会有用的人，“磨刀不误砍柴工”。我这两年，不就是在磨刀吗？眼下拉卷尺，与民工打交道，也可以说是在磨刀！

不久，酉阳县小坝农场作为全区原种基地，划归地区农业局管理。局里除了安排农技人员到原种场外，同时还要求去一名畜牧兽医技术人员住场，协助负责场内几百头生猪、几十头耕牛的畜病防治，并探索建立机械化养猪模式。

这个任务下到站里，站领导自然又想到了我。他们认为，我已在农村工作两年，能吃苦耐劳，加之我又来自酉阳，人熟地熟，便于开展工作。这两年我在农村未能接触专业，这次正好是个弥补的机会；年轻人嘛，再压压担子有何不可？他们的确想得很精到！

站里其他人员都已落实固定业务岗位，此时谁都不愿去偏远的小坝，何况要承担如此艰巨的任务。而眼下我正处于待岗，不安排我去谁去？见领导开始向我预热，他们表面上都不吭声，背后却暗自窃喜。

几天后，站里主要领导宣布了派我去酉阳小坝农场的决定。他在会上又重复强调，这次派我去，考虑到小坝离我龙潭住家近，也体现对我的照顾；二来可以多接触专业，对提高业务水平也有利。此话怎么听，都让我很不舒服，却又无可奈何。因为所有的好话都由他们说完，谁也堵不住谁的嘴，“快牛”再次被“鞭打”了一回。由于我认清了一些人，也想通了一些事，对此已不在意，甚而自我安慰，觉得这未免就是坏事。我心里竟升起一股莫名的豪气！

六、酉阳住场

小坝农场位于酉阳县城至本县龚滩镇方向，距县城十多里路程。农场背靠山林，山林周围全是大块平整的田土，用作旱粮原种生产。场内正面为办公及生活用房，左边为职工宿舍，右边是酿酒的作坊。作坊不远处，是几排用水泥铸成的猪牛圈舍；由于年久失修，圈舍显得十分破旧。

农场场长四十多岁，个子较小，微胖。他说话和气，工作粗放，平时只过问面上的大事，具体实务则交由一位主办会计处理。初次见面，他披着一件大衣，握着我的手，显得紧而有力。后来发现，或许那时的干部受银幕形象的影响，平时总喜欢将大衣披着，走起路来一晃一晃的；随着晃动，似乎人也变得高大神气起来。

主办会计年纪也是四十开外，其为人精明，处事果决，工作能力超强，场里的许多事都是他说了算。他在职工心目中的地位，与场长不相上下，拿现在的话说，有点越权越位之嫌。然而正是这位大会计，由于他精力旺盛，工作投入，各项事务安排精到，使得场内运行井井有条，他在职工中的威信自然也很高。

对我们的到来，他显得客气，却不冷不热，甚而内心深处有点不屑，从他的言谈举止中可明显看出。我们毕竟在机关待过，已见惯不惊。由于平时工作与他少有交集，我们对此并不在意。在我看来，但凡有能耐的人都这样。由于能耐和影响远超周围一般，他们一般自我意识比较强。平时，他们不习惯主动讨好谁，只专注于干自己的事，谁也别想镇住他们，倒是这种不冷不热，往往能镇住一些人。

场里还有一个人物姓简，几年前由县畜牧站派来，由他负责场里 400 多头生猪、几十头耕牛的畜病防治，并附带为全场一百多号职工看病，大家都叫他简医生。简医生看上去四十多岁，个儿不高，说话慢条斯理，上班下班，随时离不开一杯茶、一支烟。工作起来，无论是诊治畜病，还是为职工看病拿药，他都一招一式，不慌不忙应对。报到那天，他不但向我详细介绍场里的畜病防治情况，强调相关注意事项，对我的起居饮食，也显得十分关心。

整个农场，实际上由以上三人主事。场里其他副职则少于出头露面，形同虚设。

我来后主要协助简医生工作，具体当他防治畜病的下手。

每天上午下午，我都要去猪场牛栏，巡查有无畜病发生，并熟悉饲料饲养情况和观察牲畜的生长习性及对疾病的抗御性能，然后记录下来，备作以后开展业务的参考。若发现牲畜患病，便及时诊治处理。此外，对所有母猪产下的仔畜，满双月后定期施行阉割之术，促其快速育肥。遇到诊治疑难病症，便请教简医生现场处理。

一天，一头上百斤的生猪卧地两天，不起不食，喘息不止，我问诊两个饲养员，他们都说不出个啥。当时正值酷暑，我急得满头大汗，连忙去医务室请来简医生。简医生到猪场后，一声不吭，朝病猪瞄了几眼，便不慌不忙从药箱里取出一根银晃晃的瓜子针，然后紧捏手上，针尖朝下，在病猪的耳旁、颈部、背上等部位各刺几针，顿时针出血流，病猪嗷嗷直叫，就地乱弹。既未注射打针，也未喂服兽药，治疗就此结束！

简医生一边将瓜子针上的沾血揩净消毒后放入箱内，一边告诉我说：“这种酷暑天气，气温太高，牲畜与人一样，也容易中暑，自然发热发软，不起不食，刺它几针放点血，可缓解血热，均衡腠理，病情自然好转。若不出意外，明天上午患畜就能进食。”这种诊疗方式我听说过但从未见过，心里暗暗称奇，对简医生的医术也佩服不已。第二天上午，这头病猪果然站立而起，开始进食。

不忙时，我也常与饲养员闲聊，听他们讲述当地的乡间民俗和周围人们的生活方式，听后，虽觉千篇一律，无不乏味，却能打发时间。他们家就在附近的花园大队。每天上班，他们就早早来到猪场。第一个动作，就是系上围裙戴上袖套，将前一天煮好的猪食一桶一桶依次提到每间圈舍，逐一倒入食槽。下班后，洗洗手，解下围裙，将手上的水揩干，然后又无精打采地慢慢走回。

那时在农场当饲养员，在乡间其他人的眼中，是一件幸运而又值得羡慕的事。每月能收入固定的活钱，这比天天办田土的活儿要强；钱虽不多，却能解决家庭开支的一些难题。他们成天默默无闻，从未开怀大笑，却很珍惜这份工作；平时谁都看不出他们有什么悲伤或烦心的事。

他们每天都这样，就像四周山野的小草，路边的荒石，从来不被人注意；一旦定格于此，日复一日，年复一年，任凭风霜雨露，却难以改变自己的宿命。

与我同来小坝农场的，还有地区来的两位农技人员。

一位是小廖，也是涪陵农校毕业，学农作专业，毕业时分到地区农科所。他长得瘦高帅气，平时虽然寡言少语，专业上却有自己的独到之处，平时与我多有交流。另一位是农业局农技科的技术骨干，姓罗，比我长十来岁，我们都叫他老罗。老罗业务熟悉，但性格有点倔；聊到局里的一些不平事，他会发一些小牢骚，但从不影响工作上尽职尽责。

平时上班，我们都各忙各的事；下班后，便一起散步、聊天。无聊时，偶尔也玩玩扑克牌"争上游"，之外再无其他活动。每到周末，我们也会相约去附近转悠，信马由缰，踏青览景，并采集些山菌、野葱之类带回，辅之肉食拿到食堂加工，以调剂天天大锅饭菜的伙食。农闲不忙时，他们便轮流回涪陵家中，住上几日后，返场时带上一些成品食物，与大家一起分享。

那时大哥、三哥早已成家，先后都有了小孩。工作在外地，生活节奏紧，有些顾不过来，便希望母亲此时能帮他们带带孙儿。大哥西安冶金建筑学院毕业后，分到武汉第一冶金建设公司，由工段长很快干到工地施工主任，后来担任过公司党委组织部长、公司副经理、党委书记直至退休。三哥成家后，由酉阳供销社调到三嫂工作所在的攀枝花市，先后在攀钢几家企业从事财务管理工作。

母亲虽辛劳了大半辈子，见孩子们有难处，自然少不了操心。她毅然提前退休，先后到武汉、攀枝花市大哥、三哥家居住，一住就是几年。后来我成家有小孩后，她又辗转到黔江和我们一起生活。

母亲退休离开龙潭前，弟弟已从基层邮局调到县局，并由临时工转为正式管理人员。我来小坝农场后，他那里成了我经常的去处。我们兄弟俩都已长大成人，并正式参加工作，开始接触社会和各种人事，思想也日趋活跃。我只比弟弟长两岁，年纪相仿，一起长大，也就更容易交流。我们一起谈读书的感想，谈工作，谈国内外时政，也谈个人的兴趣爱好和情感经历。他比较外向奔放，脑瓜灵活，反应较快，行动力也强；我则趋于内向文静，喜欢多思多想，较之沉稳。这种和而不同，刚好让我们兄弟俩有一些互补。

1968年复课后，弟弟上了中学，由初中到高中，他对数理化一直不感兴趣，这几科成绩老是上不去，而对语文这门课却情有独钟。除了学校听课学习，他还喜欢课外阅读，并爱上写毛笔字，后来成为重庆市书法协会会员。他高中毕业后，按照政策规定，多子女家庭可留一个照顾父母不用下乡。弟弟虽未插队当过知青，却吃过不少苦。为分担家里生计，他也上山打过柴，在水泥厂做过临工，在龙潭小学、中学代过课，还被聘用到区乡跑过邮路。

他当乡邮员期间，负责好几处山野地处的邮件投送。听他说，是年冬天某日，大雪如席，鸡犬归屋，而他却负重几十斤邮件，沿着人迹罕至、漫天飞雪的山野小路，向村落目的地前行。当行走在一处沙土斜坡上时，遇雪掩路径，一下虚脚，滚下半坡树丛，报刊、邮件散落一地。好不容易捡拢收齐，才发现脚上的两只胶鞋不知所处。此时，四无人烟，离目的地还有近30里路程。为了赶时赶路，他一咬牙，只得打着赤脚，朝目的地一步步走去……

正因为他经受过磨砺，吃过不少苦头，才一天天懂事起来。他利用得天独厚的条件，坚持读书学习，翻阅报刊，还不时写一些短文小诗投寄地县报刊，每次发表，都给他带来内心的充实。

后来，国家邮政部门为方便群众投寄邮件，在全国范围内大力推广邮政编码使用规范。弟弟结合基层实践，就自己的思考向中国青年报编辑部写了一封信，在信中大胆发表自己的想法和建议。中国青年报当即登载，并加了编者按。此事在县上竟引起反响。不久，弟弟被调到酉阳县委办公室，开始了他新的职业生涯。这期间，他曾被安排去涪陵高师写作班进修学习，黔江地区成立后，先后在行署办、地区交通部门工作。

我在小坝农场的工作却不顺利。

来场几个月，虽让我的专业技能有所长进，每天按部就班，难免枯燥乏味。于是，我便在生猪杂交育肥上动了些心思。我知道，按照生物遗传学理论，生猪育肥通过发挥杂交优势来得较快，但前提是要有合适的父本母本。特别是母本，应是相对纯的本地品种，即“公猪优良化，母猪本地化，杂交育肥一代化”。

那几年，省上对黔江黑猪品种资源调查的数据显示，黔江黑猪外貌特征突出，同一性较强，遗传性状相对稳定，是比较理想的杂交母本品种。就理论而言，若将黔江仔母猪直接引到小坝农场作杂交母本培育，然后再引进外来优良公猪与之杂交，所产一代仔畜可显著提高育肥水平，扩大育肥效果。

由于小坝位置相对较高，气温明显低于黔江，导致引进的黔江仔母畜不适应这里的气候，加之饲养管理未跟上，引进不久，均未存活，杂交育肥计划即告失败。局里要求探索机械化养猪模式的任务，终因方方面面条件不具备，也未完成。一年后，局里便召我回单位参加业务跑面。

农场一年，工作平平淡淡，没有什么大的作为，心里无不遗憾。回过头来看，我又觉得，平淡和挫折也是一种磨砺，让我头脑更加清醒。经历了许多后，心里反倒踏实起来。

而令人欣慰的是，这一年，我终于与日夜思念的玉琼成婚！

七、异地之恋

与玉琼在乌江码头依依惜别后，我与她一直保持着联系。她回到黔江，第一封信仍称我为同学，仍然告诉我她家里负担重，一时离不开，却也不忍心拖累于我。她还托人带来当时紧俏的肥皂和黔江烟厂刚出产的“小南海”牌试制卷烟，并嘱我，若仍未学会吸烟，可将这试制品送单位的同事品吸。

读了她的来信，我的心情难以平静，心里仍然酸楚。

这之前，我出差去了一趟黔江。到达那天，她特地来车站接我，帮我拿行李，带我入旅舍。晚饭后，便陪我沿河堤散步。

冬日的晚上，河风扑面。漫步中，我们交流了初进单位时的种种感受，都显得很兴奋。我们来回踱步，边走边聊，身上并无寒意，路也没有尽头。交流中，竟都没涉及那个敏感的话题。直到快回旅舍，她才突然停下，将分别后的情况详细告诉于我。

回到黔江，她心里一直不平静。

她说，自从在农校遇上我，她心里再也装不下其他人。苦于无奈，她没有直接表露。在乌江码头与我分别后，她刚进船舱卸下行李，就急忙掏出我给她的纸条，也是一通宵未能入眠。回家后，心里更是放不下。

后来，她终于将心事告诉了母亲。她母亲盘儿养女，含辛茹苦，虽目不识丁，却是一个明晓事理的人。她母亲说，只要我们合得来她就放心，不要因为家里目前的困难耽误了我们，以后也可以设法调在一起，去涪陵或回黔江都行，只要对我们的前程有利。

听她说完，我心里特别高兴。就在那几天，我便去她家中拜望。她母亲当面认可了我们的关系，还说家里今后会尽量少拖累我们。

几天后，她母亲特地去商店买了一段驼绒布料，为我缝制御寒的大衣。这一切，让我心生感动，我暗下决心，婚后一定调往黔江，不辜负老人家的一片热肠暖心。

从这以后，我和玉琼再不以同学相称。每次回龙潭，我也不再走龚滩方向，而改由途经黔江。在黔江上车前，她总要我代她问候我母亲，直到客车启动，她才离开。

记得她第一次在车站送我时，我从包里取出一条紫色纱巾，当着旅客的面往她脖子上围，却半天围不好，她轻声一笑，说我还是像在学校时那样笨手笨脚。我上车后，她两眼红红的有些湿润，手里举着那条纱巾，不停地向我挥手。纱巾在她手上舞动，是那样的耀眼夺目。直到客车驶出站门，她才慢慢离开。这细微的一幕，我至今难忘。

后来，她每次来地区开会或办事，我得知后，都要去工作队请假，并当天赶回涪陵，迎候她的到来。待她忙完后，我便陪她散步，一起品小吃，一起逛商场，一起看电影。有时，我们还就近去看望住在城里的老师和同学们，让他们分享我们的喜悦。

她每次返回黔江，我都送她去乌江码头，直到船已启动，我才大步流星走回。而此时的我，心里不再沉甸，更无半点酸楚，所有的期待，都已装满心中。

我在公社蹲点期间，常常熬更守夜，忙得不可开交。但无论再忙，却不觉苦累，似乎有用不完的力，使不完的劲，因此时心已所属，情有所依。每次去公社开会，我最期待的一件事，就是盼望乡邮员的出现。她的每次来信，我都要连看几遍，甚至等不到下一封，我还会从箱子里翻出她原先写来的信，再一次复读，遐想细品。

每次收到她来信的那几天，我会沉浸在难以言表的欢愉之中，表情不再那么严肃冷峻，说话做事也特别上心。住户全家都感到诧异，也在猜测，知道我的秘密后，都为我高兴。他们常壮着胆子询问，你最近又收到她的信了吗？有时问得我腼腆无语，直到我面带愠色，他们才不再继续。

在那个通信不畅的年月里，她曾对我产生过一次误会。

有一段时间，一直未收到她的来信，也不见她的回信，我想来想去，百思不得其解。那时她和我一样，也常年奔波在乡下社队，通信不畅，电话难通，通了也无人接。但长时间不见她的信，我有些急了，便由平信改为挂号信，甚至连续寄出几封，心想她总会收到，总会回信。左等右等，挂号无效，还是音讯杳无，这让我十分难受。此事被与我一起蹲点的刘禄同学知晓，他主动前来安慰，并自告奋勇出面打探，看到底是什么原因。

后来得知，她因参加整顿农村基层兽医站被安排去了乡下，没有及时收到我的信。当回家后收到时，却见信封上所有的字均用红色圆珠笔涂过，这些字看上去是一个个黑里套红的圈。这种情形，通常意味着重新选择恋人的隐晦表达，无论谁遇上，对其都是极大的伤害。她收到此信后，虽感不悦，却又无法断定，便将来信搁置一旁，保持沉默，也想寻个水落石出。

直到有一天，她年幼的妹妹无意中说出缘由。

我的信寄拢那天，她妹妹正在家中做作业，收到信后，见姐姐不在，便学写信封上我写的字。她用红色圆珠笔将信封上的每一个字都一笔一画涂到边，觉得这很好玩。于是，整个信封看上去全是些令人费解的黑字红圈，特别刺眼，不由不让人产生联想。她听后又气又恼，厉声斥责妹妹，然后赶紧提笔给我回信。信中，她万般懊悔，怪自己太糊涂太不冷静，不然不会让我白白难受。当听说我那段时间肠胃不好经常闹腹痛，后来还专门请假住院，她更是心痛不已，爱怜之情跃然于纸。

疑团消除，我们都欣喜若狂，就像一件珍宝失而复得。后来见面说起此事，她有些不好意思，说这是她迄今为止干的一件最傻最愚蠢的事，当初怎么就没想到呢？“看来真是上天开了我们一个玩笑，同时也在考验我们的感情！”她如是说，却开心地笑了；我也笑了，却没有她笑得甜美。

蹲点结束，我接着去垫江住队，后又被安排去酉阳小坝住场，其间少有机会见面，我们仍通过书信联系。而她却抽出时间，由黔江乘长途汽车，专程去龙潭看望我母亲。那时母亲患病刚愈，独自在家，突见这自报姓名、漂亮而未曾谋面的未来儿媳，顿时喜出望外。为了让我母亲高兴，玉琼便留下住上一天，帮忙料理家务，伺奉陪伴聊天。母亲自然喜不可支。

1978 年 8 月，我们分别由酉阳、黔江出发，同去涪陵参加一次大型业务会议。会后，又接着参加地区畜牧兽医学会年会。会议期间，正遇黔江小南海闹地震，传言蛊惑人心，导致乌江停航。会议结束后，我们只得滞留涪陵，等待恢复通航。

地区畜牧站的一位黄老师见此，便热心建议我们，说不如趁这个时候将婚事办了，反正年龄已到，还等什么呢？我们商量后，也觉未尝不可，便采纳了她的建议。我们通过电话告诉了她母亲和我的父母后，便向单位写了结婚申请，批准后，由黄老师带我们到城区西门办事处领取结婚证书。

办理过程中，还出现了一点小插曲。玉琼一时回不了单位，无法办理年龄证明，经办人员不能凭我们口说认定，便直接打电话到黔江问询，而打去的电话总是无人接听。黄老师在一旁十分着急，要求经办人员网开一面。商议过程中，电话终于拨通，核实后，经办人员才取出结婚证书让我们签名摁手印。我有些不知所措，将手印重重地摁下去，惹得黄老师忍不住发笑，她朝我说："有什么紧张的？用不着这么严肃认真，又不是发文件盖公章，哪需要摁那么重那么浓呢？"我一阵脸红，不好意思地笑了笑，心里却一团火热。

1978 年 8 月 12 日中午，站里为我和玉琼举行了简朴的婚礼。婚礼上，李老师为我们证婚，他即兴唱了一首俄罗斯民歌，将婚礼的气氛一下推向高潮。婚礼结束，然后在食堂聚餐。菜肴并不丰盛，气氛却格外浓烈，席中欢声笑语，祝福声声不断。聚餐毕，我们回到新房——就这样，一间不足 10 平方米的木楼小屋，开始了珍贵难忘的婚后生活。

八、调往黔江

办完婚事没几天，乌江开始通航，我和玉琼返回黔江，在岳母家住了几日，便搬到县农业局一间单人宿舍，就此安了家。

那时我还在酉阳小坝住场，正打算实施酝酿已久的生猪杂交育肥计划。玉琼听我介绍计划内容后，感到思路不错，理论上也站得住脚，但总觉得还有什么没考虑周全，认为实施起来也不会那样简单。于是，她随我去了小坝。那几天已近立秋，一早一晚有些寒意，她觉得这里比黔江凉爽。但我们都没有去比较两地之间的气温差异，认为毗邻两县大差不差，对此忽略了。

在小坝住了几日，我们又一起回到黔江，由她帮我联系选择仔母畜的地点及价格、运输等事宜。她那时在县里两河区蹲点，便通过当地兽医，确定了引种的地域范围。我们逐一核实后，便开始实施计划。如前所述，由于气温差异及饲养方法未跟上等原因，该计划失败。虽不无遗憾，却也从事了一件由自己主张、自己实施的完整工作。遗憾的是，只收获了教训。

后来，我时常引以为戒：任何决策，都不能单凭理论推断或头脑发热，决策前务必充分论证，实施时应看条件是否成熟，整个过程都来不得半点粗糙，更不能自欺欺人。否则，不仅事与愿违，所造成的损失也无法挽回。

几个月后，涪陵农校的李老师和地区畜牧站一位领导因公差相继来到黔江，借此向我们提及地区农业局已同意将玉琼调到农校当老师的事，并告诉我们，商调函已发出，应早作思想准备。

没几天，地区农业局的鲁副局长来黔江检查工作，见了我和玉琼，也提及此事，并鼓励我们好好干，还说我们都是有出息的好青年，应该到地区去发展。他们离开前，都希望我们认真考虑，不要再次错过机会。这事若落在别人头上，即是求之不得的大好事。人往高处走，水往低处流，谁不懂得这个道理？何况是上级领导亲自关心，话也说得那么热络，还犹豫什么呢？

而于我们，仍感到纠结。虽然我们已结婚成家，既要过日子，也要奔自己的前程，但玉琼娘家的状况，不得不考虑。她母亲听说后，也认为这是件好事，是难得的机会，说只要对我们的前程有利，她都会赞成。但同时她又觉得，这件事来得太突然，心里还是难过这道坎。

当天晚上，玉琼问我究竟怎么办，要我拿主意，还说若我真下了决心，她最终会顺我的意，家中的困难只有想办法克服。

其实，她问不问，我的主意早已拿定。

我曾暗下决心，不能一成家就动自己的心思，不然对不起玉琼，也对不起岳母。我当然不会在她们面前谈论此事，但我会围绕这个想法去实现。再说，我发觉，这之前老是立足于目前的家庭状况在考虑，而从没有全面综合比较。事实上，这几年的工作让我有所感触。

我已在地区工作三年。这三年中，专业上很少沾边，蹲点、住队、住农场接连不断，短短时间转了三个地方，还管过施工工地。我们的学历、就读学校名号都不硬，所学的知识也不系统不扎实，对自己来说，留在地区是个空名。长此以往，学的那点东西早晚会落伍过时，而县里人才稀缺，业务锻炼的机会反倒比地区多。实际上，真正的业务骨干都在县里，玉琼也算一个实例。论业务水平，她在县里不比谁差，再干几年，功底会更加扎实。若我再调来，不仅实现了家庭团聚，相互有个商量照应，事业上我们还能并肩前行，绝对不会逊于别人。

我将这些想法告诉了玉琼，一点未提及她母亲的劳累、家里的负担这类话。

玉琼听后没有吭声，其实她已明白我的心思。

我又说："我看你们县局有不少外地人，其中不乏夫妻双双都在一个单位的，也干得不错，他们还都是大学毕业呢。我们算什么，一个中专生，在县里打拼正合适，比起在农村当知青来，不知好了多少倍。"

她听后有些不忍，说："我怎么就遇上你了呢？你什么都替我着想，我反倒没有主意了，我们是夫妻，我也要为你考虑呵。"

见她眼睛有些湿润，我又说："以后日子还长，至少我们能天天在一起，再说你是本地人，人熟地熟，办事又利索，我回来后哪点会比别人差呢，我这也是在为自己考虑呀。"

我的话终于让她释怀，她眼里的泪水不住涌出。这是发自她内心的高兴，高兴中，略带一丝复杂的情愫。而此时的我已很坦然，也感到从未有过的欣慰。

这次交谈，更让我觉得，于情于理，我都应当调来黔江，它会经受岁月的检验。

我回涪陵后，将我们商量的结果分别告诉了李老师和站里领导。

李老师说：“也是，是金子在哪里都会发光。你们一定好自为之，珍重自己，家庭生活过得好，事业上又能做出成绩，就是最好的证明。”他的话很中肯，言语中却不乏惋惜。

后来，他们向局里做了汇报，局领导感到不可思议。分管机关人事的是一位秀山籍姓陈的副局长。她得知我们的想法后，说什么时候要亲自约我们谈一次，还说不管怎样，最终还得服从组织云云。

李老师及时转达了陈副局长的意见，叫我们自己把握。未料一个简单的人事调动，会引起领导的如此在乎和重视！其实，站在领导的角度来看，体现了组织的关心和照顾，既高看我们，又解决我们夫妻分居的困难，我们却拒绝此事，这自然让人不可思议。而我们，无论有多么符合自己实际的选择，却真有点“狗坐篼篼不识抬举”。

我和玉琼商量，决定主动找陈副局长汇报我们的想法，不然一旦调令下达，我们会很被动。大约半个月后，趁去涪陵开会之机，玉琼随我到陈副局长家中。她听了我们的想法，显得有些不悦，但她也深知“强扭的瓜不甜”，既是如此，也就不再勉强我们，一番叮嘱后，我们便告辞。

这期间，玉琼已有身孕，按照预产期，将在当年九月底生产。于是，我不得不考虑尽快调往黔江的事，希望能在玉琼分娩之前落实，同时将母亲接来照料。那时母亲还在攀枝花市三哥处，三哥三嫂上半年添了小孩，一直由母亲照料。见玉琼即将分娩，母亲便区分轻重缓急，认为玉琼是头胎，我又在外地，她与三哥三嫂商量后，便在玉琼分娩之前赶到黔江。

这之前，玉琼已在县农业局分到一套两间一厨的住房，为便于照顾，平时我母亲和她住在一起。我将此事落实后，便与玉琼商量着手联系我调往黔江的事。经采纳一些热心人的建议和我们自己反复斟酌，觉得我们夫妻二人最好不在一个单位为宜，而另调其他单位，却有一定难度。除了县畜牧站，我们曾联系过县食品公司，由于种种原因，终未落实。

后来，一位在黔江县农业局工作的外地籍领导，见我们夫妻俩为人质朴，工作敬业，特别对玉琼的业务水平十分赞赏，便主动为我联系了县政府多经办。这位领导向我介绍，这个单位人少事多，平时的工作主要是抓以养猪为中心的多种经营，不至于完全荒废专业。

落实过程中，他还通过玉琼打听我会不会写材料，说在这个单位要经常写简报，若不会写，工作起来会很吃力。玉琼回答:“我只知道他在农校时办过黑板报，在班上作文成绩好，相信学得会。若一时没学会，你们当领导的带一带不就会了吗？”那位领导说:“那行，你玉琼看上的人一定不会错，我就放心了。”不久，县里正式同意接受对我的调动安排。

商调过程中，又费了一些周折。

尽管我们向地区农业局领导汇报过，但他们认为我们太年轻，考虑问题不周，以后一定会后悔。特别是那位鲁副局长，他还批评我们太倔，为啥非要留在县里不动呢？他希望我们回心转意。商调函来后，局里迟迟未作回应。

说实话，对局里的关心，我们很感动，他们全是为我们好，心到意到，真有些盛情难却。我只得又去局里磨嘴皮，壮着胆子找鲁副局长，再次汇报我们的想法。我还对他说，请首长放心，我无论在哪里工作，都不会给地区农业局丢脸，更不会给关心我们的领导丢脸。鲁副局长听了我的汇报和最后表白后，终于松口。

就这样，一来一往的商调，9 月下旬才尘埃落定，地区终于同意调动。调令下达后，正值玉琼的预产期已到，我赶回黔江，天天陪着她，几乎寸步不离，确定等她分娩后，我再回涪陵办理调动手续。

不料她一直未能按预产期分娩，便嘱我不要再等，催我先回涪陵，说有你母亲照顾我一切都放心。母亲也叫我不要担心，说这生孩子的事你一个男人家也帮不上什么忙，你不走，这孩子就老生不出来，说不定你一走，就生出来了呢。玉琼也说调动手续办得越快，我回来越早，她心里就能早点踏实。我觉得母亲的话实在好笑，既然她们都如此执意，我只得赶紧回涪陵。

正式办理调动时，也不是想象中的那么顺利。机关办公，不是这个不在，就是那个没来，我便通过一位在地委办公室工作的同学帮我盯着，我自己也天天守候在地委大院，什么时候经办人员在，我就即刻去办理。

10 月 8 日下午，我垂头丧气又回到单位。

刚进办公室，一位同事告诉我，下午黔江县农业局专门打来电话报喜，说你爱人已生了，顺产，生了个“哥萨克”！我一听，心里一块石头落地！我一时没反应过来什么“哥萨克”，心想只要是顺产，母子平安，我就放心了。

我又马上主动打电话过去，那边接电话的是一位名叫鲁群的女职工，她是县农业局会计，平时与玉琼要好，对玉琼生孩子十分关心，平时多有照顾，她也希望我能早点调回。她在电话里连说生了生了，是个男孩，重7斤半，孩子他奶奶、外婆都在医院守护，你弟弟前两天也过来了，现正在医院跑腿打杂呢。

我太高兴了，顿时欣喜若狂，热血沸腾！心里直呼，我也当上父亲了，马上就要与家人团聚了！我三步两步跨进楼上的小屋，关上门，在床上不住地翻滚，大声地呼喊，宣泄着从未有过的兴奋。

晚上10点多钟，我破天荒来到秋月门旁的路边小摊，打了点酒，切了些烧腊，独自享受着庆祝着这无比的快乐。直到下半夜，我才晕乎乎地回到宿舍。进了屋，顺势倒在床上，本想美美地睡上一觉，却老是翻来覆去睡不着。

几天后，调动手续终于办好。我告别了站里的同事，独自挑着行李，到乌江码头上船。第二天一早，搭乘彭水至黔江的客车，下午两点多钟抵达。我放下行李，急匆匆赶到医院，只见玉琼幸福安详地靠在床上，正等待着我的到来。

母亲见了我，连忙将孩子——我的儿子抱过来轻轻放在我怀里，并提醒我注意抱稳，然后对着孩子念叨："快看快看，是哪个，是哪个，是你爸爸回来了，快给爸爸笑一个，笑一个。"

我母亲这一念叨还真灵，儿子望着我，小嘴顿时咧开，露出甜甜的笑意。这小人儿真乖！白里透红的脸，标致的五官，两边耳垂还现出明显的耳环印。旁边的人都说这孩子像我，也有的说像玉琼，还有的说与他爸爸妈妈两个都像……我无不得意！

过了一个星期，我借了辆板车，和母亲一起，将玉琼母子接回县农业局宿舍。10月中旬的一天，我去黔江县委组织部报到，第二天便正式到县政府多经办上班。

下部　从政生涯

第四章　秘书历程

一、新来的年轻人

黔江县委县政府设在县城东南边的一个大院里。院内几座低矮的砖混旧楼，为各个直属机关的办公用房；左边是县委机关，右边是县府机关。县府机关设有经委、农办、财办、多经办等机构。除了多经办，其他亦属县委职能部门，分别对应为工交部、农工部、财贸部等。

多经办原有人员两名，办公用房一间。人员中，一位是主任，姓简；另一位为主办干事，姓况，大家都叫他老况。

简主任是本县人，年龄五十开外，瘦高个子，背有点驼，看上去表情严肃，沉默寡言；他谈起工作来，话虽不多，却思维敏捷，条理清楚，深受机关上下尊重。后来得知，他曾长期在县属某区担任区委书记，基层经验颇为丰富。

老况来自涪陵，荣昌畜牧兽医学校毕业。他比我长十来岁，中等身材，方正结实，机关工作熟悉，还写得一手好字，多经办的简报多出自他的手笔。

我来后，多经办人员增至 3 人，办公用房仍就 1 间。近两年来，全县多种经营发展风生水起，生产形势一片看好。除了政策对路外，也在于多经办人员精干，工作得力。

上班头几天，看到他们繁忙的架势和加班加点的劲头，我深感在这里工作，需掌握的东西太多，适应起来也较难，而这一切都得从头学起。当务之急，就是争取早点进入角色。此时的我，头脑一片空白，不知该从何处着手，我有些诚惶诚恐。

这期间，玉琼见我有些不适应，便鼓励我，说什么事都是开头难，眼下不熟悉很正常，时间一长自然就熟了。我想，只要自己脚踏实地工作，总有进入角色那天。

之后一段时间，简主任并未急于找我谈话，而是连续带我和老况下乡。但我发觉，途中的闲聊和在农民家里的摆谈中，简主任的眼光始终未离开过我。只要一交谈，就好像只有我一人在场，他的话似乎也专讲给我听一样。

每次调研结束，他便安排老况写简报。简报一经打出，我便参与校对、油印、分拣和装订，然后装进由老况亲自写好地址的信封，交县府办通讯员，由他骑车送到各个单位。

后来，简主任和老况还分别带我去各个区乡，深入农村实地查访。每次回来后，仍由我将他们写好的简报稿送机关打字室打印。这样深入基层，上下来回，不知不觉，让我很快熟悉了这里的工作，也学到一些方式方法。至此，我才恍然大悟，上班以来，简主任没有单独找我交谈，并不是他对我漠不关心，也不是对我不在乎，而是通过言传身教，由浅入深，不断地影响和带动我，通过耳濡目染和有节奏的熏陶，让我尽快熟悉工作。

这之后，我心里不再那么惶恐。每次调研回来，尽管没安排我写简报，我仍会认真思考，假如由我来写，该如何落笔，材料怎样组织等。久之，便成为习惯。

一次，简主任派我去中塘公社某大队了解多种经营发展情况，并明确将此整理成简报稿送审。我下午独自乘班车去了中塘，第二天一早，步行几里山路，便来到大队。向队上了解完情况后，在社员家吃过午饭，下午赶回公社，又乘车回到县城。拢后已下班，我回家抽晚上时间，简报一气呵成，心里无不得意，这一天我已等了很久。

第二天上班时，我便将简报稿送简主任审阅。简主任看完稿子，脸有些沉，眼睛并不望我，口里却说道：“这稿子文字整理得不错，开头结尾也很搭界，但缺少几个关键数据，无法纵向横向比较，作为简报，若发出去没有说服力。”说完，他漫不经心地望了我一眼。

我听后，顿时满脸通红，心里咚咚直跳。怎么如此性急粗心，这下可好，白跑一趟不说，第一次领受任务却让领导失望，我有些内疚。同时，我又马上反应过来，觉得应该再去一趟中塘，最好马上就出发。想到此，我当即向简主任提出请求。

简主任听后，有些诧异，说：“刚才我的意思不是让你再去跑一趟，而是希望你下去前应先动动脑子，不打无准备之仗。这些地方交通不便，来回一趟不容易，去一次就应多了解一些情况，掌握得越多、越细，写材料时选择使用的余地就越大，也才不至于出现遗漏。”

简主任话说得中肯，针对性也强，语气虽有些严肃，却让我茅塞顿开。此时我就像战场上的士兵，不拿下阵地决不退却，仍执拗请求再去一趟中塘，并保证，这一趟会做到有备而去，细心把握，将应掌握的情况都了解清楚。他见我下了决心，语气一下变得温和起来。他说那也行，只是又跑一趟太辛苦，有些难为你了。他同意了我的请求，也不再多说什么，只叮嘱我抓紧时间，一路小心。

我马上赶到车站，搭乘上午的班车，再一次赶到中塘，然后直奔大队。干部社员见了我，都感到惊奇。我连忙向他们说明来意，重新了解相关情况后，下午又乘车赶回县城。

回家吃过晚饭，我重新整理简报，完后又反复修改，连续读了几遍，心里才有些踏实。第二天上午到了办公室，我忐忑不安地将稿子送给简主任，然后站在一旁，候等他的审阅。那一刻，我有些急促不安，那情形就像一个小学生，心里紧紧地，一声不吭。

简主任戴上老花眼镜，仔细看完稿子，然后从口袋里取出他那支黑色粗筒钢笔，在纸页上画了几下，便将稿子递我。我接过来一看，“同意印发”四字跃然纸上！顿时，我那颗心不再悬浮，不知该点头还是抬头，手脚也没有了放处。简主任仍望了我一眼，他的脸上，却露出平时少有的笑容。

我如释重负，连忙跨上二楼，直奔打字室，恳求打字员尽快将稿子打出。打字员是两名小女生，一位叫王英，另一位叫余琴。王英身材娇小，五官端正，轮廓分明，说话面带微笑。余琴中等身材，文静内敛，寡言少语，显得稳重矜持。她们之前都与我不熟识，也未正式交过言。这次见我有求于她们，她们都愿意与我多聊几句。

那位叫王英的惊讶地望着我说：“你就是那个刚从涪陵调来的年轻人呀，怪不得大家都说这里新调来一位年轻人，憨厚朴实，不多言不多语，看来还真是这样啊。”或许那时我一副娃娃脸，个子不高，也无多话可说，一说就脸红，机关上下都视我为小字辈，就连打字的年轻小妹居然也跟着这样叫，我有些哭笑不得。

当她听说我连续跑了两趟中塘，更是吃惊。又说：“哪有你这样老实的！我就是中塘人，那里乡下偏僻得很，路也不好走，看来你还真是吃得苦，别人跑一趟都难，你居然连跑两趟！还是一个人，佩服！佩服！”她还说她认识玉琼，平时叫她琼姐，父辈那一代两家关系很熟。见我如此急切，她叫我先不要离开，在一旁帮她念稿子，说这样更快捷，也不容易出错。她乐意帮我！

稿子总共不到 4 页，不一会儿便打好。我拿着打好的蜡纸回到办公室，连忙挽起衣袖，系上围腰，调好油墨后，便拿起滚筒，在老况的指导下，一页一页地油印起来。印完后，看着这一叠叠墨迹未干的纸页，我心里有说不出的畅快。第一份由我独自实地调研、亲自动笔写成的简报，经过一番周折，终于将要发出，这种感觉，就像经历了一次重大的人生考试。

简报很快发至各个区乡和县级部门，我感受了一次难得的成就感。由此也让我感慨，这心灵的愉悦，竟是如此之美妙，它胜过人生所有的享受！紧接着，我又悄悄将简报誊抄一份，并署上我的名字投寄到涪陵《群众报》。没过几天，居然见报，还配了插图。我写的稿子第一次印成铅字见诸报端，这让我又激动了几天。

那时，全国各地推行农业生产责任制正风起云涌，农民的生产积极性空前调动，整个农村形势日益看好。大力发展多种经营，增加农民收入也正形成热潮。于是，总结推广典型经验，以此推动面上生产，成为地方各级重要一环。

不久，全县开始收获烤烟，我又随简主任去本县水市公社某生产队，采访一位种烟大户。到达目的地后，这位种烟户热情接待了我们，并详细讲述了近年来他种烟的经过。简主任不停地问，我一旁飞快地记，不时也主动提问。采访完毕，我们又实地察看了他家的烟地和烤棚，还和周围的农户一起交谈。直到所有情况都了然入胸，我们才告辞回到公社。

简主任年岁偏大，出门高一脚低一脚，走了一天路，显得十分疲惫。晚饭后，他便早早上床就寝。我则走进附近一间小屋，点上煤油灯，趴在桌上，将采访的情况进行消化整理，一鼓作气，趁热打铁，写成一篇近两千字的通讯稿，末尾署上简主任和我的名字。

第二天回到办公室，我将稿子及时送简主任审阅。简主任没想到我这么快就交稿，有些惊奇。他看后当即嘱咐我，先发简报，同时送县广播站和投寄《群众报》。并说这是党的十一届三中全会以后农业、农村、农民发生喜人变化难得的典型，若报上登载，不光对我们县，对其他各地的烤烟生产也会有大的影响和促进。说话间，他的脸上现出明亮的喜色！

过了十来天，《群众报》以近半个版面刊登了这篇通讯，一时在全县引起反响。一些社队纷纷派人前去水市参观学习，为来年的烤烟生产又添了一把劲。

这期间，我还结合所学专业，关注各地畜牧业发展，对涌现出的养猪、养长毛兔的典型经验也多有报道。我撰写的《猪的杂种优势利用》《长毛兔“配血窝”有害无利》《对涪陵地区黄牛改良的几点建议》《如何青贮饲料》等专业性文章，也先后在《四川科技报》《四川农业科技》《群众报》发表。

这之后，县府办不时安排我参加一些会议材料的整理和起草县府领导的讲话稿。每次接到任务，都得到简主任的赞许，我自然尽心尽力地完成。那时玉琼在县畜牧站上班，尽管也很繁忙，却对我的工作十分支持，所有家务由她独自承担。渐渐地，我的工作被县上肯定，也得到地区同行的认可。初步的成功，让我感到从未有过的充实。

1982 年 2 月的一个周末，我下班刚回家，便接到县府办一位副主任的电话；他通知我说，组织上已同意调我到县府办工作，下周正式报到上班。而这之前，我却毫不知情。

二、县府办秘书

县府办领导一正两副，主任姓王，我来后不久，他便调到本县金溪区任书记。排名靠前的副主任姓任，原在农工部任主办干事，调县府办后分管行政。另一位分管文字的孙副主任，江苏无锡人，长得一表人才，年龄不到四十；虽排名靠后，县府办工作实际上由他主持，这当然是县府主要领导的意思。

县府办还有一位年龄偏大的梁姓秘书。他待人和气，四十出头，中师毕业，主办行政事务，对文字也颇感兴趣。但凡公文材料一到他手，他总能找出其中毛病。针对一句话、一个字词，甚至一个标点，他都会仔细斟酌，评说不止，有点“老古班子”的意味。后来县政府建办公大楼，他被抽去搞基建，原来工作交由一位干事小王接替。

小王是本县后坝公社人，三十来岁，中等个子，脸圆微胖，身膀结实，言谈举止诙谐有趣。他读书不多，说起话来却妙语连珠，常引得在场的人捧腹大笑。什么“男人头，女人腰，准看不准捞”之类俗语，可从他口里随时蹦出。你若问他出处，他会一本正经卖关子，甚而故作神秘地反问：难道你们这些秀才都没听说过？这都是后坝公社无人不知、无人不晓的群众格言呀，未免也太孤陋寡闻了嘛。说完便得意一笑，很是享受。

别看他平时吊儿郎当，大家都明白，他办起事来，却考虑周全。对外应酬，对内铺排，他都办得停停当当，妥妥帖帖，几乎挑不出毛病；即便有什么毛病，他也装得若无其事，三言两语就能应对过去。其实，领导们心里都清楚，只是装作不知道，他却暗自得意。

我调县府办不久，与比我先进办公室的小王、陈河一起，同被任命为县府办秘书。小王负责行政，我和陈河负责文字。包括县府办两位领导，再加上机要、收发、打字员，总共不到十人。在孙副主任的带领下，推动着这台行政机器的运转。现在看来，确有些不可思议。但在那个时候，就只有这几号人，也还是挺过来了。

县政府刚由“县革命委员会”过渡而设，有正、副县长7名，平时共用一辆旧北京吉普。说是共用，其实仅能保证主要领导使用，其他副职下乡或外出开会办事，多是乘坐班车，与所属部门同行。领导的文秘服务，则由我和陈河分别包干。我负责跟正、副县长三人，陈河服务于其他几名副县长。虽按此明确，却未完全固定，有时根据工作需要，也可临时调整。

县长姓徐，丰都县人，年近五十；他前额微突，背有点驼，说话声音洪亮，工作起来风风火火，干脆果断。下乡调研，他一般不会要求我们提前对下打招呼，到时间了再临时通知，谁在家就由谁汇报；机关院坝、田边地角都是汇报场所。我则跟随在一旁负责记录，回后誊抄规整备查，有时也整理成简报或通讯稿。

若遇在外用餐，则由秘书结账。我通常是先买饭票，再凭票到食堂打饭打菜，特殊情况下也可餐后结账。运气好时，还会碰上肉菜和当地的苞谷烧，就此打打牙祭，解解口馋。所花费用，通常是各掏腰包，大家平摊。

一天下来，走了不少路，出了一身汗，肚里也空了，自然想到吃。徐县长平时爱喝点小酒，到了下面，随性随和，几杯下肚，全身舒缓，话也多了起来。每遇此时，他会当着公社干部的面，顺带夸我几句；说我刚从地区调来，人虽年轻，却手勤脚勤，又肯动脑筋，写的稿子还经常被《群众报》登载呢。我听后有些不好意思，心里却是快活。

在县府办，与我接触最多的，自然是同为秘书的陈河。

他与我共事不长，却让我留下深的印象。他小我6岁，普通身高，看上去神情专注，文静沉稳，小伙子也长得周正。别看他平时默然少语，若遇上相投之人或合宜话题，也会侃侃而谈。他是涪陵高师中文系毕业，爱好文学，时有小说发表，我之前就有所耳闻。一起共事后，便多有交流。

作为秘书，县府召开的每次会议，都务必参加记录。一般是白天列席会议，晚上赶写纪要，第二天上午送审。此外，还负责议定事项督办，接待工作来访。有时几位领导同时召集开会，我们顾不上几头，只得会后完善记录。遇上灾害事故，还会深入基层调研，了解反馈情况。

尽管如此繁忙，我们还相互约定，平时各自起草的公文，彼此先送对方把一道关，然后再送孙副主任审阅。陈河毕竟科班出身，又一直坚持业余创作，其文字功底自不待言。每次交换把关，都让我有所长进。

除此之外，他还向孙副主任建议，每周抽出时间，为职工补习语法知识；说通过个例分析，进行针对性辅导，一定会有所收获。孙副主任听后当即采纳，要求所有职工参加，并强调一旦开始，就要坚持到底，不能半途而废。实行后，大家兴趣甚浓，热情极高，不仅效果明显，机关的学习氛围也日渐活跃。

这一切，都深得孙副主任认可和赞赏。

孙副主任精明干练，工作严谨，能力超强，平时所有政务事项，都由他先提拟办意见，几乎都被领导采纳，机关职工多对他尊重有加。我刚任秘书时，他要求我们在文字上，一定要反复斟酌，不能含糊。他交代得最多的是：对下面来的文字材料，做到读一遍就能看出哪些是冗词冗句，哪些是空话废话；对于有价值的内容，则要下功夫完善充实，让它立得起来。而对那些含混不清、似是而非的句子，务必弄清弄准，绝不能将三就四，让其含混文中。

他还是个心细之人。当我们的文字能力有所提高时，他有时也不经意地肯定几句，但不会让你得意而骄傲自满。虽然很少公开表扬谁，但你平时做得怎样，他心里一清二楚，并不含糊。在那个年代，他有时还会用你意想不到的方式，肯定你的进步，激发你的工作热情。

记得一天下午下班后，我步行回家，刚出大院，就听见孙副主任在背后叫我。我连忙转身迎上，问有什么事。他推着自行车，微笑着对我说，今晚有点空，我们一起去看场电影。见我有些费解，他又说，这段时间大型会议多，你们都很辛苦，会议结束了，我也轻松了，再说你来办公室后，我们也没单独摆谈过，今天放松放松，随便聊聊吧。

听他这样说，我有些吃惊。这时离放映时间还有一个钟头，到了电影院，他将自行车停放附近后，我们就近吃了点东西，便在周围边转边聊。

他简单询问了我来办公室后的感受，对工作有什么建议，也关心我家里的一些琐事。言语中，他语气平和，谈吐随意，与平时判若两人。其实，在我看来，谈话的内容并不重要，这种方式，这种氛围，却让我身心有所纾解，这既是对我来县府办后工作的肯定，又体现了一种人文关怀，我感到欣慰。那天放映的什么影片已记不清了，但这件事我却一直记得。

改革开放后，全国各地开始组建侨务机构，黔江也不例外。孙副主任要求我从零开始，尽快摸清全县侨眷情况，积极筹建侨联组织。这是项新工作，对我来说又是一个挑战。我从物色人员入手，到筹建侨联，包打包唱；不到半年，总算完成任务。

物色到的人员名叫梁华，黔江本地人，年龄二十出头，黔江县师范校毕业后在乡村小学任教。所谓物色，也就是不经意遇上。一次在浏览侨眷花名册时，我无意中发现了他，当时很兴奋，顿觉侨眷中能有如此学历的年轻人实为难得，于是，便对他的情况按名问询了解。

初次见面，感觉这位年轻人思维活跃，也很健谈。他随我参加一次地区侨务工作会后，我便向领导建议将其调入。经过考察，领导一致同意。梁华调入县府办后，先是联系侨联侨务，不久从事文秘工作，后经基层锻炼，逐步当上县区领导，得以在多个岗位上施展抱负。

工作熟悉稳定后，我不时也参加一些朋友聚会。

黔江地处边远，通信交通闭塞，但凡在外地求学或工作的朋友回来，大都喜欢聚在一起吹吹聊聊，长些见识，开开眼界。每遇聚会，陈河便约我参加。

一次，他的一个名叫曙光、在北京读研究生的朋友回县探亲，陈河便约我一起参加这位朋友家里的聚会。言谈中，曙光自然是主角，大家聚精会神，听他“发布”各种信息，什么社会时政、文坛状况、时尚潮流以及当下的这个流派那个观点，不一而足。整个场面活跃热烈，听起来似懂非懂，大家却争相参与议论，夜不思归。

听着他们神吹神聊，信口拈来，让我佩服不已。我过去接触的多是乡村和农民，对其他层面的事一概不知。虽读过一些书，见过一些世面，学的却是医猪医牛，与他们的话题不沾边搭界。每当他们谈天说地、振振有词时，我却默然无语。大家聊到激动处，有时还会豪放一回，让心中的积淀得到宣泄。

有次在陈河家里聚会，朋友到齐，高兴起来便相互劝酒，“你一杯，我一杯，喝得满脸红霞飞”。不知不觉，将陈河家留存的几瓶白酒全部喝光。尽兴后，大家东倒西歪，又云里雾里，直聊到深夜。此时不知谁又提议，说待在屋里太闷，不如趁着月色，出去吹吹风、敞敞气。于是，大家乘着酒兴，一路吆喝，来到黔城河边。

夏天的晚上，凉风绕绕，狭窄的黔江河，在月光下更显得恬静。我们到了河岸，进入这无人之境，早已忘乎所以。有的打漂石，有的吊嗓子；有的忘情跳跃，鞋跟跳落却不知所处；还有一位像触及了什么心事，在一旁念念有词，与自己较上了劲。个别不胜酒力者，此时也开始发作，不住地呕吐狂号，然后擦去嘴上秽物，继续放浪形骸。到了下半夜，一个个才踉跄而归。

记得那晚在场的，有分别从北京、山城重庆远道而回的曙光、万福，本县坐地明光、安银、华光、付栋、昆明、义山、学礼等。这几位，包括陈河，都是当时县上知名的文学青年，他们中多数已有作品发表，有的正在跃跃欲试。陈河、明光合写的短篇小说《钟声又响了》在《四川文学》发表后，竟引得满城热议，家喻户晓。

明光那时在县委宣传部上班，与我和陈河同在一个机关大院。他平时有点空，便隔三岔五地窜过来神侃，话题自然不离文学。他后来到西南师范学院进修，我正就读省委二党校，他也不时来校与我们交流。当聊起某人三事，他总是充满激情，聊得有棱有角，几乎每次都以他的话题为话题。这家伙后来当上领导，依然还是那些风格！与原来不同的是，他显得更有底气，嘴巴也越来越会说，越来越能侃了。

他还有一个特点，但凡上心的事，总会千方百计干成。一次，他带了一篇报告文学誊抄稿来党校，与几个朋友一起交流。言谈中，只见他眉飞色舞，得意之色尽写脸上。不久，他这篇题为《洪湖，你听我述说》的稿子在《民族文学》发表，后来还被评选为“全国少数民族文学山丹奖”，可谓一炮打响！

其他几位朋友，也一直坚持笔耕，我后来不时读到他们的作品。其中一篇题为《八月瓜》的散文在《四川日报》副刊发表后，县府办职工都争相传看。

进入这个圈子后，我也开始偷偷学着写小说。一旦动起笔来，却力不从心，感到四处都是拦路虎。每每铺上稿笺纸，写了撕，撕了又写，老是写不成气。尽管如此，却不想放下手中的笔。那时弟弟已在酉阳县委办工作，也算得上一位文学青年，他写的散文诗不时被涪陵《乌江文艺》《群众报》刊用，平时也小有得意。他每次来黔江看望母亲，我们都会一起交流，有时英雄所见略同，有时也瞎子牵瞎子，大家都不知所云。

后来，我终于成稿几篇习作，其中短篇小说《换种》得以在《乌江文艺》发表，《牟大贵上税》《芝儿》等在本县《黔江文艺》刊登。小有收获，让我欣喜不已。同在一间办公室，陈河不时也给予鼓励和指导点评。那段时间，一天到晚，我满脑子都是人物、情节，有点如痴如醉，神经兮兮。

不久，陈河调涪陵地区民委。这之前，我们曾有过交流，他感到老待在县府办时间太紧，对写作有影响。于是，一旦机会来临，便果断做出抉择。共事两年来，我们同在一间办公室，建立了深厚的友谊；如今他就要离开，确让人有些难舍。他动身前，我还将平时用的那支钢笔赠予作别。

后来，我们一直保持着联系。我出差到涪陵，他因事或休假回黔江，我们都会抽时间聚聚。黔江地区成立后，我们又同在地级机关工作。他在黔江先后担任过民委主任、文广局局长。为政的同时，他笔耕未停，作品多有发表。后来我到重庆工作不久，他调任市作协主席。同在一座城市，我们自然经常往来。

这之后，涪陵《乌江文艺》杂志社组织了一次长江三峡游活动，通知部分业余作者参加，我有幸被邀。这十来天时间里，又结识了一些朋友，其中有《群众报》副刊编辑、彭水县一位写诗的年轻小伙，还有涪五中搞文学评论的徐老师……

让我印象最深的是那位写诗的小伙。年龄远比我小，一接触，就知道他脑瓜灵，有激情，在人群中最为活跃。我们坐在船舱，他不时即兴整出几句诗来，让大家现场品评。涪五中的徐老师毕业于南充师范专科学校，年龄比我们长，显得成熟老到；一路点评作品、谈人论事，颇见深刻，让我们佩服不已。

那个年代，人们对精神的看重远超物质的诱惑。在这个圈子里，职业的贵贱，官位的大小，金钱的多寡，少有人提及。而当得知谁又发表了什么作品时，大家会赞不绝口，羡慕不已；若还听说是在省级以上刊物发表，一个个会瞪大眼睛，惊异之后便是肃然起敬，就不只是简单的羡慕了。事业、文学、梦想，将大家联系在一起，这就是那个年代，那个年代这片地域的一类年轻人。

活动结束回到单位，县上干部有所调整。1985 年上半年，县委宣传部一位主办干事调县府办主持工作，孙副主任调黔江驻宜昌办事处负责筹建事宜，我提任县府办副主任分管文字。这年秋季，由县委推荐，我考入四川省委二党校大专培训班，刚刚萌发的作家梦就此破灭。

三、党校学习

省委二党校位于重庆主城歇台子，正对面是解放军后勤工程学院，左边与重庆市委党校相邻，右边为潘家坪招待所（后改为渝州宾馆）。

为适应那个时期干部培养需要，省级党校普遍借鉴国家高等院校办学经验，探索党校正规化教学，省委二党校也不例外。20 世纪 80 年代初，该校开始实行两年制大专班与各类短期培训相结合的办学方式，先后开设了培训班、理论班、妇干班等具有大专学历的班次，并实行一年一招，地方推荐、严格笔试、择优录取招生，课程根据培训需要设置，教材相对统一固定。

我就读的 1985 级培训一班共有上百名学员，分别来自宜宾、自贡、内江、泸州、涪陵、万县、达县等地区及重庆市所属区县。学员以地区为单位，编入各学习小组。

涪陵地区所辖十县共 12 名学员，其中年龄最小的，是一位来自县上的公社文书，年龄 28 岁；职务最高的则是来自地区所属某县的县委书记，姓刘，年龄比我们长几岁。上课第一天，他被选为班上党支部书记，平时我们都称他老刘。

老刘那时 37 岁，中等身材，瘦削的脸上戴着一副近视眼镜，看上去颇有学者风度。他是 1966 级高中毕业生，插队当过知青；当县委书记前，长期在地、县党委办公室供职。

我们班的班主任老师姓陈，四十出头，个子较小，却显精明；从部队转业到党校后，仍保持了一股军人气质。他连续干了几任班主任，集体荣誉感强，对各项培训指标特别看重，平时对学员的管理比较严格，什么都想争个第一。

各地选送干部到党校学习，当然是为了提高素质，适应执政管理需要。作为党校学员，大都珍惜这难得的机会。为不辜负组织培养，都想在完成学业的同时，发掘潜能，提升能力，为以后的发展打下基础。

上课时，你会发现，许多只手在不停地写，不停地记，写完记完马上又神情专注地望着老师，生怕漏掉老师讲的每一句话，吐的每一个字。除此之外，他们几乎把全部的课余时间用来互相核对笔记，精心整理，然后重新誊抄。这些笔记的唯一用处，就是方便考试前死记硬背，但往往是考完即忘。

也有个别学员，来党校学习，压根就没想过如何增加知识，提高能力。

他们认为，自己的知识不是不够，能力也不是不强，来这里只需要拿张文凭，获得提拔的入场券而已。他们深知，这入场券容易拿，而真要得到提拔，并不靠此，反正他们自己心中有数。入学之前，工作太辛苦，精神太压抑，身心也疲惫。现在可好，两年时间，不长不短，远离那个到处是熟人的环境，来到这个绿树成荫、环境优美的校园，何不静下来沉沉心、养养神，在这个歇台子好好歇息歇息？

于是，与其他学员比起来，他们学习不够用功，听课总是跑神，课余时间游手好闲。一到周末，便饭局满满，人影无踪。考试前几天，才临时抱佛脚。当然，他们抱佛脚也胸有成竹，因为老师们对学员的前程都很关心，关键时刻，他们不会让谁过不了考试关。最终分数可以很低，但及格还是要保的。

而担任过党政主线要职的学员，则是另一种情形。来党校学习，两年时间不短，既来之，则安之，放松一下身心，再充充电，以逸待劳，自然是件惬意的事情。然后反思一下走过的路、处理的事，甚至用过的人，也很有必要。由于种种原因，当时对有些人、有些事看不清，有些认识也难免模糊。现已超脱，再静下来默一默，想一想，考虑问题会更冷静，更客观，头脑也会更清醒，对自己，这何尝不是一种提高、一种能力的提升？

当然，他们更多的是着眼于未来，过去的已经过去，未来正等待着自己。而未来将会怎样，在于自己的眼光和平时的积累。所以，利用好这段学习时间，全面丰富补充自己，为今后大展宏图养精蓄锐，无疑是最合宜的选择。

老刘亦来自党政主线。他任县委书记前，曾长期从事办公室工作，平时喜欢读书，擅长书法，入学后除被选为班上党支部书记外，还担任了校书法协会主席。他住一单间，与我们宿舍相邻，平时与大家多有交流。天南海北、中西文化、当前热点，无不涉及。他还饶有兴致地指导我们习练书法，和我们一起锻炼身体。

交流中，他作为入学前的年轻县委书记，自然也感慨为政过程之艰辛，处理政务之繁杂，以及如何度过每个人都会遇上的惶恐期。

记得一次校园散步，我们几个学员边走边聊，老刘轻松地谈到他刚任县委书记时的心态和逸事。他说，上级领导找他谈话告诉组织的决定后，他当时诚惶诚恐，觉得太突然，实感重任难当，其真实感觉并不是激动和高兴。与他谈话的领导见他迷惑不安，便鼓励他说，小刘呀，过去你不是经常列席地委会作记录吗？怎么主持会议，怎么决策，最后怎么归总，你都见过不少，就是那么一回事。关键是自己要有使命感、责任心。决策靠大家的智慧，实施更要依靠大家的力量，才能将每件事情办好。这当主要领导嘛，说简单就简单，说复杂就复杂，关键看你怎么当。

老刘对我们说，看来作为领导，什么时候举重若轻，什么时候举轻若重，全在于他的政治素质、意志品质和胆识。他还告诉我们，他上任后，免不了要去企业、到农村调研查看。上任之初，由于完全不熟悉情况，心中无数，怎么办？他想了一个最简单实用的办法，即每次下去之前，他都要找来“厂长必读”“农事季节介绍”这类平时不为人所注意的小册子翻翻，以此为始，从中了解掌握一些基本常识。到了现场，提醒自己不要下车伊始就发指示、讲意见，要尽量少说多听，虚心请教。需要说上几句时，特别注意不要不懂装懂，乱开黄腔。这样，由浅入深，循序渐进，时间长了，接触基层多了，自然就懂了，就熟悉了。

他还谈到怎么主持常委会，怎么发挥人大、政协的作用和调动老同志的积极性，怎么发现和使用人才，怎么管理区乡领导班子，等等。他都娓娓道来，并运用领导科学的理论知识进行个例分析。老刘随意聊的这些，教科书上没有，一般当领导的也不会这样讲，而这些东西却在实践中管用。若不是党校这个活跃开放的环境，老刘也不会如此侃侃道来。我从心里佩服他的水平。

我到党校不久，也开始梳理自己。

那时，十一届三中全会已召开七八个年头，改革开放在全国已形成气候，政治空气空前活跃，人们的思想不再那么沉闷压抑。学校围绕改革开放开设了各类讲座，除了理论界、政府部门的专家经常给我们上课外，市内一些知名的诗人、作家也登上党校讲台，与学员们一起交流文学，交流对社会、对人生的思考和感悟。此外，学校还组织观看电影《新星》，对影片主人公、县委书记李向南大刀阔斧改革的人物形象，大家自发地展开各种讨论。这些，都让我觉得，在党校学习，不能局限于课堂，更不能局限于教材，如何利用好这两年时光，就看自己怎么把握了。

自己早年失学，知识残缺断档，补上来已不可能。但我觉得，一个人的思想、思维、观念、意识这些东西，不完全受具体知识的多少左右，更不受文凭学历决定。也就是说，一个人要想活得有弹性、有张力，最关键的是不要让自己的思想禁锢，自己对自己应有所担当。

而做到这一点，首先胸襟要开阔，要有开放的意识，要多读、多看、多思、多接触，才能多比较多鉴别。如萨特所说，如果试图改变一些东西，首先应该接受许多东西。在我看来，最终应有自己的东西，即善于独立思考，不人云亦云，不亦步亦趋，不盲目崇拜，不随意跟风，至少在你内心深处应该这样。唯其如此，你才能适应改革开放的大潮，活在时代的高度，才能站稳脚跟，有所作为。

进了党校，关于如何提升自己，我与上一届的学员们多有交流，其中一位姓江的黔江籍学员与我交流甚多。我们都觉得，来党校学习，就应该以拓展思维，提升能力为立足点，打破学习常规，尽量多读书，多动笔，而不能仅仅为了考试而当教材的奴隶。

当我有了这些想法后，便调整了自己的学习思路和学习方法。考试是必须应付的，但不能占用我太多的时间。课程有讲义或教科书，不少学员还有完整的笔记。临考前相互抽背，每天强记，我一般都能记住要点，然后考试时再自由发挥。

后来，各科的考试，不仅顺利过关，每科还能考到良好以上成绩。当然，和有些学员一样，考完即忘。不同之处，就是我以较小的成本通过考试，获得大量的时间进图书馆，或将书借回宿舍阅读。就连朱光潜著的《谈美》这类较为专业的书，我也不时翻阅，从中汲取营养。其他书籍，只要是我喜欢的，也会一览无余。

我在阅读的基础上，开始撰写一些政论文章，其中《领导干部开放素质的自我训练》一文被党校《探索》杂志刊用（后由中央编译局《当代世界与社会主义》转载），在班上小有反响，班主任陈老师尤为高兴，并大肆表扬鼓励。后来我在校刊上又发表了《智力放大与知人善任》，写过对电影《新星》的影评及讨论商品经济与文化背景关系方面的文章。这些，都让我的思想观念、思维方式发生了变化，整个大脑就像接受了一次洗礼，或许这就是我在党校两年学习中的最大收获。

除了潜心思考、撰写文章外，我还热心其他有益于身心的活动。

我经常参加校内乒乓球比赛，学练太极拳，坚持跑步和练双杠单杠；还习练书法，学跳交谊舞，参加学校的篝火晚会，听电视剧《红楼梦》中的全套音乐插曲……衣着上，第一次穿上西装和流行于市的长城牌风衣。校园的开放气息，让我的身心受到一次又一次的激荡，体魄也逐渐变得硬朗起来。

对于我们这些来自山区的干部，开放，让我们走出狭小封闭的圈子，开始“脱俗”，开始与外部世界和城市文明接轨，也开始充满自信。我从心底里感谢这两年党校的学习时光，它提升了我前所未有的底气和勇气，让我展开双臂迎接未来。

四、临时受命

从省委党校毕业回到黔江，我仍在县府办分管文秘工作。

刚上班不久，县委便安排我和县委办主任赴深圳大学参加为期半月的开放经济理论培训学习。学习期间，除了听课，参观考察了蛇口工业园区，游览深圳市区。望着一幢幢拔地而起的高楼，一条条新修的大道，一处处开发工地和施工现场，以及来自全国各地的劳动大军，让我们对“时间就是金钱”的深圳速度惊叹不已。学习结束回来，我们还应约与正在县委党校就读的学员座谈交流。

这期间，得知一位中央领导率省地相关领导即将来黔江调研，周边几县也一并参加工作汇报会。接此通知后，县委立即布置接待事宜，确定由县委办准备汇报材料，县府办负责后勤接待。

领导们抵达的头一天晚上，县委临时召开四大班子成员会，就汇报材料的落实及其他接待事宜再次进行研究，县委办、县府办负责人也参加会议。会议由县委书记主持。

准备汇报材料，无疑是整个接待的重中之重。

对书记本人来说，他从来不是那种靠念稿子讲话的领导干部，但这一次，既是对上尊重讲规矩，也是现场汇报的实际需要。而按照前段时间分工，早在几天前，县委办就紧锣密鼓进行了准备。事到临头，他再次召集研究，可见其重视程度非同一般。

会议首先听取县委办汇报，然后讨论发言。在场领导都发表了意见，个个都是诸葛亮，一说上口，费时不短。讨论来讨论去，最后由书记兜底。

他说，“大家都发表了不少意见，看来这个稿子还不很成熟。考虑到前两年县上接待中央领导同志的汇报材料是县政府准备的，我看这次还是由县政府落实吧，今晚就组织人员加班，明天一早交稿。”书记轻松说出的这几句话，顿时让我大吃一惊，与会人员也无不惊诧。

大家心里清楚，汇报材料由县委办准备，前几天就已明确，即便稿子目前不够成熟，还可以修改嘛！现又临时调整，是否有必要？再说，时间这么紧，如何来得及？大家心里有些担心，书记当然明白这一点。那他为什么还会做出这种决定呢？

历史上，地处川东南的石柱、彭水、黔江、酉阳、秀山五县，长期实行土司制，经济形态落后，生产力低下，百姓苦不堪言。中华人民共和国成立后虽有所进步，但整个赤贫状况依然如旧。于此，省上拟从行政区划调整入手，另设地区管理五县，以此改善上级指导鞭长莫及的状况。中央领导同志一行此次来黔，与上述背景直接相关。

所以这次汇报，自然不同于以往。过去，上级领导来后，接待接待，走走看看，听完汇报就离开；只要不出什么差错，就算大功告成。而这一次，汇报效果如何，关系到中央、省委的决策，也影响县上发展。既是如此重要，又如此关键，汇报材料的准备就应当特别充分，而眼下准备充分了吗？潜力挖尽了吗？

在书记看来，显然没有。既然没有，就需及时调整。从平时工作来看，许多都是县政府主抓或具体落实，而这之前的稿子，政府的许多考虑未被纳入，现用最后一个晚上重新整理，岂不更加完善，有何不可呢？作为县委的主要领导，做出这种安排，也在情理之中。那么，这之前为什么不早作这种分工呢？然而实际上，对具体情况的判断和估计，任何人都难免有想不到的时候，书记也不例外。一旦有所觉察，果断做出调整，这正是一个主要领导的担当和当机立断的气魄所在。

上任不久的县长瞬间也有些吃惊，但很快就和颜悦色。他当即表态，请书记放心，县政府一定认真准备，按时送审，不会耽误明天的汇报。他心里明白，由县政府先准备汇报材料，再送县委审定，本是题中之义，前两年接待中央领导，即是如此。这次是迟了一些，但书记做出了调整，算是一种弥补，也体现了对县政府的尊重和信任。他作为县长，想过来后，自然感到欣慰，觉得这是一件有颜面的事，何乐而不为呢？

当然，由县政府准备，实际上是由县府办准备，我作为分管文秘的副主任，就由我具体负责。我只是感到时间太紧，压力太大。这是一场硬仗！其实，就在通知我参加会议时，我就有所预感，心想莫不是去领受什么紧急任务吧，因为通知与会人员时，特别强调我务必参加。现在看来，果然不出所料。

书记调到黔江不久，我便去党校学习，刚回来与他不很熟悉。心想，既然任务已落到头上，我也不含糊；散会后，趁他还未起身离开，我便径直走到他座位前，提出借他的小本子一用，我好按他的思路起草汇报稿。

他当时正与旁边一位领导交谈，听我所言，侧过头望了我一下，虽有些诧异，还是爽快地将放在茶几上的小本子递给我，并随口问了一句，是你执笔起草？我忙点头称是。他说那行，你们今晚就辛苦一下，时间确实仓促了些，明天上午八点半就要开会。我回答一定按时完成，请书记放心。他点了一下头，没再多说什么，继续与旁边的领导说事。

我与书记不太熟悉，关于他的传闻，却听说不少。他在基层干过多年，以自己务实的作风和突出的政绩，一路攀升到县长位置，其间几乎没当过副职，若没有一些功夫，自然难以胜任。担任县长后，他更是大刀阔斧，挥洒自如，努力施展自己的抱负，将全县工作抓得有声有色，由此博得上下左右的认可和尊重。别人怎么看、怎么评价，他并不十分在意，却按照自己的思路，将一件件事情办成。

调任黔江县委书记后，他未带一兵一卒，只身来到县里，以他的思维方式、务实作风和不拘一格用人，让黔江干部群众刮目相看。他鲜明的个性和独特的办事风格，与前几任书记大相径庭，与周边几县同僚更是有所不同。而他的文化程度，只是初中。

他年龄四十七八，个子不高，身材单薄，背有点驼，眼睛高度近视，平时不离眼镜，看上去有点显老。他姓牟，县城认识他的人，背地里都叫他“牟老头”。

他工作节奏快，对属下要求严，对身边人员更是严上加严。只要他在县里，一大帮人都莫想清静。特别是两办的工作人员，他不是拉你下基层调研，就是召集讨论议事，且不分白日昼夜。办公室人员常常感慨，说只要牟老头出差在外，大家都像过年，难得有个清静自在；他一回来，大家又会绷得很紧，忙得不可开交。

每次开会议事，他都认真听取每个人的意见，并不时在小本子上记几笔，待大家说完，再作最后发言。他讲起话来，直截了当，善于抓住关键重点。对于那种毫无时间观念的讲话发言，他从心底里特别排斥。每遇此时，他会中途插话提醒，若言者还未识趣，他会毫不客气叫停。若对方是班子同僚，他不便发作，但脸色会显得难看。

当发现谁的工作不落实或连续失误时，他要么当面批评，要么一句话不说，从不掩饰自己，下属会明显感受到他的不悦，整天诚惶诚恐。他视工作为最大的乐趣，总有用不完的力、使不完的劲。情绪好的时候，他也会在自己的办公室、在走道间独自哼上几句；若遇节假日，他还会来到收发室，与值班人员聊天唠家常。此时，大家会感受到从未有过的轻松。

背地里，他身边的工作人员也时有抱怨，但你切不要以为他们对“牟老头”真有什么不满。所谓抱怨，有时就是一种炫耀。牟老头的神秘，让他们显得有颜面。常言道，“搭到老爷喝杯酒”，他们则是搭到牟老头沾点光。沾点什么光呢，不外乎就是在书记身边工作后，无形中，自己的腰杆变得有些硬扎起来，感到被派上了用场，体现了一份价值，成为领导身边不可缺少的一员。

平时，他们确实很忙，闲暇太少，成天紧张兮兮。所以，他们在背后，特别是在两办“内伙子”中不时议论，这是一种正常的宣泄。他们只允许自己这样，决不容忍其他人和外人（领导身边以外的人）对牟书记有任何的不恭不敬。在他们心底里，早已认同这位与众不同的书记，并自觉维护着他的威信，听从他的召唤。

看来，每个人都有自己的潜能，任何人都不是天生懒惰，就看与什么人接触交往，受什么人影响。如一句俗语所说，“跟好人学好人，跟着端公学跳神”。跟着这位牟书记，尽管又苦又累，不知不觉，却由懒人变勤人，由庸人变能人。办公室一些人员如是说。有关书记的传闻，让人不得不相信，他是一位普通的务实之人，更是一位少有的务实官员。

那晚的会一直开到十点多钟。散会后，县长在他办公室再次召集研究，并讲了具体意见。末了还鼓励我们，说关键时刻临时受命，接过这场硬仗，这既是对县府办的考验，更是书记对我们的信任，也是我们的光荣，我们一定要拿下。说着说着，他还从办公桌抽屉里取出一条“阿诗玛”牌香烟递我手上，说瞌睡来了可抽上一支醒醒脑，饿了就泡一碗方便面，大家辛苦一晚上，务必将这场硬仗打好。县长一席话，就像战前动员，让我们鼓足了劲，情绪一下高涨起来。

县长也是四十多岁，年龄与书记相仿。他个高脸宽，思维敏捷，快人快语，声音敞亮，显得既有精气神，又有感染力。他是黔江本地人，毕业于成都地质学院，曾在边远艰苦地区工作。回家乡后，全身心投入县上的工业发展，曾担任县工业局局长。担任副县长后，主管全县工交生产，属于那种年富力强的领导干部。接任县长这个位置，既是上级对他的认可和信任，在县里也算众望所归。

县长离开办公室回家后，我便召集相关文秘人员作了具体分工。全稿由我执笔。他们几人中，一个负责查阅所需文件数据，注明或摘录后供我选用，一个字迹工整的秘书负责誊抄，还有一个负责复印。就这样，按照一条龙流水作业，我们便紧张地忙碌起来。

我首先详细翻阅了书记的小本子，那上面有不少精到的统领性提法和扼要内容，也有一些标题式要点。我领会他的基本思路后，又梳理了县长的意见，对稿子的起草作了基本定位。

综合考虑上述因素后，我头脑里便形成一个恰当的内容结构和篇幅控制范围。按照这个构想，我围绕近年来的工作、存在的主要困难、急需解决的问题，用近一万字的篇幅，写成一个比较完整的汇报提纲。当最后一页写完时，我连续伸了几个懒腰，便靠在木椅上，觉得整个头脑已被掏空，全身瘫软，不想再动。

装订完毕，再次复核无错漏后，便安排人员将汇报材料送县委办。此时已是早上七点半，离开会时间还有一小时。通宵达旦一晚，我却无半点睡意，心里总想着汇报现场。而此时书记正在陪同中央领导同志用早餐，他根本来不及细看稿子，汇报会即将开始。

我利用这个间隙，回家匆匆洗漱，胡乱吃了点东西，便赶到会场。我作为工作人员列席，坐在会场后排，专注地望着，等待他向与会领导汇报。汇报开始，我也开始紧张起来。

汇报一切正常，书记显得很有底气。除了按稿子顺序汇报外，更多的是他脱稿现场发挥。看得出，他游刃有余，一字一句，呼应主旨，显得脉络清晰，干净利落。当听取汇报的领导不时插话发问时，他也能镇定自如应答，并不依赖翻稿找寻，这正是我所期待的状态。

事实上，稿子的整个观点、材料结构，均来自书记自己的思路，我只不过作了些文字辅助和内容、数据的充实补充，理顺各个标题、段落的逻辑顺序而已。书记的成功汇报，也说明作为领导人员，任何时候都应有自己的思考，自己的东西；只有自己，才是自己底气的源泉。

直到书记汇报完毕，我才彻底松弛下来；回家后，整整补了一下午的瞌睡。

五、秘书科长

1988 年 5 月 18 日，国务院批准设立四川省黔江地区，辖石柱、彭水、黔江、酉阳、秀山五个少数民族自治县。消息传来，群情振奋，而对其中的任职安排，人们却有些惊诧：一位行署的副专员忽然升任地委书记；一位从未干过地区副职的县委书记直接升任行署专员。

其实，仔细思忖，也并不觉得意外。

黔江五县地处偏远，交通不便，信息不畅，发展环境异常恶劣。现在单设地区，既需要一位年富力强、思想解放且沉稳的干部作领头羊，又需要一位工作务实，能力突出的干部真抓实干。上级组织的眼光，自然落到了他们二人身上。

这位首任地委书记长期在边远的黔江县工作，由办事员直至担任县委书记，后又升任地区行署副专员，经历了不少历练。特别是在推行农业生产责任制过程中，他带队在黔江马喇公社住队试点，其意志坚定，行动果决，对全县是一种引领。他来自重庆，毕业于西南农学院，学有专业，思想开明，豁达大度，正符合当时组织对干部的“四化”（革命化、年轻化、知识化、专业化）要求。由他担任地委书记，充当领头羊角色，无疑是上级组织的慎重考虑。

行署专员是本地人，则民族成分为土家族，当过县长，县委书记。他既有丰富的为政经历，又有连贯的工作思路，加之他个性鲜明和一贯务实、敢于担当的工作作风，在周边几县颇有影响。他担任行署专员，即是众望所归，自然而然。

他们二人的互补性强，是一对理想的工作搭档。确定这对搭档，是上级在建区之初最重要的手笔，或许也是一种历史选择，它标志着黔江地区开始走上健康发展的轨道。

黔江地区的建立，对五县整体而言，是一次发展的历史机遇；对众多干部个人，则是建功立业难逢一遇的新舞台。舞台的大小，职务的高低，关乎着命运的转机和抱负的实现。人们自然不会放过机会，都在跃跃欲试，希望获得成功。

也有一些干部，一开始就不愿意来地区工作，认为黔江河狭窄干涸，饮水不洁，长期下去，担心患上满口黄牙的地氟病；还有人认为，建区之初，条件艰苦，干部整体素质不高，地区能否正常运行，还需大打问号，贸然调来风险极大。与其如此，不如安于现状，坐等观世，干自己稳定的工作，过自己安稳的日子，有什么不好呢？

当然，更多的人则从来都没有将自己看得很高很重，也从未想过要担当什么大使命，而是忠实于内心，接受命运安排，做自己力所能及的事。他们并不刻意追逐，自己与自己过不去、下不了台，这样反倒安然。他们坚信，有阳光雨露，种子就会发芽；是金子，在哪里都会发光。何况自己不一定就是金子，去背离自己，何苦呢？所以，无论机会是否来临，职务有无变动，他们终归是他们自己，仍然一如既往，迎接所有的风风雨雨。

那时，干部各有各的想法，心态各异。人往高处走，水往低处流，迎接时势选择，接受命运挑战，犹如大浪淘沙，各有归属。在这种背景下，当年 8 月，我突然接到县委办通知，说县委分管组织人事的副书记召我谈话，我应命而去。谈话中得知，组织决定调我到行署办任秘书科科长。

地委、行署办公地点分别设在黔江县少年宫和蓬江宾馆。蓬江宾馆隶属黔江县农场，整幢楼全部租给了行署机关。报到后，行署秘书长和一位副秘书长分别单独找我谈话，简单介绍一些基本情况后，便鼓励我大胆工作，带好科里人员，努力发挥秘书科的枢纽协调作用。

秘书长是外地人，四十出头，当过中学外语教师，曾任县委副书记、地区外事办副主任。他为人随和，易于合作，看上去温文尔雅，有点书卷气。

副秘书长则是黔江本地人，年龄和我相仿，中国人民大学经济系毕业，毕业后一直在地区行署办供职。他思想活跃，语速较快，显得坚定而富有激情。他作为我的直接领导，对我信任有加，工作上放胆使用。

地区建立之初，行署办只设置了秘书科、行政科、工业科、农业科、财贸科 5 个科室。秘书科连我共 5 人，其余 4 人中，一位具体承担专员的日常工作服务。一位承担文件内外收发、印章档案管理。还有两位小年轻打字员。他们中年龄最大的不到 25 岁，最小的不到 20 岁，平时工作由我具体安排。其余每科配一名科长或副科长，一名工作人员。在我调来之前，弟弟已从酉阳县委办调入，在财贸科从事文秘工作。

当时正处于与涪陵地区分家阶段，整个工作大致分为两条线，即一手抓筹建运行，一手抓建设发展。在人员经费十分紧张的状况下，如何保障新建地区的正常运行，对各个部门、每个干部都是考验。我作为秘书科长，自然也经历了不少磨砺。

上班后，我按照领导的思路，组织科里起草了《黔江地区行署工作规则》和《黔江地区公文运行处理办法》，并拟定了行署近期工作的基本目标、指导方针的建议意见供领导决策参考。平时，部门运行的协调、督查督办等日常工作，也由秘书科具体承担。每天晚上，我还得守在打字机旁催促打字。有时我边念，打字员边打，打完后又接着校对、油印，几乎每晚都忙到深夜。

那段时间上下都忙，领导们更是忙碌。再忙，他们也会不断冒出一些新的想法。

按行署专员要求，由行署办牵头，秘书科承办，定期组织了“解放思想，推动黔江快速发展”大讨论。专员也经常抽时间参加。他在平时的讨论发言中，提出了一些基本观点，如“藏富于民众，让利于企业，服务于基层”“没有重点就没有发展”“办法总比困难多，思维的潜力无限”等。他还就“对外排斥，对内倾轧”这种民族地区残存的落后封闭意识进行剖析，提出“不拘一格用人”“搞活经济，首先要搞活人才”“提倡五湖四海，杜绝相互封锁”等理念，并特别强调要“敢于实事求是，善于实事求是”“靠团结打胜仗、凭党性干工作、看政绩用干部……”。这些观点，都让大家耳目一新，精神高涨。

几次讨论以后，我将专员的发言内容整理成他的一篇署名文章，经他审查后，以“认识黔江、建设黔江”为题，先后在行署办《内参》和《川东南通讯》上刊发，由此，促进了思想解放，提振了创业精神，在全区引起了强烈反响。

这位副秘书长撰写的《试论黔江地区农业发展的出路》一文，

显得颇有气势，让人折服。感到他不愧是人大科班毕业，其水平自然高过大家。我写了一篇《谈谈农村庭院经济发展》的短文，副秘书长阅后，说这篇文章比较实用。我则回答他，如果说你写的那篇气势如长江黄河滚滚向前，我这篇则是涓涓细流缓缓而过，不过所有的细流终将汇入大海。他听后哈哈大笑，在场的人员也笑声不断。

此外，行署办还率先实行了对干部的公开招聘录用。

行署办文卫科、档案科、信访科初设，科长人选一直空缺。行署办决定就这三个职位面向社会公开招聘，不拘一格选人用人。此项工作得到了组织人事部门支持。他们认为，建区之初，没有历史包袱，只要有利于发展，什么都可以尝试，对了继续坚持，错了重新来过。

公告发出后，文卫科、档案科分别有两名竞争者，信访科竞争者却只有 1 名。经请示行署领导同意，确定对 3 个科的招聘都如期进行。评委由组织部、人事局、黔江县档案局及行署办领导组成，我作为秘书科科长，也被确定为评委参与其中。

通过现场提问打分，参与竞争文卫科长和竞争档案科长的均由来自彭水县的竞争者胜出。信访科只有一名竞争者，是来自石柱县黄水公社的一名小学教师，他刚从涪陵师专毕业不久，便参加了这次公开招聘竞争。对于竞争信访科科长的人员未达到二人以上的情况，行署领导指示，地区初建，应鼓励这种敢于参与的精神，若其他条件符合，可考虑将其破格聘用为副科长，叫我们自己酌定。最后结果，文卫科长、档案科长、信访科副科长三职的胜出者得以如期聘用。后来，地区教委主任这个职位也实行了公开招聘。这两次选人用人方式和办法的尝试，虽不算成熟完美，却在全区开了先河，在干部职工中产生了震动。

没多久，黔江与涪陵两个地区分家进入最后阶段，地委行署领导及两办负责人悉数赶到涪陵，全程参与工作交接。这之前，我就文件运行情况向专员作了汇报，并提出领导外出期间，若遇电话不通无法请示时，一些必须要发的通知该如何处理。他稍加思索便直接答复："若有该发的文件和需向各县发什么通知，你觉得有必要可以先斩后奏，先发文，我回来后再补签，到时自己看着办吧。"

领命下来那些天，我的神经高度紧张，一点不敢懈怠。凡请示到行署的事项，我区分轻重缓急，一一过滤，尽量做到既不误工作，该断则断；又不随意草率，该把的关还得把，以保持这段时期工作的正常运行。

那时的黔江，条件异常艰苦，政治空气却很清新，到处呈现出活力和开放气息，由此吸引了不少外地人来到这片土地，有的投身于工作，有的来实地采访。

当时地区民委办公地点设在蓬江宾馆，与行署办同在底楼。我常常忙里偷闲，喜欢到民委办公室与陈河等朋友一起闲聊。陈河有位写诗的朋友名叫小竹，他在新组建的地区文化局工作。一次闲聊，他深有感慨地说道："如今的黔江地区，用人不拘一格，办事讲求效率，领导作风平民化，当官的不像当官的。领导不在，小科长居然也能独当一面负责。这情形就像当年的延安，一片生气勃勃。"那段日子，正是"宁愿苦干，不愿苦熬"的黔江精神孕育之初，黔江地区的发展开始焕发生机。

六、压担子

地区运行刚刚正常，为便于上下联系，上级决定从黔江调部分干部到省上工作，行署正副秘书长均于1990年相继调省级部门。这年10月，我被提任行署副秘书长主持行署办工作。

那时我刚满36岁，毫无思想准备，就被突如其来的重担压到肩上。前所未有的压力，让我诚惶诚恐，如履薄冰。

任职文件下达，我便硬着头皮走马上任。

办公室全是新人、年轻人，他们上进心强，有自己的想法和追求，正处于锻炼能力、积累自己的人生阶段，都想有所作为，这恰恰是一个充满活力的时期。若引导得当，就可营造一个好的工作环境，实现事业发展与人才成长并行的良性循环，我如是想。

于是，我大胆尝试，牵头制定了办公室内部运行管理流程，改革了一些工作模式。比如，对各类上收来文、下级请示、报告的承办，由过去自上而下处理改由各科先提拟办意见，按规定时限送我审阅后，再报行署领导批示，年终汇集分析采纳情况；对拟办意见质量高、领导采纳幅度大的，视为能力提升，给予表扬肯定，并作为今后选人用人的考虑因素；对大型综合材料的起草，由过去一人负责，改由两人以上各自执笔，完稿后提交讨论，锻炼文秘人员整体思考问题的能力；等等。

其实，这些尝试均来自我当秘书科长时受到的启发。由于领导外出频繁，行署专员曾明确，凡遇行署及行署办领导不在，均由秘书科长承头处理具体政务。我在想，当时我能独当一面负起责来，这些科长们一样也行。也是基于这样的想法，一次我向专员建议，既然各科只设一职，对一些优秀副职，何不让他们提前转正早挑重担，这既有利于推动工作，又为将来干部使用预留了年龄余地，何乐而不为呢？他觉得我的想法不错，便采纳建议。

工作之余，我常与科长们交流。在一次会上，我说："与你们比，我年龄最大，目前虽是你们的领导，但在我心里的定位，不过就是一个班头。我真心希望大家以后飞得更高，走得更远，工作舞台更大。在目前这个特殊时期，大家多磨砺，将来必有大作为，路就在脚下，从现在起，每一步都要走实。”

每当任务布置下去，我并未闲着，心想既然由我牵头负责，若有失误，全都是我的责任。当他们各自动笔起草材料时，我自己也在思考，也在动笔。对他们来说，我看重的是锻炼过程，并不指望一蹴而就；对我自己而言，则想使结果完美，让领导满意。

对职工生活上的困难，办公室也想方设法解决。如：由单位出面，及时解决两地分居职工的配偶工作调动；对家庭经济拮据的职工，安排行政科长敖博牵头拿出办法，以单位工会的角度给予适当解决，并依据政策组织创收，年底平均发放奖金；寒冬腊月大雪封山前，也由行政科统筹出行车辆，让外地籍职工能及时回老家过年……

运行一段时间后，办公室还继续坚持了“解放思想，促进发展”大讨论，倡导如何“敢于实事求是，善于实事求是”，并从各县各部门中发现真知灼见和优秀人才。对于个性鲜明、敢说真话、有独到见解之士，将其纳入选人用人范围。其中一位在地区供销社工作的年轻人，就是这样一位人选。一次大讨论后不久，便将他调入安排为领导秘书。

行署办只有二十来人，他们有活力有朝气，我当然希望这种状态能持续下去。心想，若将此概括为某种提法，成为每个工作人员的一种依循和追求，岂不更有意义？于是，我组织大家归纳提炼出“特别能吃苦，特别能忍耐，特别能战斗”的“三特”精神和“高效率、满负荷、快节奏”的工作要求，还制订了行署办工作人员“个人素质八要求”。

一次，黔江马喇林场突发森林火灾，火势迅速蔓延，情势危急。县城距马喇林场有几十里路程，消防官兵一时力所不及，地区相关部门便通过广播，动员机关干部带头前往扑火。那时机关职工集中住地区周转房，听到广播后，都踊跃出动。我带领行署办工作人员也迅疾驱车前往。我们赶到后，每人手握树枝，沿山脚到山顶，个个勇往直前，奋力打火，最先冲到山顶。直到将山火全部扑灭，才又连夜返回。劳顿了一通宵，第二天又准时上班。

新建黔江地区的大背景，使这些年轻人迅速成熟起来。他们开始形成自己的价值观，有了自己的追求，其潜能一旦开发，让人刮目相看。他们的表现，让人联想到当年红军在酉阳南腰界会师的情景。那个时候，二十多岁就当师长团长，攻城略池，独当一面，指挥大仗恶仗打天下已很普遍。与之比较，行署办这些小伙算不了什么，但他们那种吃苦耐劳、勇挑重担的坚韧，却是受一种精神动力的驱使；这种精神，是一方水土所育，或许也是长征精神的某种传承吧。

对于文秘工作，我要求他们先学会写会议纪要。

我说，写纪要如同开发票，时间、地点、会议名称、与会人员及谁主持会议等，都是纪要的固定要素，不难掌握。最重要的是一定要弄清会上决定了什么，这才是关键。有的领导善于归纳，而有的领导则信马由缰，哪里黑了哪里歇。遇到这种情形，作为纪要起草者，就要善于过滤，去掉领导讲话中的水分，再重新梳理；而不能会一结束，还云里雾里，不知所措。

我还说，一旦学会写纪要，就能逐步养成集中精力和概括归纳的习惯，这个关必须过，过了就开始进入角色。我讲的这些，让他们打破了对写纪要的神秘感，他们都顺利过了这一关。我还根据办公室工作的特点，将其归纳为五句话，即“常想大事，多办实事，善于处理难事，不要忽视小事，以处理危机为乐事”。

行署办由专员直接分管，但他几乎是分而不管。他越是放权，我越是慎而为之。运行中，既千方百计保证工作推进，注意不出大的差错，又尽量避免呆板固守、无所作为。为保持工作弹性，我与专员保持了某种距离，除了重要的事，我平时少于主动汇报，日常工作多通过他的秘书反馈。这样，我便有了独立施展的空间，又未偏离领导的思路，工作起来也相对主动。

我独自负责行署办，不免身单力薄。工作过程中，我发现这些科长们都不乏独立见解；受职务级别所限，他们的智慧并没有得到最大发挥。于是，我将那些能干的科长都视为班子成员，该压的工作担子都压到他们肩上，并注重与他们商量办事，使我的智力得以放大。实行之后，让我领悟，职务这东西，多数时候就只是一种符号，并不完全说明一个人的能耐，只有内心的觉醒、智慧与智慧的碰撞，才是创造性和动力的源泉。

办公室工作理顺后，我得以有时间随领导外出调研和考察学习。

一次，专员带领地区财政局、烟草公司负责人去云贵川部分民族地区，往返逗留需半个月时日，我随行。动身前，我指定担任秘书科长的唐新在家临时负责办公室工作。就此我专门向专员做了汇报。专员听后，并不怎么当回事，他轻飘飘地抛了一句，“你不在家，本来就该由他全面负起这个责来，不然设他这个科长干啥？前两年与涪陵分家我们都外出，你不也是在家承头吗？”

我们先后到了贵州的安顺市、遵义市以及黔西南布依族自治州政府所在地兴义县，还到了云南省的曲靖、玉溪等地县，返回时又考察了省内的凉山州。每次座谈交流，让我们感到各地都有不少经验值得借鉴。我们地区的某些工作抓法，也让他们耳目一新。如黔西南州对我们的工作责任书管理、对各县各部门的考核办法以及全区商品基地建设、落实烤烟卷烟生产颇感兴趣等。

在与黔西南州州长交流时，他得知行署办就只有我一个领导成员，觉得不可思议，便问我们专员，你们出来这么久，家里的工作放得下心吗？专员笑着回答："这是特殊时期的做法，以后不会只配一职，办公室都是一些年轻人，磨一磨，工作还是对付过来了，人少不扯皮，办事效率还高一些。"他说这话时，脸上挂有一丝得意。

州长是布依族，见我们来自民族地区，自然"朋友来了有好酒"，他要我们好好品尝一下当地自产的"贵州醇"。第二天晚上聚餐时，主人盛情难却，专员本来不胜酒力，但到了这里，不便推辞。我一看不行，便出面解围。殊不知州政府一位秘书长马上将矛头对准我，说："你是土家族，我是布依族，我们又都是秘书长，难得相逢，你看如何？"他这样说，让我有些为难，我其实是汉族，再说平时滴酒不沾。但出门在外，此时又不便解释，当地民族礼俗还得尊重。我便豁了出去，也豪气了一回。回到宿舍，我已是一塌糊涂，多亏同室人员照料，才安然入睡。

第二天一早，我们在院内散步，专员关切地问我昨晚感觉怎样，并笑着说，"看来你平时稳稳重重，隐而不发，一发就镇住对方，看不出还真有点气质呢。"我有些不好意思，连说哪里哪里，到了民族地区，不得不入乡随俗，再说随领导出来，保驾护航也是理所应当呀。他笑着点了点头。我嘴里这样说着，忽然觉得，专员称我"有点气质"，让我有些兴奋。

我长期从事文秘内务，为人处事多于沉稳，周围的人都觉得我性情温顺，低调隐忍，适合一辈子鞍前马后，绝不是那种冲锋陷阵之人。上下都这样认为，弄得我自己也有些默认，因我平时展现在他们面前的，就是这副形象。其实，我心里清楚自己是一个什么样的人，只是没有去细想过，更没有必要去专门证明。经专员这一说，感觉像是他发现了我身上的秘密。是呵，我看似沉静柔弱，显得文质彬彬，内心却有炽热刚烈的一面，这或许与遗传因素有关。不管别人怎么看怎么认为，我认定自己本就是一个敢于担当、刚直豪气、在关键时刻也能挺身而出的人，是一个若需要也可以高调一把的人。一旦重任在肩，情势所然，我的个性和血性时常也会展露出来。

七、也有忧虑

考察结束回到黔江，见办公室运行一切正常，专员和我都感到欣慰，唐新一众科长自然受到表扬。

那时，唐新和体改综合科科长马博，一个负责内务，一个承担文字，是我独挑大梁的左右手。他们二人的口袋里，随时装有一个记事的小本子，平时交给他们的任务，无论大事小事，除了熟记于心外，他们都会及时在小本子上记录备份，并随时翻出查阅，看有无遗漏。不仅如此，常常是我想到的他们已经想到；我没想到的，他们往往也想到了，有时比我想得更周全、更细致。这种高度的默契，绝非一朝一夕之功，而是彼此的信任、强烈的责任意识和用心用脑处理若干事务的经验积累使然。

1992 年唐新提任彭水县副县长后，随即马博也提任行署办副主任分管文字，不久担任行署副秘书长，1995 年被派往四川省政府办公厅挂职。这一去，便落地生根，开始了他在四川的为政生涯。他先后在省政府办公厅、研究室、省委办公厅及地市党委政府任职。前些年，我去成都看望母亲，返渝前，联系了他，当时他正担任四川省委副秘书长。

他约了原在行署办工作的华建、文兴一起与我相聚。华建给行署主要领导当过秘书，任过行署办财贸科科长、地区外贸局局长；调省上不久，担任一家知名国企的副总。文兴曾任行署办工业科科长，后来相继在省级部门担任领导。摆谈中，他们都忘不了在行署办工作的那段经历，并感慨，正因为有那时的磨砺，才得以在后来的工作中坚韧不拔，站稳脚跟。

的确，黔江地区设立以来，几乎每年都要从行署办输送一批干部到各地任职，后来不少担任了区县党政及市级部门主要领导。看着他们的进步，我自然感到欣慰，欣慰的同时，我也想了许多。

客观而言，地区刚建，正处于用人之际，那时选择范围小，干部周转快，使用概率也高。另外，一些县和地级部门都希望能从行署办的科长中选拔领导成员。他们认为，这些科长受过磨炼，进入角色快，便提前联系组织。组织部门也很开明，在可能的情况下都给予满足。而在行署领导倡导下，办公室始终把锻炼队伍作为工作的一个出发点，客观上也配合组织储备了干部，后逐渐形成常态。

这本也正常。但有时我也觉得，无论处于什么背景，干部成长太顺太快，会让人产生一丝不安。就当领导而言，谁不希望有一番抱负？但官场之事，说不清道不明。面对权力，能否保持一份清醒，就看每个人自己了。我当然希望他们都能当大官，若一味只图这，难免也有些忧虑，担心他们太把这当回事，太把自己那点能耐当回事。这种忧虑，其实对我自己也是一种警醒。

当领导各有各的当法。一直以来，我的当法很简单，就是将这顶“官帽”拿着当而不要戴着当。拿着当能掂量它的沉重，记着这份使命，并随时准备舍去；戴着当则容易高高在上，云里雾里，一旦飘飘然起来，就全然不知天高地厚，不知道自己是谁了。时至今日，从上到下，这方面的教训实在是太多太深刻。

记得我当秘书时，一次跟一位主要领导下乡，我们坐在车上，一时气氛也好，他便围绕“觉悟”这个话题和我随意聊了起来。我有点晕车，不想插话，便专心听聊。他说，根据自己的经历和体会，他从来就不相信这世上有什么天生的“觉悟”，这东西从来不靠谱，还是人生信念、欲望管控、自律自省以及环境影响这些东西在起作用，绝不是因为戴了顶官帽，觉悟就高了起来。听了这番话，我很有同感。觉得作为一个有抱负的人，无论是面对大自然，还是面对社会，都应当有敬畏之心，对自己应当自律，对他人应当向善，这是一种觉醒。只有觉醒了的人才更能明白一些事理，看清一些本质，了解这个社会。如何让自己觉醒，需要扩大认知，需要一次又一次的人生体验。

或许我的工作性质老是处于鞍前马后，或许我从来都不是当官的料，没养成多大个官瘾。我提出“官帽戴着当不如拿着当”的说法，有点“说得轻巧，像根灯草”，但我就是这样想的，这也是我的切身体悟。我觉得越不把这顶帽子当回事，就越能堂堂正正做人，坦坦荡荡为官。后来我这个说法曾被某些同事调侃为一“发明”。虽有些搞笑，细细想来，这也叫“放下包袱，开动机器”，有利于轻装前进呀！当然，也有人对此不屑。

后来我在市上工作期间，每逢下区县调研座谈，却从来不避此类话题。我常常在车上，在会场，敞开喉咙与一些身边工作人员、基层环卫人员交流。我对他们说：当什么不重要，重要的是应该守住自己的本分，专心干好本职。像我们干环卫这一行的，每天扫地抹屋，清理垃圾，将城区环境收拾干净，干好了，说不定一不小心就被提拔了呢！提拔不成，心里也坦然。如果成天想入非非，投机钻营，难免走火入魔。我讲的这些，他们都觉得受听。一次座谈会刚完，来自库区的一位姓李的环卫所长走过来对我说：你讲话前我正准备上卫生间，见已开讲，怕听漏落，我从座位上起身又坐下，一直忍到听你讲完！他还告诉我，说我每次在台上讲，下面好几位所长中途从不离开。他的话让我很感动，更出乎我的意料。

其实，这“官帽”无论是戴着还是拿着，都不重要，重要的是怎么对得起这顶帽子，珍惜这个能为老百姓办事、能施展抱负的平台。我期望所有在职在位的官员们都继续好自为之，一路走好走顺，让人们的种种忧虑成为多余。

人生的道路崎岖不平，或得或失，或起或落，难以预料。对于当年在行署办工作的人员来说，无论他们现在从事什么，成功或失败，是否还会遭遇人生挫折，以后的结局怎样，我相信，他们在行署办的这段经历，已定格于记忆之中，并内化为某种潜质，将继续影响着他们后来的人生。

八、冒犯

1991 年 4 月，地委决定：地区民委主任白民新担任黔江行署秘书长，原任职务保留；我兼任行署办公室主任，继续主持工作。并确定由地委李副书记牵头，白民新协助，专门负责改地建州争取事宜。

我在黔江县府办当秘书时，就对白民新有所耳闻。

1982年夏季，黔江发生“7·28”特大洪灾，县城淹没，公路、桥梁坍塌，通信交通中断，黔江与外界失去联系。县级机关人员除留人值班外，全都投入抢险救灾。

一天，县里徐县长带领政府机关职工在城南河边组织铺设简易便桥，我作为县府办秘书，紧随参与。正紧张忙碌之时，突见在酉阳县委办工作的弟弟挎着挂包，从河那边急促地向我们走来。当弟弟得知谁是徐县长后，便径直走到他身旁，随即从挂包里掏出一封信件递与。弟弟自我介绍后便告诉徐县长，说酉阳县委领导见一直与黔江联系不上，估计这边灾情异常严重。于是，便派他半行车、半徒步一定赶到黔江，与县里领导取得联系，了解情况后再迅速返回报告，县里好组织人员、物资支持。

徐县长听后十分感动，紧握着我弟弟的手连声致谢。他看完信，便转我送其他在场领导传阅。我当时就在徐县长身旁，得以先睹。信只有一页，飘逸流畅的毛笔行书，言简意赅的问候情怀，大家争相传阅，无不感动，有的还潸然泪下。听弟弟说，此信为白民新亲笔。那一刻，白民新这个名字被我记住。

后来得知，白民新是酉阳县白竹公社人，云南大学中文系毕业；参加工作后，曾担任涪陵地委副秘书长、宣传部副部长，在当时的涪陵地区算得上一个有影响的人物。调酉阳任县委副书记后，他更是如鱼得水，工作得心应手。他的能力、才气、讲话的感染力，在县里算得上出类拔萃，在周边几县也颇有影响。又由于他是当时少有的知识分子领导干部，本地土生土长，当地干部群众都对他刮目相看，更有所尊重。

他后来调任涪陵地区民委主任，承头组织了川东南五县民族成分普查，促成五县相继成立了少数民族自治县。之后，又陆续争取落实一系列民族政策，促进了这片地域的发展。这些，让他的名字与这五个民族自治县连在了一起。黔江地区筹建之初，他被上级列入地区筹备领导小组成员，拟委以重任，纳入行署领导班子。

那段时间，我还在黔江县府办供职。通过在民委工作的陈河引荐，我认识了白民新，并由陈河出面，约请他及相随人员一起到我家餐聚。玉琼特意弄了几样本地土菜，将家里仅存的一瓶五粮液取出待客。席间，大家情绪热烈，相聊甚欢；白民新显得沉稳，也很兴奋，还不断称赞玉琼的厨艺。玉琼听后自然高兴，连说大家奔波在外，以后常来家里做客，一定不要见外。

不料黔江地区正式成立时，白民新未被列入行署领导成员，平职安排为黔江地区民委主任。这情形，就像被人高高举起，再使劲往地上猛摔下一样。突如其来的变故，不仅让他陡然消沉失落，他身边的人，甚至所有熟识他的人，都为他感到惋惜。

对此事，坊间有种种传闻。有的说他大学毕业分到内蒙古工作后，得罪过不少人，使其志在不得，可到底是什么原因，局外人都不得而知。听起来，似乎都与“冒犯”二字有关，或许更多的是与当时的社会历史背景和他的价值取向、生活信念及个人禀性有关。大家了解的，只是他平时的工作、他的为人和他那难以改变的偏激个性。

白民新比我长十来岁，个高结实，面部轮廓分明，说话语调清悠，性情显得偏激。他工作认真，为人豪爽耿直，说话不忌场合。不管别人说什么、做什么，他若听不顺耳、看不顺眼，便当场发作，有时话一出口便开始伤人，让人脚趾抠紧。

明眼人都能看出，他每每如此，其实并不是对某人、某事有什么特别成见或利害冲突。他的发作，多是性情中人的一种过激反应，或情绪转嫁，或迁怒于人，表现出某种偏执甚至扭曲。事后，他又常常后悔，内疚自责，此时又会寻机缓和，甚至道歉赔礼。久而久之，凡了解他的人，不再计较在意；与他打交道时，都注意照顾他的情绪。

行署设在蓬江宾馆期间，行署办与民委办公地点相邻。我们常常相处相聚，逐渐了解了白民新的能力、为人及禀性。他挂任行署秘书长后，虽然行署办工作仍由我主持，但我视他为兄长，对他很尊重。平时重要事项，我会主动与他汇报通气，并征求他的意见。他交办的公事或私事，我都尽量争取办理落实。而他对行署办的日常工作，则从未直接干预，对我既支持也很客气。在他心目中，我是一个干实事的人，性格不温不火，火起来时，也不逊他人。我们共事期间，关系融洽，从未有过争执，更未红过脸，这得益于我们相互之间的信任。

争取改地建州一事，通过李副书记一行“跑部跑省”，马不停蹄，前后持续近两年。一度反馈，国家相关部门已口头表示支持，只等省上将请示转报国务院通过，此事便大功告成。按领导要求，我赓即组织起草请示，送地委行署领导审签后，及时上报了省政府。然而时间已过去近一月，却迟迟不见回复。

为此，李副书记和一名副专员专程赴省汇报。这期间，我正在成都处理一起经济纠纷，与两位领导在地区驻蓉办事处会合后，他们便决定让我也随行参与。经打听，得知省政府早已将请示转到主管部门承办。我们住在办事处，每天与相关部门联络衔接，仍不见回音。

那几天，李副书记身患重感冒，每天服药打针，身体不支，加之事未办成，他心中无不焦虑。通过再三联系，直到有一天，我们才被约请到该部门主要领导办公室汇报。然而过程中，地区领导的汇报不时被中途打断。

当时从黔江到成都，往返需要六七天，文件转来转去，已费时不少。我们长时间待在办事处，对家里工作也多有耽搁。而这位领导却全然不顾我们的处境，汇报还未结束，他几句话说完，此事便不了了之。地区领导不便多说，只得起身告辞。

我那时年轻气盛，正坐在下面听领导们交谈。见此，未能控制住自己的情绪，竟一下站起身来，冲着这位领导，对他的办事作风和麻木态度进行了当面批评。

事发突然，这位领导一时惊得说不出话来。回过神后，他便问我是什么人，怎么如此说话。这时，已起身准备离开的李副书记连忙介绍我的身份，并示意我不要再往下说，汇报最后不欢而散。

没想到第二天，这位领导带上随从，提着水果，来到我们住地看望，并答复请示可以马上转报，局里已安排人代政府起草文件。李副书记听后，心里一下释怀，趁机就昨天的事向这位领导表示歉意。

返回黔江后，我将此行发生的事向白民新一一汇报，他听得津津有味，显得很兴奋。我刚说完，他一下竖起大拇指说："看不出你还真的有种，对这帮欺软怕硬的人，就该如此！他们就服这包药！若是我，也会与他们较上劲。"不知怎的，对他的赞扬肯定，我却兴奋不起来。

回到家，我将此事也告诉了玉琼。

玉琼听后有些吃惊，说："你真是吃豹子胆了！怎么说上火就上火了呢？你平时不是这样的呀！不管怎样，你都不应该当面发作，你是吃这碗饭的啊！”

我说：“其实我压根就不想这样，在单位上也从没有这样过，不知怎的，当时那个场面，我实在是忍无可忍。唉，既已发生，就不去管它了。”

她说：“是啊，人活着有时就是为一口气。不过，以后不能再这样了，遇事还是要注意克制。”

后来我想，省里这位部门领导完全可以凭他的位置报复于我，在他的影响范围内，让我哑巴吃黄连，有苦说不出。若他真这样，我心里一点底也没有。但他却没有这样做，还及时转报了请示，这说明了什么呢？

我觉得，或许他对下面干部的熟悉了解与其他人不同。一旦他冷静下来，从内心深处反躬自问，会发现自己也有理亏之处。他对我的隐忍，或许是一种微妙的监督作用使然。道理上，作为人民公仆的干部，确实需要随时随地接受监督，但如何有效监督，却难以实现。我的冒犯，本是情急所致，无意而为，这意外飞起一脚，本也踢不倒准，却歪打正着，或许一下触及这位领导的神经，让他有了一丝觉醒。这种觉醒，让他意识到对一些东西应该有所敬畏。敬畏什么呢？敬畏的自然是下面的反应。而所有的下面，最终则源于广大的底层百姓。

我这样思前想后，又觉得自己想得太多，有点可笑。我如此想来想去，说不定对方压根都不这样认为。或许对方考虑的是，这不过是官场中常见的利弊权衡，大事化小，小事化了，少给自己生乱，就阿弥陀佛了，还落得大度的好名声，我如此揣度。

山不转路转，这位领导不久成了我的直接对口领导。一次，他随一位副省长到黔江进行工作调研，由我负责后勤接待。与他见面后，我们彼此都很尴尬，我只当什么都没发生过，照常安排相关事宜。调研结束那天，我们同桌就餐。席间，他当着地委行署领导的面，表扬我工作仔细，办事落实，还说他对这次接待的整个安排都很满意，却绝口未提上次那件不愉快的事。

回过头来看，这位领导不计前嫌，表现出以德报怨的气度，让我庆幸，也让我有些内疚。我还是认为，这是他内心的一种觉醒。若是一种觉醒，这未免来得太偶然，这又让我觉得有些可悲。全国上上下下众多的领导干部，他们每天都在处理着各种政务要事，这其中到底能出现多少偶然呢？若没有这“飞起的一脚”，还会有这种觉醒吗？怎么才能将这种偶然变为必然，却让我思索警醒。若能有一种合宜管用的机制，让每个为政者时时怀有一颗敬畏之心，我们所有的工作不就会更有成效吗？

改地建州的请示终于转报到国务院，说明省委省政府完全同意黔江地区的请求，现就只等国务院通过了。地委行署领导都很高兴，白民新更是喜不自禁。那段时间，他整日笑口常开，精神抖擞，出入在办公楼的走道上，不时还会哼上几句“一剪梅”。

不料几个月后，上面传来信息，说此事最终未通过。理由很简单，即黔江地区建州条件并不成熟。这个结果，让我们失望。事已至此，虽觉遗憾，但已经努力了，心里还算坦然。

沉下心来，着实让我们认真思考了一回。什么是上面下面？什么是局部全局？什么是全国一盘棋？真是不在其位，就不可能真正明白，甚至想不到。而对于同一件事，在低处看与在高处看，似乎截然不同，甚至有根本的差别。建州无果，事属必然，我和白民新终于释然。

1994 年年底，白民新提任地区政协工委副主任，成为地区四大班子领导成员。经历了许多，对他来说，或许已经淡然，心里早已释怀。他性情趋于稳定，生活也走入正常，平静地进入新的角色。工作中，他不时建言献策，反映社情民意，轻松从容地做着一些自己关注和力所能及的事，为一生钟情的民族文化事业继续倾注着心血。

他退休后定居成都。2007 年秋，他身患癌症，就住成都华西医院。经过几个月治疗，却一直不见好转，病情日益恶化；后转回黔江中心医院继续救治，仍无效，不久离世。他的遗体安葬于酉阳城南玉柱峰下，后迁入公墓。去世前，他亲自为自己设计了坟墓，并画图示意。墓为圆形，似蒙古包，或为纪念那段难忘的经历。他还为自己提前写了墓志：“过去对此人总是七说八说，现在看这厮终于一了百了。”

白民新，一个历经坎坷、鲜活而有个性的性情中人，一个对黔江五县民族工作有过特殊贡献的人，活着时曾体现价值，离去时却也值价。作为他曾经的同事、朋友，但愿他九泉之下长眠安息。

九、行署秘书长

1995 年 2 月，我担任黔江地区行署秘书长。

这之前，地委行署领导早已调整，行署专员由原常务专员接任。

新任专员是外地人，属于那种要学历有学历，要经历有经历，要人缘有人缘的领导干部。他嗓音浑厚，说话流畅，在班子内部能听意见纳建议，调动大家的积极性，与各个成员关系融洽，工作氛围轻松。而对于办公室工作，他关注的是正常平稳运行，只要能按时完成各项任务，少出差错，他就满意，平时较少过问。

一位曾长期从事办公室工作的领导，就如何与上级领导相处这个话题，曾与我私下闲聊。

他说，作为在领导身边工作来说，有两种领导最好相处。一种是能力超群，有自己的思路，知道自己想干什么，要干什么，并有相应的举措和方法。你只需按他的要求认真执行，既能完成任务，又能学到不少东西，变他有为己有，使自己的能力得到提升。还有一种领导，即看起来能力一般，但他善于尊重并采纳别人的意见和建议，使自己的智力得到放大；你身在其中，也能得到锻炼和能力的提升，与这种领导也好相处。

他认为，最不好相处的，是那种毫无主见，不懂装懂，胸中无货，却又听不进别人意见的领导。他会让你不断地猜测揣摩他的意图让你无所适从，而你费了力却不讨好，只能陪他一起折腾。现实中，这类领导不少。遇上了，办法只有一个，那就是出牌不要过早，当时间逼近时，他便会着急，自然会采纳你的意见，接受你的建议。此时他已是鸭子上架，没工夫再折腾下去了。

以上说法，自然是这位领导的经验之谈。以我的亲历体验，从县上到地区，我所服务的领导，都是好相处的领导。

我担任秘书长后，相应补充了行署办领导成员，日常事务已不用我过多操心，但我的责任和压力却更大了。秘书长这个角色，既要面对地县两级主要领导，还得兼顾其他副职。也就是说，这个位置看起来是正职，实质上是给所有的领导当副职。

于是，我对自己的角色有了一个定位，即日常工作主要是协调各方，重点协助主要领导处理疑难问题和突发事件。而对其他副职，我则相对超脱，他们召集的会议也不经常参加。

这样一来，竟出现一种奇怪的说法，即一些与会人员将我是否出席会议，视为会议重要程度的标志。认为我出场的会一定重要，我没出场的会就不一定重要。他们如此推断的逻辑是，我虽不是行署领导成员，作为秘书长，却是行署里最繁忙的一员，最繁忙的人员都参加了会议，这会议自然重要。我听了这种传言，感到惊异，有些哭笑不得。随即，我调整了自己的工作活动，我不想让他们形成一种莫名其妙的推断定式，不然，这于工作、于我个人都不利，我必须进一步摆正自己的位置。

由此，也使我多了些考虑。秘书长这个位置交叉性强，弹性大，既可主动而为，在一些重要决策中发挥作用；也可闪躲一旁，原封不动地依旨执行，当不得罪人的和事佬。按照我的性格和作风，我属于前者，这让我往往处于风口浪尖。当得好，对领导决策就有影响力，有自己的成就感；当得平庸，就只能唯唯诺诺办点事，不能形成与领导互补，更发挥不了真正的参谋作用。虽想到了，但做起来也常有不尽如人意的时候。

地区有 7 个驻外机构，运行过程中，多出现令人堪忧的经济纠纷，若不及时处理，问题会越积越多，损失会越来越大。于是，组织决定派我牵头协调处理。

记得当时有一家挂靠成都办事处的公司与外商合作，建了一个生产汽车拖绳的小厂，由于种种原因，合作告停，双方为经济纠纷发生激烈争执，导致严重的对立冲突事件，办事处不得不急告行署。收到报告后，地委行署当即开会研究，决定由我率队，前往成都酌情处理。

我带领一行迅疾赶赴成都，从弄清事情原委入手，召集双方进行谈判。几天后，局面得以控制，但此事的根本解决，却需要清理双方投资、债权债务及一些法律关系，再促成重新合作。那期间，真是谈谈停停，费尽时日，我们也曾尝试新的合作机制，几经折腾，终因积淀问题太多，双方不再有合作意向，最后只得返还一辆宝马车抵债，打道回府。

这件事几经周折，费时较长，最后无功而返，自然有些遗憾。而另有一件事，却让我感到一丝欣慰，即负责开车的行署办司机路勇的妻子秀秀怀上了小孩。

此事何以相关？

从黔江出发前那几天，玉琼一边帮我收拾行李，一边问我："你们这次出去要待多长时间呢？"

我说："这件事太复杂，处理起来很难，至少也要一个多月吧！"

她又问："你知道司机路勇小两口结婚一年多了为啥还未怀上小孩吗？"

我说："这是他们自己的事，我怎么知道呢？"

玉琼瞪了我一眼，说："他三天两头驾车随你出差，居无定时，经常没落屋，他妻子秀秀怎么怀得上？"

我说："不至于吧，再说这也是工作需要啊。"

玉琼停下手中的活计，突然提醒我："你们这次出去那么长时间，何不让秀秀也随车一起去呢？反正你和司机各住一个标间，也不多花住宿费，待你们公务结束，说不定她就怀上了呢。"我一听，觉得有些好笑，亏她想得出来，竟想出这么个法子！不过我还是采纳了她的建议。

出发那天，秀秀随车和我们一起去了成都，在地区驻成都办事处一住就是两个多月；他们后来的儿子正是在那时怀上的。如今这孩子已长成一个大小伙子，正就读上海理工大学，还有一年就毕业了。

驻深圳、海南办事处也是纠纷不断。那时特区遍地是黄金，也到处是陷阱。地区投入的资金，几乎全部打水漂，出了问题，不得不报告行署兜底。驻深圳办事处损失得一塌糊涂，所投资金也大都泡汤。驻海南办事处同样是纠纷缠扰，无法厘清。面对层层迷雾，我带领法制科长顾永前往处理，最后也只是将一辆抵债的旧奔驰车开回。

由海口返回黔江途中，由于车辆陈旧，车况不稳，加之路况极糟，一路坑坑洼洼，小顾驾车不得不走走停停。行至贵州境内一处荒野地段时，天已近黑，汽车底盘水管破裂，我们只得停下修车。顾永取出工具，刚趴下操作，我突见距车不远处，冒出七八个手持抬杆的人，正吆喝着朝这边走来。我见势不妙，却又无计可施，一时想起父亲曾教过我几个武术健身动作，便装作若无其事，在车旁虚张声势地比划起来。

我不得不作最坏的打算，一边比划一边盘算，若他们起心不良怎么办，而此时我没有一点儿底气，背上冷汗直冒。他们走拢后，围在车旁东看西盯，主动与我搭话，却未生事。或许是我想得太多，对方并无歹意。但此时此刻，不得不防，我赶紧从身上掏出香烟，向他们每人递上一根，同时用脚踢了一下正趴着修车的顾永。他一下明白，急忙用肥皂塞住破损水管，迅即与我上车。那几人正在相互点烟，我们已远离险境。

经历了种种纠纷处理后，让我深有感触。所有的问题，无不与淡化、漠视法治相关，无不与公务人员的素质相关。那个时期，不依法治、不讲规范随意而行的现象，在国家整个经济领域都不同程度存在，一些地方的教训触目惊心。而治理起来，却无从着手。这让我产生忧虑。

我和顾永就此常在一起交流。他作为法制科长，说话一针见血，说现在省内省外都在“先发展，后规范”，到底怎么个规范法却没有明确的章程，尽管初衷都是促进发展，后来却扭曲为“先搞乱，再摆摊”，一些人借“摸着石头过河”为名，浑水摸鱼为实，如此，国家损失自然难免。是的，一旦乱象横生失控，自然就理不清，也管不到位了。

后来我在《公务员素质训练刍议》这篇文章中针对性地写道：虽然我们在口头上承认法治的重要性，但在对外合作的过程中，在一些具体事情的处理上，往往忽视了如何依靠和运用法律来维护国家和人民群众的利益，却非要等到蒙受损失，甚至巨大损失后才如梦方醒，悔不该当初。究其原因，主要是我们一些干部自身的法治意识淡薄，法律素养低下，对市场经济缺乏深刻的认识，把讲规范、依法办事视为思想不解放、环境不宽松。殊不知，规范恰恰是市场经济的灵魂，是促进发展的法宝。离开了规范，就等于恶化发展环境，背离了市场经济的轨道。

各地的深刻教训，或许是国家步入市场经济初期不可避免的通常现象，有的人将此称为“交学费”，而“学费”何时止？实在令人堪忧！

尽管当时各方面条件极差，全国整体的法治环境也还远未发育成熟。为探索如何依法行政，行署专门出台了在全区如何依法行政的文件，并新成立了环保局。虽收效甚微，对营造依法行政的舆论环境和推动全区经济可持续发展却是一个促进。

这年 7 月，遵组织安排，我赴天津南开大学参加为期半年的全国第 26 期对外开放领导干部培训班学习。这次学习，使我第一次有机会聆听名校教授和中外专家系列授课，对宏观经济、微观经济理论初步有所了解，并通过去沿海城市考察，得以开阔视野，拓展思维。

结业前夕，玉琼来学校看我，我带她游览了校园环境和市区；返回前，特地在北京逗留了几日。那时正值数九寒天，从天津驱车到北京，举目四望，雪花飞舞，白皑皑一片，到处呈现南方罕见的北国风光。抵京后第二天一早，由一位在京工作的老乡陪同，我们又驱车直奔八达岭。

下车后，由最初冷得直打哆嗦，到后来气喘吁吁，却一路马不停蹄，兴致盎然。我第一次登上长城，行走在古老的城墙上，领略着雄奇的烽火台和四周浩瀚的山野，沧桑感油然而生！星移斗转，时世变迁；人啊人，一生一世，活着的一切，到底为了什么呢？

十、苦干之精神

改革开放的20世纪80年代末至90年代中期，在四川黔江地区这片热土上，激荡着一种“宁愿苦干，不愿苦熬”的精神，这种精神被称为“黔江精神”。时间已过去20多年，黔江精神似乎已成为历史，它却激励了一代人团结奋斗、艰苦创业。

历史上，石柱、彭水、黔江、酉阳、秀山五县大部分地域实行土司（土官）制，经济形态严重落后，生产力水平十分低下，人民生活极度贫困。“养儿不用教，酉秀黔彭走一遭”的民谣广为流传。中华人民共和国成立后多年来，国家对这一地域投入极少，而在政策上又与汉族地区无甚区别，以至这里曾被称为“被遗忘的角落”。十一届三中全会的召开以及20世纪80年代五县相继成立少数民族自治县后，本有一个发展的好机遇，但由于当时“三峡省”筹备下马，遭遇“不三（三峡省）不四（四川省）”折腾，加之距四川省会成都和涪陵地委行署驻地都相对较远，上级指导实为鞭长莫及，工作难以正常开展。这五个“老、少、边、山、穷”集于一体的民族自治县，长期列为国家重点贫困县。

1988年黔江地区成立至重庆直辖后的2000年撤销，其间经历了13年时间（1998年6月改设黔江开发区代管原地区所辖五县）。这个时期，黔江人在这片热土上，创造出被誉为“黔江奇迹”的“黔江速度”，使黔江经济社会实现跨越式发展，群众温饱基本解决，一度成为“北有临沂，南有黔江”的全国扶贫典型。通过13年的艰苦奋斗，拼力苦干，黔江地区实现了国民生产总值翻番，财政收入猛增，农业及工业经济稳定快速发展，基础设施、民族贸易、社会事业均实现显著改观；一大批干部也茁壮成长。黔江之所以能在困境中崛起，在发展中起飞，应该说，在那个年代，离不开“宁愿苦干，不愿苦熬”的黔江精神的支撑。

黔江精神的形成，不是人为刻意，不是牵强附会，更不是跟风需要，而是源于黔江五县干部群众在实施解决群众温饱、摆脱贫困进程中所迸发出的团结奋斗、艰苦创业、敢于进取、开放务实的心态意识。这种意识所表现出的精神状态，逐渐内聚为一种精神动力，反映了上上下下干部群众的普遍认知，它是区别于一般汉族地区及其他少数民族地区而产生的独特的精神成果。

当时黔江的环境异常恶劣，条件尤为艰苦，农民极度贫困，但黔江人不依赖，不埋怨，不等待；长期以来，与贫困作殊死顽强的斗争，改善了贫困状况，推动了经济发展。那些年月，地区五县到处可以看到，从领导到群众，从机关到基层，上下苦干，全民苦干。苦干在各级蔚然成风，成为广大干部群众的精神时尚。

纵观老区历史，可以说，黔江精神与红军时期的长征精神一脉相承。在革命战争年代，长征精神集中体现了当年红军将士不怕牺牲，勇猛顽强，气吞山河，敢于战胜敌人和一切艰难险阻的大无畏的革命英雄气概。而在20世纪80年代末至90年代中期的黔江地区，在历届地委行署领导集体的带领下，全区干部群众发扬的“宁愿苦干，不愿苦熬”的黔江精神，则体现了不屈不挠，坚忍不拔，自加压力，敢于向贫困宣战的豪迈气魄。这种精神和气魄，就是当时的黔江之魂。它所激发的精神动力，曾让一代人刻骨铭心，荡气回肠！

当年，就如何统一涵盖黔江精神的规范用语，地委、行署两办及宣传部门曾分别征求各方面意见，也收集了一些具体建议，但一直未正式确定。由时任地委书记亲自主持会议，就此事专门进行了一次讨论。

会上，书记要求几大班子成员畅所欲言发表意见。他本人的意见则是将黔江精神暂圈定为“团结奋斗、艰苦创业”这两句话，这之前已安排办公室用黄色魏碑字刻写在行署办公楼门廊上，意在先按此引用，然后适时再酌。讨论中，领导们纷纷表态发言。当时我也参加了会议，马博参加记录，我们靠后坐在一位领导同志背后。

这之前我一直认为，并曾与行署一位领导同志交流，觉得那两句话固然寓意好，针对性强，也有气势，用在很多场合都适合，但用来概括黔江精神，总觉得有些不够贴切，没有生动反映出黔江精神的特点。我认为既然叫精神，就应该具有独特的地域性、鲜明性且通俗易懂，最好是群众语言。领导们在踊跃发言，我和马博私下也在琢磨推敲。

此时，我脑海里突然冒出“宁愿站着死，不愿跪着生”这句烈士名言，它是革命战争年代共产党人视死如归、大无畏精神的豪迈表达，流传至今，仍掷地有声，震撼心魂。我又联想到，平时随领导下区乡调研时，曾熟知基层有过“宁愿苦干，不愿苦熬”的说法，便一下猛醒：若将此与以上烈士名言联系对照，既有时代联想，又易记上口，老百姓对此也早已耳熟能详，这两句话本身就体现了一种朴素的精神感召，何不将此直接作为黔江精神的统一规范性用语呢？我一下兴奋起来！进而又仔细斟酌，认为这两句话所提的“苦干”，实际上已涵盖“实干”和“巧干”，不能将“苦干”混同于不讲科学的“毛干”“盲干”等。

想好后，我便小声与马博交流，他也觉得这两句话比较适合，建议我在会上直接提出。我觉得自己分量不够，由我提出不妥，一旦被否定，以后再无被采纳的可能，不如让一位领导提出更合适一些。于是，我将这两句话写在笔记本上，然后在我们前面这位领导同志的肩上轻轻拍了一下，悄声向他汇报了我们的想法，并递上笔记本。这位领导朝笔记本看了一阵，也表现出兴趣，对我们的意见表示赞同，便当即在会上提出。他发言后，无人附和，大家都望着书记不吭声，书记没有表态，会上也未作确定。

1996 年 6 月，国务院一位领导率国家相关部委来黔江调研，由分管农业的副专员全程陪同。调研人员深入五县区乡，足迹遍布村寨农户，连续在基层蹲了半个多月时间。我作为行署秘书长，则负责协调接待，为调研活动服务。调研结束，国务院这位领导离开前，用毛笔专门为黔江题了一句话：“兴黔之举在于苦干”。题写完毕，条幅在地委行署举办的告别会上当场展示，一时引得在场人员热议，都觉得这句话一语中的，黔江的希望在于苦干，在于大力发扬苦干精神。是啊，一方水土、一个时代，育一种精神。

之后，我又联想到当年王进喜的“铁人”精神，雷锋的“钉子”

精神，王杰的“一不怕苦二不怕死”精神，解放军某部六连的“硬骨头”精神，等等。再回过头来看“宁愿苦干，不愿苦熬”这两句话，它正是全区干部群众的心声，是心灵深处的呼喊。它喊出了不等不靠，主动进取的豪迈气概；喊出了背水一战，顽强拼搏的坚强决心。它激励用苦干扩展生命的张力，用激情燃烧生命的岁月；它诠释了活着的意义，彰显了生存的意志。这些，难道不正是黔江精神的实质内涵吗？

按照国务院领导对黔江精神的定位，从此，行署办将“宁愿苦干，不愿苦熬”作为涵盖黔江精神的统一规范性用语，率先在公开场合正式引用，不久便落地生根。1998 年 3 月 10 日，随着时任国务院总理写下“继续发扬宁愿苦干，不愿苦熬的黔江精神，振兴黔江经济”的题词，标志着黔江精神的提法得到国家的正式认可和进一步强化，在地区五县也家喻户晓，进而享誉全国。

重庆直辖后，黔江地区建制已不复存在，时光也过去了许多年，然而我却相信，但凡那个时期在黔江地区工作过的人，对黔江精神带来的心灵震撼和经济发展的起步起飞，将永远不会忘记。当年，“黔江精神”以加粗加黑大标题出现在党报党刊上时，就宣告了黔江精神所承担的历史使命和它的不可磨灭，也定格了那个时期干部群体角色的历史形象！

“宁愿苦干，不愿苦熬”的黔江精神，它是一代创业志士的共同记忆；它是一片神奇土地的精神烙印；它是一段难忘时期的时代标志；它是全区干部群众的动力支撑。它在黔江社会经济发展的历史中，将永远彪炳史册！它的精神内涵，将影响一代又一代新的创业者，并在新时代的历史征程中延绵于世！

第五章　区市参政

一、当上副专员

1997 年 6 月，重庆直辖。

从历史上看，重庆曾两次直辖：国民政府时期，重庆为陪都，是特别市（后改为行政院院辖市）也称直辖市；中华人民共和国成立后的 1954 年，重庆先为中央直辖市，后改为西南行政大区直辖市。20 世纪 60 年代的重庆，虽然不再是直辖市，但仍然是四川省乃至整个西部地区最大的城市。

1996 年 6 月 19 日，中央通过重庆市改为直辖市的方案。当年 7 月 8 日，四川省委公布成立重庆直辖市代管万州市、涪陵市、黔江地区，下半年正式开展直辖的筹备工作。紧接着，市政府专门成立了全市政府工作衔接领导小组，由原重庆市政府及万州市、涪陵市、黔江地区“两市一地”政府秘书长以及相关市级部门的领导为领导小组成员。领导小组具体组织指挥了重庆市与四川及当时的“两市一地”政府工作衔接事宜。此项工作一直持续到重庆正式直辖。

重庆直辖前的黔江地区行署是四川省人民政府派驻黔江地区的行政机关，其主要职能是受省人民政府委派、负责管理地区及其所属五县的政务。重庆直辖之初，黔江地区暂时维持原行政公署体制及相应职务设置，这是上级基于当时实际情况的一种过渡性考虑。

在此背景下的 1997 年 2 月至次年 2 月期间，黔江地区领导班子进行了大幅度调整。在这次调整中，我被提任行署副专员。

任职之前，虽听说过一些我将被“压担子”的说法，但没有任何领导向我传递过什么。我心里清楚，自己从未在县级主干线干过，近半年来又一直在南开大学脱产学习，上面怎么可能将我纳入视线呢？学习结束回黔江，虽听到不少有关我将获提拔的传言，我仍不敢相信，也从未放在心上。如今传言成真，确让我有些出乎意料。

班子调整尘埃落定，接下来便是领导分工。任职公布后的当天，新任行署专员便召我到他办公室，就此与我商议。当时我仍兼任行署秘书长。

专员说，目前这个班子多为新手，分别来自市里县上，有的从未干过政府工作；如何分工，需认真合计。他吩咐我将行署工作按到位职数分成6块，提一个方案给他，说先不对应到人，由他分别与每个成员通气后再明确。

他还特别告诉我，说我长期负责行署办工作，又一直在主要领导身边处理具体政务，对行署面上的情况比较熟悉，应该说，干哪一块都能胜任。考虑到方方面面因素，这次分工由我最后兜底。我一听，忙问怎么个兜法？他说按分工方案由其他成员先认，剩下的由我分管。我当然表示服从，请他尽管放心。

实际上，我主持行署办工作以来，受领导委托，参与协调各县各部门工作已不鲜见，对行署的日常运行也日渐熟悉。但每次完成任务后，我心里明白，自己充当的角色，不过是消防队灭火的角色。干好了，体现自己的能耐；没干好，自有上面领导负责。而现在当上副专员，不仅职务上了一个硬台阶，更意味着工作的责任和压力随之增大。我并非如他们对我估计的那样，各方面都熟悉，哪一块都能胜任。上面越这样认为，我心里越发慌，我并不是他们认为的那样很有能耐。

专员是本地区人，先后担任两个县的县委书记。我还在当科长期间，他已是石柱县里分管农业的副县长，我经常随领导出差下县，早已与他熟识。在后来的日常工作中，更少不了与他的接触。

分工下来，由我分管城建城管及商贸流通两大系统，其中行署所在地黔江县城的城市建设实行双重分管，另外明确了地委副书记从地委的角度分管。

上任后，专员对我的工作比较放手，我们也确能很好合作。我的禀性，也决定了我对工作的认真负责。但凡大事要事，凡属我的分管范围，我会竭尽全力。在一些重大决策上，我会用尽心思，拿出几套方案供领导选择，并有自己明确的主张。开会讲话，我从来不要别人备稿，按自己的思路讲，自己想好了就讲，不喜欢也不习惯念稿子。当然，遇到一些程序性会议，有时也会念稿子。

专员常在一些公开场合对我的做法给予肯定。他说，副职对正职负责，就应当穷尽自己的思考，使出自己的能耐，敢于担当，才算是尽职尽责。而不能事事依赖上面，推到下面，自己却闪躲在后面。那种说话做事不负责任、大而化之当马大哈的做派，是失职失责的表现。他还说，作为地区领导，工作指导管理到县，任务重压力大，平时更应做到心中有数。

其实我想得最多的，就是如何适应这个职位，早点进入角色。我知道，我将要直接面对的，是一个个活生生的上级或下级，是一件件复杂而具体的事情。能否应对好处理好，都关乎老百姓的利益，而以后真正要面对的，也正是众多的普通老百姓。

上任前，我感到了一种无形的压力；上任之后，不知不觉，这种压力已成为我履职尽责的动力。

二、企业改制

刚上任，我便从最薄弱的流通领域入手，首先去了地区商业局。这是个问题比较多、情况也比较复杂的单位，那天我专门召集了中层以上干部座谈调研。

发言时，班子成员都显得拘谨，客套话居多；我听了一阵，竟未听出个子丑寅卯。正想继续动员，只见坐在后座的局办公室主任小贺举手要求发言，我当然应允。

他开口说道："商业局自成立以来，行署领导不时也来过，但每次来，接触的只是领导班子成员；今天召集我们中层干部也参加座谈，算是开张头一回，机会难得。既然要我们畅所欲言，我也不客气……"

于是，他就商业局多年来的问题症结及困难、目前职工们的活思想等，直言不讳，一口气讲了许多，就像打开了闸门放水，直泻而出。

我一面听，一面记，不时也插话问。心想，这位小贺还真有点个性，能讲敢讲，讲的内容也颇有见地，平时与他没有接触，今天算是有所见识。

10 年前，我还在行署办当科长的时候就认识这位小贺。

一次我随领导去秀山县调研，并负责考察县上一位秘书人员调行署办的事。小贺当时是秀山县委办秘书，随县委书记陪我们下乡时与我走在一起。一路上，他侃侃而谈，热情地向我推荐这位拟调人员，并主动介绍情况。或许那时他还没有到地区工作的想法，很少提及自己。调研结束回黔江后，我们之间再无联系。近 10 年了，没想到竟以这种方式与他再次见面，我有些感慨。

座谈结束前，我简短讲了些工作意见，并要求会后由局里将各位反映的问题整理成书面材料交我。我还特别说明，发言中漏落的情况还可以在材料中补上。我想，既然到了一个单位，就应当尽量将情况摸清摸透，以后好对症下药解决一些问题。

两天后，我便收到商业局送来的材料，打开一看，略感吃惊！材料是一叠手写的钢笔字纸页，没有正式打印。仔细看下去，字迹流畅工整，内容条理清楚，让我留下印象。下班回到家，我随意向玉琼提及此事，玉琼快人快语，不假思索地脱口而出："我认识这位小贺，一位精干利索的小伙子。你的感觉总是比较准，既然觉得他行，不如调到办公室，反正你那里正缺人手。"那时玉琼在地区人事局任专业干部管理科科长，平时接触干部较多，对人事情况比较熟悉，出于职业原因，她善于举荐人才。

玉琼的话正合我意。前些年行署办不拘一格选人用人，先后调了一批文秘人员，大都能用，还不就是发现一个调一个的吗？我与办公室商量后，不久小贺便正式调入，平职担任行署办三秘科科长，为我日常工作服务。

小贺是垫江人，三十来岁，黔江地区成立两年后才调到地区商业局。他到行署办后，便全身心投入当时的地区商贸企业改制工作，随我到企业调研，一起听取汇报，一起讨论交流。出差途中，在车上，在船舱，在宿舍，我们的交谈，几乎都围绕"改制"二字。会议开了不少，方案也多次修改，报行署专员办公会审定后，便拉开了改制的序幕。

而就在这期间，发生了一起集体上访。

那天，有3名上访人员来到行署办公大楼底楼，他们要求见我。信访科工作人员为不影响我正常办公，未及时报告，便竭力劝他们返回。而这三人执意要见我，说不见到我本人他们决不离开。说着说着，他们便涌上办公楼2层走道，在外面闹闹嚷嚷。

我不知道外面发生了什么，便走出办公室看个究竟。这三名上访者见了我，一下朝我走来，工作人员未来得及拦阻。我顿时明白是怎么一回事，便让他们进了我办公室，办公室工作人员赓即搬来木椅，并给他们各倒上一杯开水。他们坐下后，向我反映，他们所在企业改制中的问题没得到认真解决，要求上面有个说法。我听后明了，他们所反映的事，其实几天前已研究，形成的方案也已布置下去，只要按此落实，此事不难解决。但没想到的是，他们并不知道已研究，更不清楚方案的内容。这让我意识到应加大督查力度，不然会上研究得再具体，会后不一定能落实。

我要他们再想一下，还有什么需要反映的事一并说完，我好统一答复。他们相互望了望，其中一人对我说，该反映的问题都已反映，现在就等你表态。他们还说有十多人正在大门前的坝子等候回音呢。我一听，心想何不全都请来？便叫他们立刻去通知。他们顿时一怔，说这屋子里坐不下，就是坐得下，全都通知来也不合适呀。我说有什么合适不合适的，这屋子里坐不下，站着也行，开水也可以不倒，我只是让他们来一起听我的答复；既然来了，就没有什么不合适的。他们见我执意，又相互耳语，其中一人望了我一眼，便快步走出办公室。不一会儿，就将那十多人全都请了进来。

人到齐后，我将前几天研究的方案一五一十说给他们听，并现场答复一些提问。直到他们不再吭声，我才又讲了企业为什么要改制，改与不改的利弊所在。我告诉他们，企业改制是发展的大势所趋，上面有明确要求，改得怎样关系到各位的切身利益。我要求他们眼光放长远一点，并说若信任我，就支持我，我的工作就是为大家服务。我讲的时候，他们不住地点头，氛围一下变缓和，不一会儿便集体告辞。第二天，我又让三秘科盯着此事，认真督办。此次上访就此了结。

一段时间后，地属商贸企业改制全面完成。其过程，让我再次感受到“办法总比困难多”。同时也让我领悟，这世上的每一个问题，一定都有一种对应的最优解决办法，就看你是否用心寻找。找到了，就如同找到了开锁的那把钥匙，就能打开那把锁。找的过程，就是激发创造性、产生智慧的过程，自然也是能力、水平提升的过程。是否用心用脑穷尽一切努力，即体现了你的担当和责任。

年底市上召开企业改制工作会，市政府领导在会上肯定了黔江地区的抓法和改制的质量和进度，我和小贺都很高兴。高兴归高兴，其实我们心里一直也没有太大的底。我不知道，这企业改制本身的提法和方向能否经得起历史的检验，这需要历史来回答。

这期间，我分管的地区外贸局因引进人才不慎，工作出现乱象，组织决定派小贺到这个局任党组副书记、副局长主持工作。他去后不久，便扭转了工作局面。后来，他曾在多个区县任职。无论在哪个岗位，他都很敬业，价值取向稳定，雷厉风行的工作作风、行事风格依然未变。

然而对这起上访的处理，虽及时稳妥，效果也不错，却引来不少议论。一些人认为，将这么多人都请到办公室，风险实在太大，担心容易误导上访者以后都将往大楼里钻，对工作带来负面影响等。

无论他们怎么议论，我却坚定地不这样看。此事让我若有所思。其实，很多时候，不是上访者非要找政府的麻烦，而是我们自己的做法在滋生麻烦。其根源是，我们缺乏对老百姓应有的敬畏之心，我们的屁股有时就是坐歪了，没坐在该坐的位置上。不仅如此，我们还常常将上访人员视为洪水猛兽，能躲则躲，能避则避，不愿沾边。其后果，则是问题越积越多工作越来越被动，这实际上是在给我们自己挖坑添堵。如果我们厚道一点，不再麻木，也急起来，动起来，认真过问，主动尽责，何会如此被动？人心都是肉长的，若立足于解决问题，群众不会不讲道理。问题在于，我们很少设身处地这样想，更少于实实在在这样做。而往往是先定调，然后打发走人了事。长此以往，群众心里始终憋着一股气，气不出，自然容易生事。如此循环往复，如何指望他们满意？

有时我也在想，对于任何一个有担当的为政者，必有一种动因驱使他按其身份定位行事。这个动因，就是百姓的期盼，肩上的责任和他充当的角色。当他进入角色，履行职责时，其天性便成为一种助推，表现为率性而为。这种率性，往往被视为不稳重不成熟，被认为会引火烧身。当我们仔细观察就会发现，这类人恰恰是一些务实之人，而我们的各级机关，我们这个社会，正需要大量的这类人。

1998年12月，我写过一篇题为“论务实”的短文，在《黔江日报》发表后，曾褒贬不一。一些年轻干部告诉我，他们将此作为一面镜子，会长期留存。也有一些人议论，这类东西写出来发表，无异于将自己烤在火山上，写得再到位也是废纸一张，有何意义？时光已过去20年，我也早已退休离岗，回想起来，至今仍不后悔。现将此文附录如下。

论务实

世纪之交，创业有成的关键在于我们能否在各个领域、各个方面切实贯穿和体现务实。务实绝不等于实用主义，更不可与实惠同日而语。它体现一种信念，一种境界，一种思维，一种底气，一种眼光，一种气质。

它不仅能使人保持清醒，并能以清醒直面不清醒。

务实就是敢于从实际出发，善于从实际出发，领实事求是之真谛。

务实要求我们说实话，查实情，出实招，求实效；要求我们常想大事，多办实事，善于处理难事，不要忽视小事，以处理危机为乐事；要求我们敢于担当，不回避矛盾，面对现实，有所作为；要求我们从自己做起，从身边做起，从小事做起。

弄虚作假，徒有虚名；洋洋洒洒，不着边际；投机取巧，工于心计；溜须拍马，阿谀奉承；只做表面文章，不解实际难题；显然与务实无缘，为务实不容，距务实十万八千里。其实真正活得很累的，正是这种人。

对于这种人，要他们务实实在难为。比如：一旦务实，“皇帝的新衣”就会现相；一旦务实，赖以“进步”的法宝就会失灵；一旦务实，以形式主义为业者就会“失业”；一旦务实，他们就缺了“招法”，断了生计，朝不保夕。

而对于真正的务实者，务实虽是自讨苦吃，却是乐在其为；务实的根是苦的，但果实却是甜的。

务实是一面镜子，我们不妨都照一照。

对照起来，可能我们自己也有不务实的时候，或许还有些怕务实，这似乎很正常。但不要忘记，社会发展需要务实，人民群众欢迎务实，改革开放呼唤务实，市场经济伴随务实，我们断不可背离务实。

世界上怕就怕“认真”二字，务实者却最讲认真。讲认真就是最大的务实。务实是现代人的特色，我们切不能落伍；务实是人民公仆的本色，我们不应该忘本。

务实需要胆略，需要勇气，甚至需要付出代价。但务实所体现的社会价值不可估量，务实者的历史功德世人难忘。那些沽名钓誉、无所作为之辈，虽然做梦都在想让别人记住，却是徒劳；因为与务实者相比，他们难免相形见绌，黯然失色。

务实者的内在特质表现为独立的人格，健全的心理素质，稳定的价值取向和一身浩然正气。他们无欲则刚，知行合一，坦坦荡荡，活得真实；他们内心世界自由而奔放，外部行为沉稳而坦率；他们敢想、敢说、敢干、敢为天下先；敢于面对一切挑战，也敢于挑战自己。他们不仅注意总结成功，更注重反思失误；他们不乏成就感、历史感，更具有危机感、责任感；他们既现实又乐观，不信邪，不怯场，富有创造性思维，没有克服不了的困难。历史已经证明并将继续证明，他们是社会的脊梁，是人类的福音，是伟业的希望。

能否真正、持久地在各个领域、各个方面贯穿务实，关键在于：建立体现务实的机制，营造务实的舆论环境，破格起用务实的干部，构建务实的领导集体。

眼前需要做的：强化务实的意识，用务实的眼光去审视我们正在干和将要干的事，并切实加以改进。

务实者，事竟成。

三、城建破题

地区成立以来，财力主要用于脱贫攻坚，以致城区建设投入甚少，基础设施欠账太大，市民深感生活不便。重庆直辖后，全区上下都迫切希望能尽快改善城市建设的落后状况，这让我压力很大。上任后，城建工作如何破题，我颇为费心。

一次，我带着一位学规划专业的工作人员在地委行署机关周边查看环境。我们站在一处土堡上，望着由围墙分隔而设的地委行署两幢办公大楼，感觉整个环境呆板僵硬，空间狭窄，显得很封闭。这位工作人员随口对我说道："如果将四周围墙全部拆掉，中间刚好能建一个广场，前面的路还可改建成一条集聚人气的步行街。这样，地委行署机关的亲民形象和城市自身的形象就会大大提升。"

他这两句话让我心里一动！

这位工作人员是黔江本地人，西南交大毕业，专业较强，工作敬业，思维也活跃。他调入行署办后，我常让他就地区的一些建设工程在规划上把把关。听了他的建议，我脑海里已萌生就地建广场、改建步行街的想法，便布置他尽快弄一个完整的东西出来，我好向地委行署主要领导汇报，并下决心促成这件事办成。

当时地委行署两位主要领导还在山东考察学习，我利用那几天完善了构想，掌握了一些基本情况。领导考察回来后，我先向书记作了汇报。书记听后颇感兴趣，表示基本赞成，要我再向专员详细汇报，说看他的意见如何，然后再集中议一次。

书记来自主城，对我分管的城建城管工作十分上心。他提出的一些城市建设理念，如"政府不花一分钱，敢叫旧城变新颜"等等，就封闭的黔江山区来说，让人耳目一新。

我向专员汇报后，他也表示赞成，觉得这个想法新奇大胆，颇有创意。他总的意见是赞成干，至于什么时候动工，他说需要权衡各方面因素，特别要考虑今年的财政盘子能否打得住。他还说，真要干起来，应成立一个指挥部，抽几个人专门落实才行，不能浮在面上停留在嘴上，叫我先考虑考虑，意见成熟后再上会讨论。

向两位主要领导汇报后，我又单独向地委分管领导做了汇报，并就一些细节与他交换了意见。他听后对我说："要干就要干漂亮，若有人反对，到时我们都顶起。"见他如此爽快，我心里更有了底气。

几天后，地区四大班子在行署西山会议楼议定了此事，与会人员都建议尽快成立工程指挥部，希望及早开工建设。会议决定马上进入实体准备阶段，并确定由时任行署秘书长任工程指挥长，建委一位副主任兼任副指挥长负责工程施工。我作为行署分管领导，负责施工建设的总体协调，行署常务专员则负责资金筹措及工程重大事项的统一领导。

1998 年 6 月，黔江地区改设开发区代管五县，黔江地区行署更名为黔江开发区管委会。广场建设未因此变更受到影响，工程仍于当年 7 月动工。经过"百日会战"，这个总投资不到两千万元，面积四万多平方米的新建广场于当年 11 月 10 日正式建成，开发区党工委、管委会将其命名为大众广场，重庆市委市政府主要领导出席了剪彩仪式。

广场刚刚竣工，接着又紧锣密鼓启动了西沙路步行街建设。

建了广场又建步行街，财政难以全额承担。不得已，管委会决定，工程建设费用由临街单位和开发区财政各承担一半，先动起来再筹钱。实施过程中，困难不少，矛盾重重，特别是临街的政法部门意见很大。他们不是反对建设，而是反对由本单位出钱。经过多次协调，终于形成共识，建设施工得以正常推进，步行街工程也如期建成。

事后想来，实施这两个项目，关键是主要领导决心大、决策果断正确，同时也得力于上下智慧的结合。初始思路来自下层，来自那些一般技术人员，恰恰是他们，长期在一线，想得很细，也最接地气。这不由让人感悟，智慧多在基层，一线多有能人，他们有思想，能创新，虽然也有种种毛病，却能够尽职尽责工作。而这类情形各地比比皆是，我们却往往有所忽视。

大众广场和西沙路步行街的竣工，带动了开发区五县的旧城改造、堤岸绿化美化等景观建设，为提升城市品质起到示范引领作用。随着接踵而来的文体公园体育场、体育馆及民族博物馆、河滨公园、污水处理厂等工程相继建成，黔江城区面貌显著改观，城市建设进入一个转折。

不久，我参加了中组部、建设部在北京联合举办的全国市长培训班学习。学习期间，我结合黔江城市建设的实际作了些思考，并撰写了《迎接未来的城市竞争》一文，从行政分管的角度，就如何把握城市建设的特色谈了些看法。这篇文章于 2002 年 6 月发表于《中国城市与市长》杂志。我在文中写道：

……

从古到今，美好的城市形象都是为政者和建设者的理想追求，也是市民的热切企盼。要实现这一理想追求，满足市民的愿望，需要围绕城市的个性和特征去认真发掘，精心构筑，做不懈的努力。城市的个性特征取决于城市的体型结构和社会特征，而不是社会财富的简单堆积。最大不等于最好，最和谐最美，最具特色最能持久。这就要求我们在城市发展的过程中，必须正视自身社会财富的差距，不要片面追求豪华、气派和盲目追风，而是要以科学的态度，立足自身特色，充分利用城市的环境优势，在“特”字上下功夫，在"特"字上做文章。只要持之以恒，一步一个脚印，就会收到事半功倍的效果，黔江城市建设的特色就能真正显现。

四、选择

黔江开发区运行刚满两年，2000年6月25日，上级又决定将开发区撤销，同时撤销黔江自治县，由黔江开发区和黔江自治县归并设立重庆市黔江区，石柱、彭水、酉阳、秀山四个自治县改由重庆市直管。

消息传开，保留的4个自治县，由原来与开发区的上下级关系转即变为与黔江区的平行关系，单位升格、人员升级成为现实。被撤销的黔江自治县，将面临机构撤销，人员归并。原黔江开发区所有机关，则由过去管理五县，一下变为"大马拉小车"，直接面对基层乡镇；虽行政级别保留，但个人去向面临重新考虑。

直辖之初，"两市一地"代管所属各县，本是市上的一个过渡性举措，一旦条件具备，县由市直管，亦是题中之意。这个道理，其实上下都很清楚，只不过眼下成了现实，一些人情绪波动，甚至忧心忡忡，亦属正常。

开发区党工委、管委会领导成员自然也面临去向选择。

这期间，有不少人建议我：要么调市级部门，早去早主动；要么下县任职，"宁当鸡头，不当凤尾"；而无论如何不要留在区上。他们认为，若留区，到时会弄得几不像，过去能力再强，威望再高，已是风光不在。他们还告诫我，识时务者为俊杰，关键时刻不要犹豫不决，应早拿主意。总之，都劝我按此早作选择。

代管改直管，当时的万州、涪陵两市也一样。每一个地级领导成员，就安排去向，都不得不权衡再三，因这将影响以后的工作舞台和事业走向。

我也曾认真思量过。

实际上，目前的选择，反映了每个领导成员的为政取向。很显然，若立志从政，干一番事业，下去当县委书记是最好的选择。即使去最艰苦、最边远的贫困县，都值得一试身手，这类地方恰恰最能施展抱负。有的人也想谋求发展，也期望获得更大的平台，但没有坚固的思想基础，自然迈不开这一步。而到市级部门，工作安稳，压力不大，级别不变，一下进入都市生活圈和工作圈，对一些人来说，这也是一种合宜的选择。

我则与他们不同。

一路走来，历经磨砺，我在乎和看重的，却是看不见、摸不着的内心感受；心里想的，就是顺其自然不刻意，尽量干力所能及之事，不愿去追逐自己并不真正在乎的东西。久而久之，这便形成我的为政取向。

以至于在这次选择中，我内心的感觉也始终没有动摇。当然，若组织上正式决定我下县或到市，甚至压再重的担子，我会坦然面对，不推辞也决不退却，我会竭尽全力去履职尽责，且自信不会比别人干得差。但若要我自己去主动争取，却无此心愿，这也从来不是我的做派。

当我和玉琼商量时，她没有我想得那么多，那么复杂，她完全理解我的想法。她只说了一句：无所谓选择，组织上怎么定，就怎么办，我到时随你而行就是了。

不久，区政府正式组建，领导成员一正六副，我排名列四，恰好居中。一次一位新提拔的副区长还当着其他班子成员的面笑着对我说，如今你成了我们中间的老板凳，请以后多多关照。我一听，不觉也会心一笑。

“老板凳”一说，是我们那一带对年龄偏大、阅历较深的人的俗称，带有尊重的意味。他们对我也这样称呼，或许对我这个人以“老板凳”看待和定位。或许他们也听说过我平时与人闲聊时，对“老板凳”之说曾有过专门的解读和归纳。

我确实曾这样解读过：在乡村院落或独家独户房屋门外的檐坎上，常常摆放着一根从未上过漆的木制条凳，虽历经日晒雨淋，却始终横立不倒。每到春夏秋日，人们坐在上面，或摇扇打扇乘凉，或望远处的山，望溪沟池塘里的水，望快要落山的夕阳和匆匆过往的行人，长年累月终日打望，已成习惯。这便是我所解读“老板凳”的原意。

如果用来比喻官员，我还归纳出必须具备五要素且缺一不可，才能称之为“老板凳”。即：一是资格有点老；二是能力有点强；三是性格有点倔；四是提拔有点慢（老是当副职）；五是使用有点多（经常参与处理难事）。

后来在一些场合，我曾打趣地说道，对于暂时还未被提拔的人，若能被称之为“老板凳”，应感到荣耀和自豪，何必灰心丧气，一蹶不振？故平时同僚或下属称呼我为“老板凳”，我打心眼里高兴，觉得这是一种尊称，一种抬举。后来，我心态平和、毫不谦逊地也自诩为“老板凳”，意在自觉以“老板凳”的责任和使命要求自己。

事实上，我每每如此调侃，大多针对一些仕途不顺，牢骚满腹，心里整日憋屈老是不平衡的人。我寄望于他们能在听中淡化官欲，笑中聊以自慰，稳定情绪少怄气，保持班子团结不生事。如此调侃后，有时我自己都感到吃惊：什么时候，我也学得想象丰富、言语幽默并能信口拈来这等本事？这从来都不是我的长项，更不是我的风格，莫非我有这方面的潜质，只是没有被开发出来？我有些陶醉了！

领导成员正式分工前，区长征求了我的意见。他说除了我继续分管原来的城建、商贸两个系统外，考虑到目前班子的实际情况，得给我再压点担子，让我将政法系统、信息化建设系统及安全生产一并管起来，随即区委决定我兼任区委政法委副书记。

我已有几年的领导经历，工作上自我感觉不错，对压担子并不介意。正如前几年一位领导曾说过的一段话，不要怕管多，管得越多主动权越大，主动权大协调工作的力度就大。我就区长对我的分工自然应承下来，并向他承诺，我会竭尽全力抓好工作，起好老同志的表率作用。分工后，同志们都感叹，看来首长真还把我当“老板凳”使用，他们都很羡慕。我心里明白，这是领导对我的信任，这种信任，促使我在工作上更加奋发努力。

在去向问题上，我一开始就放弃选择。事后想来，其实放弃也是一种选择。人与人的关系，人与社会的关系，无不涉及选择，选择很难。有的选择，还会演变成一出出色彩斑斓的人生大戏。而人的一生，不得不面临各种各样的选择。每个人的经历可以相似，选择却不尽相同和不可复制，正因为如此，才造就了每个人独一无二的人生。这个人生所形成的想法和价值观，促使人们正常思考，去比较鉴别和认识评价。

五、调到市里

区县归并后，部门领导班子也进行了整合组建，玉琼担任黔江区总工会党组书记、常务副主席。这之前，她曾任县畜牧局科技教育站站长、地区人事局专业干部管理科科长兼职改办主任，后来又担任地区劳动局副局长。

玉琼在主持区总工会工作后，更觉担子沉重。区县归并，矛盾重重，其中人员组合、干部调整、日常工作开展、各类重大活动安排以及各项制度的建立健全等，都需要她日夜操心。而她过去在家里是当小家，当内当家，现在却主持一个部门当大家，一切都得从头学起。

上任不久，她受区委区政府派遣，远赴上海处理过一起突发事件。

那时上海的一些码头，有很多黔江籍民工从事装卸搬运业务，因一起纠纷，民工与当地港务部门发生冲突，导致全面停工，现场业务受到严重影响。事件发生后，上海方面紧急来电来函向黔江区委区政府通报，要求速派人前去协助处理。区委立马召开会议研究，决定由玉琼率队立即赶赴上海。

动身出发前，我与玉琼进行了一次交流。对她来说，到外地独立处理这类事情还是头一回，我有些不放心。她却很坦然，说目前现场的具体情况到底怎样，谁都不清楚，先不必想那么多，反正一条，就是按照区委区政府交代的原则，既要维护民工的合法权益，又不能让他们丢了饭碗，民工的饭碗必保。若达不到这个目的，我这趟就等于白跑了。至于怎么达到目的，关键是做好民工的工作，他们必须配合。她显得信心十足。

我说民工不配合怎么办？她认为这不可能，除非他们不再要这个饭碗。她说："对方想复工，民工想保饭碗，这中间就有结合点，就大有文章可做，去了再看，反正车到山前必有路。"她表示若有什么情况拿不定主意，她会随时打电话请示领导，但不到万不得已不会请示。她说领导不在现场，不了解具体情况，你请示他，他也为难，越请示越被动，反倒拴了自己的手脚，拖了时间。一般情况下，不如自己想办法，将事情处理好，就达到了目的。她还对我说，你不也曾“将在外君命有所不受”吗？我这是去解决具体问题，问题解决了，任务就完成了，有什么不放心呢？

见她很从容，心中已有数，处理此事的原则、关键都已想到，我不再为此担心。

第二天，玉琼带领劳动、公安等相关部门负责人及时赶赴上海，不到一周，便圆满完成任务。回后，她才将经过详细告诉我。

他们一行抵达后，马不停蹄，多方了解情况，然后由她直接出面做双方工作。她带人先到当地港务部门，表达地方政府的诚意，并向他们致谢，赞扬对方为黔江解决大量就业岗位，用实际行动支持民族地区扶贫攻坚做出了贡献。然后，又向对方详细介绍了黔江的民风民俗，并表态，她这次来一定能做好民工工作，尽快实现复工。

她的真诚，争取了工作的主动，使对方一下消除疑虑。与此同时，她还建议，应通过这次对问题的处理，建立一个诚信合作机制，从根本上杜绝以后再发生类似事件，让双方都放心。对方见她说话干脆利落，谈意见务实得体，对解决问题也充满信心，便当即采纳建议，很快达成共识。紧接着，她又走访民工，先做好重点人物工作，然后召开民工大会，引导大家积极配合，确保问题的圆满解决。

由于她设身处地为民工着想，善用农民熟悉的语言交流，采用底层能接受的方式做工作，很快赢得民工的信赖。这期间，果如她所说，她没有专门电话请示在家领导，现场遇到的所有问题都自己做主解决。

她动身返回前，特地到南京路给我买了一件深色呢子大衣，说这是她完成此行任务的纪念品，也是对我这几天自己照顾自己的慰问品。之后，她还深有感触地与我交流，说通过这次出来，觉得做事光凭热情不够，还得扩充知识长些见识提升自己，不然就会落伍。我当然赞同。不久获悉，北京大学政府管理学院来渝举办两年制公共管理研究生课程进修班，经请示组织同意，我们夫妻双双报名就读，再次成为同班同学。

之后不到一年，即 2003 年春节前的一天，时任区委书记受市委组织部委托，约我谈话并正式告知，市里决定调我到重庆市市政委任副主任。

这之前，我们夫妇并无调离意向。

还在半年前，我就获悉自己将调到市里的消息，当时就有些吃惊，也有些纠结。玉琼本是县城长大，已在这里生活多年，目前工作得心应手，事业也处于发展的上升期。我对自己的工作则早已轻车熟路，自我感觉不错，无任何诉求，也从未思动，为什么马上调离呢？

纠结归纠结，既然组织已议定，且未按照常规征求我的意见，说明组织自有全局考虑的深意。既此，我觉得没有必要再多说什么，按照我的行事原则，一切顺其自然。

书记找我谈话时，我明确表态服从组织安排，并向他表示，我离开前，对春节期间黔江城区的社会治安、安全生产不会放松，一定站好最后一班岗，请他放心。

2 月 14 日这天，我乘车去市委组织部报到。由于不知道组织部的办公地点，到了主城，司机一边驾驶一边打听，不得不在城区四处瞎撞。报到后，我回黔江待了一周。2 月 21 日，区政府秘书长一行由黔江驱车送我到主城，临时入住市政委附近的华渝宾馆，第二天我便正式到单位上班。

与我同时调到市政委的还有北部新区的管委会主任，由他接任市市政委主任职务，原市政委主任则调到市发展改革委任主任。

新任市政委主任比我长几岁。我到组织部报到那天，与他初次见面认识。当他得知我曾任黔江行署副专员后，略感吃惊，并戏称我直接管理过五个县，虽规模不大，却早已履行过类似副市长的职能职责。

原市政委主任曾率队到黔江检查指导工作，我作为当时的地区分管领导，负责全程陪同。我这次调到市政委，正遇他调离。在市政府召开的欢迎欢送会上，他发言时热泪盈眶，甚是激动，场面感人。会议结束后，他主动与我进行了交谈。他说，虽然市政委副主任与副专员同级，但工作起来却是两个截然不同的概念。地方领导谋划全局，驾驭整体，有很多工作抓手；而一个部门的副职多是被动地抓一些具体事，若遇扯皮拉筋，费了神还不一定能抓到位。末了，他提醒我，对此要有充分的思想准备。

没几天，组织上安排我到市委党校参加两个月的培训学习。学习结束后，委里便明确工作分工，由我分管全市市容环卫、市政监察执法及政策法规等工作，并兼任市环卫集团董事长。那段时间，我忙于到主城各区调研，查看了一些简陋的垃圾场、垃圾中转站、公厕和背街小巷，也接触了不少基层环卫工作人员。

几个月后，我适应了主城的生活环境和工作节奏。渐渐地，我找到一些感觉：无论当正职还是当副职，工作在条条还是在块块，只要脚踏实地，用心用脑，到处都有施展抱负的战场，到处都有工作的着力点。若要想做出成效，关键在于是否敢于担当，是否真正在履职尽责。我暗下决心，命运将我定位于此，哪怕是管垃圾、管粪便、管厕所、管大街小巷扫地抹屋，我也要管出点名堂来。

六、晴天霹雳

2002年，玉琼参加了在北京人民大会堂召开的中国工会第十四次全国代表大会，再次当选为全总执委。那时她也是重庆市总工会常委、重庆市政协委员。我调到市上后，她每次到重庆开会或出差办事，我们都会兴奋地交流摆谈，相互鼓励慰藉。

她见我的精神状态比她想象的要好很多，心里由衷释怀。她对我说，你先克服一下目前生活上的不便，学会照顾好自己，安心工作，不要挂念家里，也不用担心两边的老人。她还说，目前一下调市里不太现实，即便以照顾夫妻分居为由，她也有些于心不安。她觉得，刚当选全总执委，应该先干两年，过两年再到主城团聚，她心里更踏实些。

然而谁也没有料到，谁也不愿相信，就在我调市政委一年零半个月的日子里，晴天霹雳突然袭来。2004年3月5日下午，玉琼和区总工会另一副主席赴渝出差，途经涪陵区境内白涛地界时，不幸遭遇车祸，同事当场殉职，玉琼则头部遭受重创，陷入深度昏迷。路人发现后，当即电告涪陵区医院，由黔江过往重庆的车辆紧急送达医院抢救。

当天下午，我正在市政委里参加办公会议事，突然接到玉琼一位担任区政协副主席的好友打来的电话，叫我赶快出发到涪陵医院。那时儿子正在重庆家中复习功课准备考研。闻讯后，他外套还未来得及穿上，便随我驱车赶赴涪陵。

到医院后，我们与众多关切的人们一起，焦急万分地守护在手术室外面，等待着医生的抢救，指望能出现奇迹。此时，我心乱如麻，头脑震胀，不住地捶胸顿足，在走道里来回走动，整颗心已紧得快要蹦出。

当夜零点时刻，终因抢救无效，玉琼心脏停止跳动。

举行葬礼期间，四川省政协副主席、原黔江首任地委书记及其夫人敬献了花圈，酉阳县委书记率县总工会负责人也及时赶到，黔江区四大班子在家领导成员均参加了追悼大会。远在北京参加全国人代会的地区以及相关市级部门的领导与我通了电话，表示了极大的关切，市政委在家领导、市总工会、主城部分区市政局及渝东南五区县总工会都来人来电探望问候或参加葬礼。

追悼会上，区人大常委会副主任兼区总工会主席致悼词；玉琼的生前好友、众姐妹以及一起工作过的单位同事悉数到场致哀或参加后来的立碑仪式。

玉琼的去世，让我濒临崩溃，一下陷入人生低谷。我和儿子不得不承受这突然降临的巨大打击和悲痛，不得不整合破碎的心灵，面对残酷的人生挑战……

3 月 18 日，我怀着沉痛的心情，给玉琼远在北京学习的生前好友、时任黔江区委副书记、区人大常委会主任小川同志写了一封信，向她倾诉了我对玉琼的哀思和无尽的怀念。小川阅后，将这封信投寄《黔江日报》发表。现将此信附录于后，以示缅怀。

小川：

你好！我怀着沉痛的心情，提笔给你写这封极不寻常的信。玉琼离去时，你远在京城学习。她多么想你能和她最后告别，你没能来，她体谅你的难处。区里在家的领导来了，她的其他朋友来了，众多姐妹们来了，她欣慰地去了。

她是到市里汇报工作的途中不幸遇难的。

噩耗传来，牵动了上上下下，在全区更是引起了强烈反响。人们含着热泪，呼唤她的名字，谁都不愿意接受这一沉重的现实。葬礼上，男儿们忍不住落泪，女人们抽泣不止。大家排着队，依次向她鞠躬寄托哀思。众多的基层百姓，从几十里以外，赶到她工作过的地点凭吊，久久不愿离去。连日来，人们情不自禁地缅怀她的为人，传诵着她许多为大家熟知却又鲜为人知的事迹。

她生前曾是中华全国总工会执委，也是市总工会常委、市政协委员。她参加工作三十多年来，经历了好几个单位，都有口皆碑。她的人品和她卓有成效的工作，得到了组织特别是基层百姓的认可，受到上下左右的交口称誉。

她一生从不压抑自己，面对各种淡漠群众疾苦，践踏社会公德的行径，总是挺身而出，仗义执言。她常说：权力、金钱均为身外之物，人为一口气，树为一张皮；人若丧失人格，缺乏正气，等于空活百岁。也许人们对她感触最深的，莫过于她的人品、她的人格和她善待他人、乐善好施的为人。

她是一个十分敬业的人。

她深入城区背街小巷，直接了解困难户的生活状况，并要求干部职工下去调查摸底时，千万要仔细，不要漏落一户。她亲自发动和扶持下岗职工生产自救，共渡难关。当她目睹城区数十户居民久居窝棚的境遇后，忍不住大声疾呼，积极向有关方面反映，促成这一片区人居环境的全面改造。她多方奔走，筹措资金，扶持联系正阳镇几个村组修建了 6 公里的村道路。

下乡途中，她半路拦车，找有关领导“磨嘴皮”，帮助一些贫困村落实了沼气池建设指标。她关心支持农村教育，给乡村学校送去了办学经费及计算机、桌凳、文化用品。一边远村小学生放学回家被山水冲走，她闻讯后当即捐款相帮，并四处打电话联系，促使有关方面妥善处理。同时她还以政协委员的名义建议，呼吁以后边远村小建设规划须从实际出发，以方便学生上学。

她以旷达的人生态度，身体力行，激励和影响着周围的人们热爱生活，提高生活质量。她邀约部分职工，率先在大众广场跳起了土家摆手舞，还利用在市上开会的机会，抽时间到市级机关教舞，被人们称为“摆手舞之星”。她积极鼓动修复完善西山梯坎路，率先发起每天的登山活动，且逢人便宣传登山的好处，带动一大批人坚持锻炼。她精心组织每一次“五一”活动，办好每一次会务，力求尽善尽美，让大家满意。

谁有难事，她总是热情相帮。她常常主动登门拜望对生活失意的姐妹，与她们促膝谈心，帮助消除烦闷。对求告上门的弱势群体，她不厌其烦地为他们查政策，向有关方面反映实情，让他们满意而归。当一些困难户无钱供子女上大学找上门来时，她千方百计用好政策，给予妥善处理。单位职工家里的大小困难，她都一一过问，并放在心上，想办法找机会解决。而对布置的工作，她却一丝不苟，严格要求。

单位的职工既敬重她，又爱戴她，几天不见，一个个都想念她！无论在工作之余，还是在工作中，她都能给许多人以慰藉，给大家带来温暖。由于她经常不断地讲话，常弄得口干舌燥，嗓音嘶哑。遇难前几天，她曾对我说，等这段时间忙过了就专门去治一下，但终究没顾得过来。她有时也觉得累，心里烦，一旦工作落实，事情办好，她又很快活，笑得很灿烂。

她眷恋亲情，充满爱心。每次出差在外，她总忘不了要给两边的老人购置衣物及所需物品。老人生了病，总是她里外张罗，生怕有什么闪失。她从不乱花一分钱，而对他人，无论是亲戚还是朋友，她却慷慨大方，细致周到。

她对儿子佳佳更是倍加疼爱，将他小时的许多照片整理成册，还完好保存了他念小学时的每一篇作文，并打印成书，以激励孩子健康成长。当儿子有所进步，她又不失对他作进一步的严格要求。

我调到市里工作后，我们每天晚上都要通电话。一遇气候变化，她总是叮嘱有加，生怕我疏忽冷暖。平时，她还带一些本地土鸡、土鸡蛋、绿豆粉、野生猕猴桃给我，说这些东西在主城不易买到。平时，家里最重的活、最难的事，都是她独自承担。有时我空了争着要干，她说我笨手笨脚，呆头呆脑做不到位。每当此时，我热在心中，明白她的一片柔情！

她本来工作繁忙，又承担了全部家务，却没有放弃新的追求。两年前，她刚做手术还没有痊愈，便报名参加了北大研究生课程班学习，以顽强的毅力，学完了10门课程，通过了闭卷考试大关，高兴地拿到结业证书。

作为一个人，她保持了独立的人格，昭示了高贵的人格魅力；作为一个女人，她付出了全部的爱，也获得了真正的爱；作为一个国家公务人员，她真正践行了为政宗旨，达到了她事业上的极致。

在给她送葬的路上，人们都说她活得很精彩，活得有质量，活得有价值，虽死犹生！

玉琼已离我们而去，我和儿子不得不面对这一残酷的现实。我们只能面对这一现实，我们要像玉琼生前那样，作为一个人，一辈子不要辜负自己，不要压抑自己，不要放弃自己的追求，愉快生活，健康存在，把握好安身立命之本。

小川，玉琼是你最好的朋友，也是你最亲近的姐妹。她的离去，无疑让你万分悲痛。九泉之下，她应该深深地感觉到了。生前，她常约你和我们一起登西山，打乒乓球，逛河堤。摆谈中，她好像对黔江的事什么都关注。她不时向你反映基层工作的难处，底层百姓的疾苦，这自然引起你的共鸣，你也常被她的心系黔江之情所感染。当然，你们谈得更多的是人生、是家庭和孩子，也谈你们女人的事，谈一切喜欢和不喜欢的事。谈到兴致处，她总是笑声朗朗；每当此时，她脸上的那对酒窝，更显得格外甜美。

她本来可以随我调动及时来市里工作。由于当时她正逢当选全总执委，加之她母亲和我的母亲均年事已高，很多事都是她在提头张罗，她不想在此时就立即调来，说过两年再调也不迟。她还打趣地说，暂不调来，也可让我练一练小脑，锻炼一下独立生活的能力，退休后不至于太呆笨。我也曾认真地对她说，退休后由我来承担全部的家务，也让她享享我的福，安心地去跳摆手舞。万没想到，这句诺言已永远不可能实现了……

正像著名诗人徐志摩遇难在空中，伴随他的是浩浩蓝天，层层白云，充满诗情画意；人民音乐家聂耳遇难于大海，伴随他的是朵朵浪花，象征着悲壮的旋律；我的爱妻遇难在行进的路途中，伴随她的，则是浸透生命气息的黄土和凝重的磐石。这正印合了她心系百姓，一身正气和坚忍不拔的刚毅性格。她去得壮烈，死得其所！

写到这里，泪水已模糊了我的眼睛，此刻已是凌晨3点，也许你也还未入眠。我感到，生命中的她虽已离我们而去，生活中的她却远没有离去，而精神的她，将永远与我们同在！可以断定，在玉琼离去的时光里，她所有的亲人、朋友和同事，都会深切地怀念她，缅怀她。我想，她的在天之灵将因此得到最好的告慰！

谨颂

春祺！

荣平

3 月 18 日凌晨 3 点

七、走出低谷

回到重庆家中，再也不见她的身影，再也听不到她的话语；又好像到处都是她的身影，到处都有她的话语。客厅墙上的壁钟，也不知什么时候坠落在地，这又勾起我的回忆。壁钟是儿子参加清华大学学生节活动的获奖品，由她亲自挂在墙上。

她曾边挂边对我说，平时看见它，也是对儿子的一种念想。如今人走钟落，她已离去，却给我和儿子留下痛苦的念想。望着空荡荡的房屋，我胸口隐隐作痛，无尽的惆怅，又涌上心头。

心中积郁，工作又忙，总感到身心疲惫。儿子到北京打拼，平时少有在家。我白天忙于工作，下班回家后，全身疲软，不想再动弹。有时一头倒向沙发，不知不觉便睡着。醒来简单弄点吃的，洗脸洗脚后，又靠在床上，将床头的“书屋”一本本翻阅，难以入眠。睡着后，却老是做梦，常常半夜惊醒，再也睡不着。

她遇难前一个月的一个深夜，我独自在重庆的家中入眠后，猛地一阵巨响将我震醒，我急忙开灯，发现卫生间的浴棚爆炸，玻璃碎片散落一地。我赶紧起身收拾。第二天上午，我在电话里告诉了她。她听后大吃一惊，忙问伤着哪里没有；见我平安无事，才放下心来。

几天后，她由黔江来渝开会。

会议期间，她抽空联系了浴室销售方。散会那天下午，商家来人重新安装。安装完毕，她对我说："洗澡没有问题了。你打扫一下，平时注意照顾好自己，我出发先走了。"

"何必这么匆匆忙忙，明天再动身不行吗？"我问。

"不行，上面要求及时传达会议。"她回答。

"再急也不用急这一天，明天再动身也不晚呀！"我说。

"若是平时，我也不会这么急，但会上已约好，几天后我还要上来衔接事情，办完后还可待上一两天！快去也好快回。"她回答我。

我说："那好吧，现在走时间有点晚了，路上一定注意安全！"

"知道。我还要赶时间，你就不用送我了。"她应了我一句，便下楼。儿子佳佳那几天正在家，见母亲马上又要动身出发，赶紧跟下楼送她。我则留下收拾房间。

她这一走，万万没想到，竟是与我们父子的最后一别，成了阴阳的天地相隔！

她走了，她真正地走了，她再也回不来了！

从未有过的懊悔、内疚，以及无尽的思念……

如果当时我执意不调市里，如果我坚持她早点调入主城，如果她听劝下决心报废那台早就该报废的桑塔纳车，如果她传达会议后不急于赶上来办事，如果……这所有的如果，如果落实了一个，或许就能避免后来发生的不幸。我越想心里越难受，却又无法不去想……

我独自在家，有时不得不去农贸市场买菜。由于老是无精打采，心不在焉，转了一圈，也不知该买些什么。有时索性就买几只苦瓜，提着走在回家的路上，常遇一些怪异的目光向我投来。

令人沮丧的是，这期间还发生过一次小偷入室行窃。

一天晚上，夜深人静，我已入睡；儿子正关着书房上网，里面听不见外面的声响。第二天早上起床，我脱放在床头柜上的衣物不知去向。问儿子，他说昨晚什么都没听见，什么都不清楚。或许小偷入室后从书房门缝瞧见光亮，未敢久留，便匆匆卷走衣物，逃之夭夭。

向小区物管人员报告后，却不了了之。我只有亡羊补牢，请人将窗户安上防盗护栏。此事却让我有些后怕，若当时小偷进屋时我突然惊醒，势必双方搏斗，在我头脑恍惚的情形下，后果不堪设想！

毫无规律的生活，疲惫不堪的身心，使我的抵抗力严重下降，早年的支气管哮喘病也开始复发。每次发病，我依然不能平睡，只能坐靠床背，实在不支时，便入院输液治疗。儿子外出不在家，多由随行司机和身边的好友照料。这难免不惊动单位，领导和同事们都很关注，商议如何照料我的生活。这让我感动，却又让我心里不是滋味，似乎放大了我的苦楚。我所住小区有一对年轻夫妇，是我原单位的职工，他们平时对我也多有照顾，常请我到他们家里用餐，陪我去附近郊游、看外地来渝的演唱会、打乒乓球……弟弟每次出差来渝，也尽量抽出时间，陪我一起散步、聊天，助我排解愁烦。甚至远在区县的一些下属，借出差之便，也来家中看望，有的还为我煮饭、洗衣、拆换被条。所有这些，让我感到温暖，但心中的惆怅，仍难以平复。

《黔江日报》《现代工人报》《工人日报》重庆市委《新重庆》杂志先后报道玉琼的事迹后，一些曾与玉琼熟识、有过工作交往的人纷纷打来电话，寄来信函，以示缅怀。其中一位同事寄来七律一首《悼何姐》：“噩梦惊魂斯人去，泪满衣襟抚追忆；音容历历笑声朗，精神永存动天地”。原黔江军分区司令员、时任重庆警备区后勤部部长也来到我办公室看望，并于清明驱车前往黔江，到玉琼墓前凭吊、敬献鲜花……

而这段时间，我的工作却异常繁忙。

按市政府要求，由市政委牵头，负责推进“主城区易撒漏物质实行密闭运输”工作。我作为市政委分管领导，职责所在，不得不全身心投入。密闭运输需改装车辆，将投入另外的成本，涉及一大批运输业主的切身利益。

那段时间，每天上午下午，上访者不断。他们打着横幅标语，喊着各种口号，轮流到市政府门前和市政委机关聚集，反映其诉求。严重时，机关大门被围，职工进出受阻，房前院坝、楼层走道，到处涌满人群，整日哄闹不停。

面对这种场面，部门上下焦急，却又一筹莫展。主要领导急召我商量对策，提出拟请公安出面干预，不然办公秩序不保。我却以为，这样固然能恢复机关正常秩序，但不解决根本问题，上访也不会因此停止。当务之急，应不回避他们的诉求，着力研究怎么解决，这才是关键。

我向领导汇报了我的想法，并提出此事由我一人出面处理，通过我直接与上访者对话，先摸清情况，稳定情绪，再探寻解决办法；若不奏效，再报请政府协调。并建议此时不要急于找政府，先由我们自己处理。领导采纳了我的意见。

通过对话，得知上访者的诉求既有非分之想，也有合理因素，需要具体把握。但他们提出，若不解决，决不罢休，扬言将天天与我们一起“上班下班”。

事已至此，我顾不了许多，也并不在乎这“下马威”，单就围绕他们的诉求说事。我既站在政府的角度，也设身处地站在上访者的角度，与他们一起讨论。他们见我确有诚意，且并不理会他们施加的压力，态度有所缓和，情绪也不再那么激烈。

其间，他们听说我刚遭遇家庭不幸，见我处理此事仍如此费心，也不好意思再继续闹下去。于是，他们除留下代表与我交涉外，其余人员陆续撤离。见他们有所松动，我也拿出姿态，当即向他们告知我的手机号码，并承诺无论上班下班，他们随时可与我联系。我还一再表示，此事只找我一人，我一定会负责到底。

接下来，我按照相关政策法规，抓紧组织研究，形成的意见报经市政府同意后，问题终于解决，密闭运输工作得以正常推进。

不久，因涉及一项垃圾分类处理技术的探索推广，单位安排我带队到江苏、日本考察，这也是组织对我的关心。他们希望我早日走出阴影，利用考察之际，调整一下心情。

原计划结束江苏之行后去日本，由于当时种种原因，赴日本暂缓，行程改为经香港去南非。到了南非，除业务考察外，我们还参观了当地的采矿设施、冶炼技术工艺及矿井。由进口入井底，手扶吊车，缓缓而下。到了井底，顿感阴森气凝，特别压抑。猛一想到，我们身处异国地域，突然不见天日，一时心悬后悔。

返回地面后，当地人又带我们去了一处野生动物园。这一去，更让人胆战心惊。陪同我们的是一位年纪偏大、来自台湾地区的女导游，司机是一位六十开外、满脸胡须的葡萄牙老人，他开的是一辆敞篷汽车。这位司机不会汉语，看上去面慈和善，驾驶技术熟练。

到达目的地后，只见四周都是大片的森林、草地，一些叫不出名字的动物或在草地上觅食，或悠然自得行走。当我们的座车穿越一条林中公路时，突然发现，前方不远处的路旁，竟半蹲着数只狮子，这群狮子正虎视眈眈地望着我们！突然出现的这一幕，让大家不寒而栗！一直谈笑风生的台湾地区女导游，脸上即露恐惧的神色；那位葡萄牙司机也显得惊慌失措，所驾座车进退不是。我们拥立在敞篷车厢前，更是心惊肉跳慌了神。

在这极度恐惧的一瞬间，我最先想到的是家中的儿子，是妻子的在天之灵；我的大脑已进入极度活跃的状态。绝望中，我居然本能地提醒大家立即关上手机，不要说话，不许吱声；我担心发出的声响会惊动近在咫尺的狮群！

就在这千钧一发之际，只见我们后面又驶来一辆货车，车上装满已宰杀的牛羊胴体，一种奇特的声响也从车中传出。此时，我们的座车急驶而过，路边狮群的眼光便一下转向货车。后来听人说，货车是平时喂养狮子的送餐车；车上发出的声响，或许是驯兽用餐的“接头信号”？不管怎样，万幸的是我们已远离险境。

由南非回到家中，我将遇险经过向儿子讲述后，他十分惊诧，同时又为我们感到庆幸。这次历险，让我联想到玉琼遇难，联想到刚刚发生的印尼巴厘岛海啸。

生命竟是如此脆弱，生死就在一瞬间！人活得怎样，活着到底为了什么，到底应在乎什么，我想了很多。那段时间，我的整个心灵就像重新洗了一次牌，有一种“凤凰涅槃，浴火重生”的感觉。夜深人静时，我常常夜不能寐，自问自答。我记不起谁说过这样一句话：每一个人来到这个世上，都带着自己的一份使命；人的辞世，意味着使命的完成。人所经历的一切磨难、大悲大苦和种种生命险情，莫不都与其使命相关？

儿子曾在他母亲的葬礼上，向一些前来悼念的叔叔阿姨们说，人生就好比一部电视剧，母亲和我们一起完成了上半部，我们要继续完成下半部，以不辜负母亲，也不辜负我们还活着的生命。是的，我和儿子都会重新振作起来，走出人生低谷，珍惜生命，忠于使命，让玉琼宽慰，让所有关心关爱我们的人宽慰！

八、承担

刚调到市里那段时间，黔江的一些朋友、熟人都关注我现在到底在干啥，管了哪些事，有些什么权。每每碰上这类询问，我便直截了当地回答：我分管全市的厕所、陆上水上的垃圾和大街小巷扫地抹屋。他们听后都瞪大眼睛望着我，说怎么会这样呢？我说，我在黔江还不就是管这些？这些事，哪里都得有人管，不然，一座城市就不像城市了。他们仍然半信半疑。直到后来在电视上看见我率队检查公厕卫生、化粪池安全和背街小巷有无暴露垃圾，目睹我接受现场采访后，他们才相信。

我上班后，最先接触的工作就是清除长江三峡重庆库区的漂浮物垃圾。我后来曾到三峡大坝前实地考察，得知江中漂浮物最多的时候，上面可以承载汽车！

这项工作原来由市环保局负责。我调来不久，参加了市政府召开的一次会议。会上，市环保局局长正式向市政府提出将他们负责的清漂任务移交市政委的请求，并说这更有利于水域、陆上环境卫生统一管理。会议同意移交，我自然服从。

回单位后，我在办公会上汇报了此事，班子里一些成员对此感到不解。他们说，这件事国家及湖北省都是由环保部门负责，这一下怎么又移交给市政委了呢？那时我刚来单位不久，对委里的运行情况不甚熟悉，有点云里雾里。但政府已定，我也没去过多考虑，心想先承担下来再说。

2003年6月，三峡工程二期蓄水期间，市政府办公厅发了通知，要求市政委加强库区水域环境行政管理。当月，市长又签发了一个规定，再次明确市政委及所属环卫局的管理职责。7月6日，国务院主要领导也在一个批示中专门强调，必须下决心治理长江三峡库区漂浮物，明确由国家环保总局牵头，要求各地区、各单位各负其责，限期解决。9月15日，市政府办公厅印发的通知中，正式明确市政委为三峡重庆库区水域环境卫生行政主管部门。

所有这些，都让我感到，中央和市里态度鲜明，要求也很严厉，此项工作事关重大，其牵动影响面显而易见。既然如此，为什么一些人、一些单位不愿承担呢？我有些不可思议。后来又参加了一些会议，了解到一些情况，我才如梦方醒。原来，谁都不愿接招的原因就两条，一是无钱，二是责任重大，特别是第二条。

办事无钱，谁都有理由不接这个招。

直辖后前几年，要干的事很多，而这项工作不可能马上吹糠见米，政府难以拨出专项资金。在工作移交会上，市财政局一位握有实权的主办人员，当着市政府领导的面，傲慢十足地发言说道："莫说财政拿不出钱来，即便拿得出，也不可能甩到河里去'打水漂'呀，市上这么多事要干，哪顾得了这一头？反正我不同意安排资金。"市政府领导还未发话，这伙计便先封了口，而且出言不逊。我心里一下窝火，便毫不客气地当场回应了他。

我说："财政就是政府的出纳，政府叫拨钱，你就得拨。库区清漂事关重大，拨不拨政府说了算。请先莫把话说死，也不要误导上级，到时政府定了，该拨的钱你不拨还不行。”我话一出口，竟引得在场人员交头接耳。因我是第一次参加市政府的会议，不认识谁，谁也不认识我。见我如此直截了当与财政局的人对决，他们都很吃惊。

他们或许压根都没想到，一个条条部门的一般副职，竟敢公开挑战“财神”，这不是吃错药了吗？在他们心目中，一是官大一级（管得了自己的）压死人，二是管钱的“财神”卡死人。对这两种人，平时他们既是气又是怕，受憋穿小鞋是常事，为了部门和个人利益，自然都不敢得罪。

财政局那位主办听我如此回应，自然出乎预料。马上掏出一支香烟，点上后不住地猛吸，对我怒目相视，却再也没有吭声。见他那副神态，我不觉有些好笑。

市财政如此，三峡总公司也认为，清漂的资金理应由地方出。他们反复强调，虽然地方只负责次级河流不负责干流，但干流的漂浮物多由次级河流漂移过来，次级河流属地方管辖，清漂的资金就应当由地方安排。

而库区各级政府虽有积极性，却苦于“巧妇难为无米之炊”，工作无从着手。

这项工作责任重大，是谁都不愿承担的根本原因。

对于部门，通常是，职能职责明晰具体，权力相应单一有限，若要他们牵头干一件综合性的事情，大都不愿意接受。所谓牵头，就是承担责任，而承担了责任却指挥不动其他部门。一旦任务完不成，上面追起责来，总是牵头部门承担，弄不好当头的还有丢乌纱帽的风险。

实际上，资金缺乏，只是一个托词，责任重大，才是实质。所以，遇到这类事，作为部门，则是能推则推，能卸则卸。我对一些部门不愿承担此事的做法，终于有所领悟。

此时我意识到，这项工作由市政委负责，意味着将会遇到许多矛盾，承担重大责任，显然，责任随之就落在了我的头上。难怪一些同僚说，环保局算是看准了时机，选准了对象，我居然二话没说，就爽快地接受他们的“谦让”。还说，若当时我据理力争，完全有理由不接受移交。拿他们的话说，不接受就没有压力，就不会有现在的窘迫尴尬，一旦接受，就不只是简单接受一项工作，而是接受一份责任，一份本不该由自己承担的责任。

接下来，我便召集所分管的市容处、环卫局仔细研究，以求找到工作的突破口。让我欣慰的是，下属们并不悲观。我感觉这些干具体事的科处级干部，更有责任感和担当。他们认为，这件事是国家战略的组成部分，保护好母亲河，保持江清岸洁，是功在当代，利在千秋的大好事，值得全身心投入。既然上至总理、下到各级政府如此重视，相信资金总是会有的。

我也反复在想，围绕三峡工程竣工，涉及防洪、发电、航运、旅游等，整个库区将是国家生态环境保护的重中之重，库区清漂是其中一项常年性的永续工作，工作目标看得见、摸得着。也就是说，只要我们先期做好开创，为后来者打下基础，无论对事业的发展和体现人生的价值都具有特殊意义。再说，人生一辈子若真想干点事，这正是一个千载难逢的机遇，若抓不住，将终身后悔！此时的我，对当初接受这项工作的移交不但不后悔，反而感到庆幸，一种使命感已在心中涌动！

9 月底，由市政委主要领导主持，委里在涪陵召开了第一次清漂工作会议，我在会上讲了具体意见，要求各区县不等不靠，先通过租用渔船，从原始打捞开始，用行动争取主动，市政委、环卫局也通过自己的作为去影响、感动上级领导。

这年12月，国务院发出通知，正式明确三峡坝前和干流漂浮物清理均由三峡总公司负责，并明确由该公司委托相关单位实施。湖北省、重庆市则负责行政区域内支流漂浮物的清理。

2004年6月，市政府召集相关部门开会，明确由财政局牵头负责，对三峡发电返税数额进行认真测算，并就清漂工作的设施设备、运行经费的分配方案和资金使用提出意见，决定由市财政先行拨付相应启动资金。

同月，市委主要领导在一个批示中指出：库区清漂问题一直没有得到很好解决，今后汛期年年会出现这样的问题，请分管副市长牵头，向国务院三峡办反映，希望建立制度和机制，确保费用来源。这之后，市财政首次从三峡发电返税中安排部分资金用于清漂作业。

通过仔细琢磨中央、市委领导批示和国家相关部委一系列文件精神，我感到这项工作越来越被国家及地方领导重视，这本身就是推进工作的保障。凭自己的工作经历及平时观察，我还体察到，在我们国家办事，并不只是有钱了才办事，往往是定了事再筹钱。从中央的大项目到地方的小项目，都莫不如此。有很多事，需要逼着干、推着走。特别是对事关全局、事关民生、影响重大而必须干的事，还得千方百计、集中力量干，干则干成。这或许是现行体制的一种优势。这种优势发挥好了，就不愁事情办不成，甚至能办成想象不到的大事。若非要等到所有条件都具备了才办事，恐怕就办不成什么事，更办不成什么大事了。

想清想透后，我心里反倒踏实起来。中央、国家环保总局都将库区清漂视为重大事项，他们比地方更着急、更重视。他们在不断地批示、开会、发文。作为地方，我们只要积极作为，就能争取到工作的主动权。

这期间，也就是2004年7月24日，我随市政府分管市长到国务院参加过一次会议。当时国务院办公厅通知说，国务院领导委托一位副秘书长就如何解决库区干流清漂工作经费问题召开专题会议议定，通知湖北、重庆分管领导一并参加。

我们连日赶赴北京，第二天上午进中南海，来到国务院办公厅一间会议室。会议室桌上摆放了座牌，我们坐在赵副市长身后。国家相关部门和单位的领导也悉数到会。

第一次参加中南海的会议，我感到特别新鲜，对会议本身的情形也颇感兴趣。我除了在一旁参会听会外，趁此机会，对主持者如何主持会议，与会者如何发言，甚至包括中途离开会场接电话、上卫生间以及服务人员如何倒开水等细节，我都尽收眼底，有点陈焕生进城、刘姥姥初进大观园的感觉。感受一阵后，觉得整个会议的情形与地方没有什么明显不同，更没有想象中的神秘色彩。

会议室布置朴素大方，一般的木桌木椅，一般的茶水，一般的座牌；服务人员的面孔也没有什么特别的表情，她们说话轻声细语，面带微笑，冲茶掺水细致小心。会议开始，主持者扼要讲明会议主题后，主要是听取大家发言。讨论发言时，有激烈争论的时候，也有议而难决的时候。总之，会议情形与地方别无二致。

整个会议开了将近两小时，最后形成抓紧干流清漂的四条意见，资金安排方案则未能在会上议定。对此，这位国务院副秘书长表示了遗憾。他说，看来资金问题还得进一步仔细研究，届时请国务院领导亲自听取一次汇报后再定。还说湖北、重庆两地的负责同志远道而来太辛苦，原以为会后有一个满意的结果带回，但未能如愿，特向地方的同志表示歉意。赵副市长听后连忙说，哪里哪里，虽然资金暂未落实，但我们一定抓好自己的工作，尽最大努力确保重庆库区江清岸洁，请国务院放心。

年底，国家环保总局、国务院三峡办联合发出通知，要求三峡总公司抓紧签订清漂工作委托协议，湖北省、重庆市政府认真组织实施，所需经费在三峡发电返税中安排。随即，市财政又追加了部分资金到库区区县，要求单独核算，专款专用。

不久，国务院三峡办出面在京召开协调会，决定由三峡总公司每年固定拨出资金，委托重庆市组织实施长江干流重庆段清漂。之后，随着市级财政的好转，全市清漂工作资金开始逐年增加，机械化清漂保洁设施建设陆续启动，包括各区县清漂码头建设，陆上保洁、消落带垃圾管理等，都纳入系统考虑范围。市政府也正式印发了市政委清漂保洁长效机制工作方案，使这项工作全面走上正轨并得以持续发展。

回想起来，这项工作落在我头上，也是一个偶然。若我未调到市里，别人也会承担，无论是谁，不管他愿意不愿意，乐意不乐意，都得接受。刚好我碰上了，既然碰上，就该由我担起这份责任，尽心尽力地干它一场。由此，也让我想到，无论做什么事，与什么人相处，自己首先要摆正位置，调整好心态，同时应有自己的坚持，不要让内心的波动和外界的影响干扰自己的正常思维。

九、环卫划转

“只有党的政策和策略全部走上正轨，中国革命才有胜利的可能。政策和策略是党的生命，各级领导同志务必充分注意，万万不可粗心大意。”这是毛泽东主席1948年3月20日为中共中央起草的通报中的一段话。这条熟悉的毛主席语录，自我青少年时期起，就一直熟记于心。几十年来，它伴随了我的整个辅政生涯。下面记叙的，是我调任重庆市市政委副主任后所发生的一件涉及环卫划转决策的事情。虽已过去十年时间，回想起来，这件事就像发生在昨天一样。

环卫集团将被划转！它将划转给所属本市钢铁集团一家组建不久的混合型经济的合资企业，这家企业的载体是一座竣工不久正在运行的生活垃圾焚烧发电厂。而环卫集团则是2002年底正式组建、根据重庆市人民政府批复行使政府环卫工作职能的国有中型企业。

2003年2月，我调任重庆市市政委副主任后不久，便兼任这个集团的董事长；一年后，按上面规定我不再兼职，由集团章总经理接任董事长职务，集团继续由我分管。

5年后，集团相继建成两座大型垃圾填埋场，组建了各区垃圾收运处理运输公司，完善了主城生活垃圾运输系统运作模式，改造和建设了一大批垃圾中转站和公厕，并承担濒临长江、嘉陵江主城范围的清漂保洁任务；同时开始启动餐厨垃圾、建筑垃圾的无害化、资源化、减量化处理，使主城垃圾收集、运输、处理一条龙大纵深发展战略得以实现。此时的环卫集团，已发展为全市唯一的环卫骨干龙头企业。

划转的消息传开，企业上下就像炸开了锅，集团班子心急如焚，职工普遍心神不安！这是发生在2008年的事。

我与环卫集团章董事长参加了市政府的会议。会议按照市里主要领导的意见，提出将环卫集团划转。我们感到惊诧，觉得这是一个不利于全局发展的决策。会上，我们直抒理由，建议暂缓决策，即便划转也应待论证成熟后再定。结果，我们的意见未被采纳，决策正式形成，并以会议纪要方式载明。

划转环卫集团的决策由头是：促进市内生活垃圾处理方式改填埋为焚烧，并通过环卫集团所属长生桥垃圾填埋场周边影响区近4000亩土地的储备开发，扶持当时亏损数额巨大、发展严重不景气的钢铁集团，以解企业危困。

我向市政委国主任汇报后，他也感到大惑不解：这么重要的事不先征求行业主管部门意见，也未组织论证，就这样决定了？然而，他作为市政委主要领导，也感到为难，便提出在委办公会上先传达，听听各位成员的意见后再说。

出于内心深处某种东西的驱使，我选择了竭力争取，即期望说服领导，促使上级重新决策。这当然是最理想的办法，但却是有着个人风险而又不得已而为之的办法。我心里很清楚，领导既然是领导，一般情况下，是很难轻易改变自己的主张和决策的。我决定先在委里寻求空间。

我在会上汇报了市政府会议的决策情况。大家都认为：若将环卫集团资产和人员肢解划入这家企业，将从根本上弱化主城环卫公用事业管理体系，造成行业管理混乱；用几亿元资金建设的长生桥垃圾填埋场，目前仅使用不到三分之一的库容，若马上封场停止使用，存在极大的政治风险和经济风险；依托长生桥垃圾填埋场开展的餐厨垃圾、建筑垃圾及沼气发电、土壤修复等一系列固体废弃物处理工作将无法继续开展；主城各区垃圾运输公司也将难以正常运转，一度出现的“垃圾围城”现象有可能再度发生；等等。

虽然罗列了上述问题，但谁都没说不执行，事实上也不可能拒不执行。大家说完，都将目光投向了国主任和我。

这确实是个两难问题。对我来说，执不执行都难办，我作为分管，是具体当事人，出现任何后果，我都得承担责任！国主任的眼光也投向了我。沉默了几秒钟，他最后确定按谁分管谁负责落实的规矩，由我具体处理好这件事。

但他没有像过去那样，凡政府定了的事，为确保政令畅通，总是要求相关班子成员抓紧办理。而这一次，却没有催我马上行动。他只是强调，这段时间一定要保证企业的稳定和安全，不能出事，更不能出大事。他心情有些沉闷，讲得比较原则，语调却显平和。对主任的话，我理解为是一个伏笔。客观上，他给我留了向上争取的时间和空间。我心里想，如何争取是我的事，只要他不反对，就是默认，就是对我的支持。但我不会事事汇报请示，一切由自己先担着，也不想为难连累他。

我回到办公室，急召来集团章董事长商量如何继续争取的办法。

章董事长那时不到 45 岁，中等身材，一副娃娃脸，说话语速较快，头脑反应也灵。他在部队曾是团职干部，后转业到主城北部新区规划局任职，颇有工作经验。调环卫集团后，不仅能吃苦耐劳，还保持着一股军人作风。他思维缜密，价值取向稳定，工作细致，心态也好，说话做事干净利落，从不拉拉杂杂拖泥带水。一起合作了几年，我们关系融洽，相互认同。平心而论，他是我环卫工作上能独当一面的得力助手。

就政府这次决策，在分析判断上，我们认识一致。对章董事长来说，他担心更多的是企业几百号职工的出路，同时也不想刚发展起来的企业在他手上陷落。他向我坚定果断地表态，说真要执行划转，若企业一大堆问题得不到妥善解决，职工没有妥善安置好之前，他哪里都不会去，和职工一起共渡难关，要我放心。我听他这样说，心里深有感触。其实这一刻，我已下定决心，尽最大努力争取到底，有点不到黄河心不甘的意味。

因为对我来说，既要优先考虑职工眼前的出路，更要考虑事业的长远发展。

我作为市政委的分管领导，身系全市环卫事业发展的具体责任，如果环卫集团一下不复存在，关系到整个行业发展的支撑，若不拼力一搏，后果不堪设想，而一旦后果出现，那就是失职失责。若此，既愧对市民百姓，也愧对组织、愧对这个行业，同时也愧对自己的内心。我意识到，这时候最需要的是拿出自己的担当，既要维护上级决策的原则，又要敢于坚持实事求是，更要善于争取上级的理解支持，同时还应有承担个人风险的思想准备。想透后，心里反倒平静下来。我将自己的想法与章董事长进行了交流，他说我能下这样的决心让他很感动，也受到鼓舞，但觉得这样太难为我。既然决心已下，我只有义无反顾了。

我心里清楚，划转条件本身不成熟，具体实施有一个过程，还有继续争取的时间和空间。同时我也考虑到，这件事不能硬抗硬顶，当务之急是先拿出姿态，对政府早有个交代。

于是，我赓即去了环卫集团，以市政委名义主持召开企业班子成员会，认真传达了市政府有关划转的精神，并形成会议纪要，及时上报市政府办公厅。

纪要确定：要求企业维护大局，积极配合，将划转精神落到实处；由集团董事长负责，认真做好企业人员及财产划转的具体方案，并继续抓好当前的生产作业安全；尽量设法储备项目，做好企业转型准备；以稳定为重，确保划转平稳过渡。这 4 条，既稳住了企业，也稳住了牵头实施划转的市级部门。环卫集团则利用这段时间，抓紧清理划转将面临的各类具体问题，并提出解决方案，以备适时再向市政府汇报。

这期间，企业仍出现人心不稳的状况。

一些业务骨干纷纷自谋出路，有的辞职远走他乡，有的调离另谋高就。不到一个月，一共走了 5 位中层以上业务骨干，顿时在职工中引起强烈反响。大家情绪低落，都担心自己的出路。那段时间，我的心思几乎全用在了划转这件事上。我不时召集开会，与相关人员交谈打气，一起分析各种情况和争取柳暗花明的可能，鼓励大家咬紧牙关，熬过这段日子，兴许就能看到形势改观的这一天。我还在企业召开的中层人员会上公开宣布，这段时间，他们中谁有什么想法，都可直接到我办公室一谈。紧接着，委里对环卫集团领导成员及时进行了充实。

这期间，市国资委一位副主任带了几个处长来市政委督查督办，并要求委里拿出具体划转的时间表，他们好向政府交差。督办会上，我向这位副主任详细介绍了情况，并提醒他，若真正实施划转决策，将造成难以弥补的损失和其他后果，环卫集团也面临一系列影响稳定的实际问题，希望他高度重视这件事。我还建议，作为职能部门，应将发展的眼光放远一点，我们都应为政府真正当好参谋。他原在一家大型国有企业任董事长，调到国资委不久，对政府决策的背景和过程不甚了解，见我如此当回事且脸上一副严肃的表情，他有些吃惊。

我介绍完情况后，环卫集团领导分别作了补充发言。这位副主任听了我们的介绍，表示理解，对我们的一些主张也认同。最后，由我提议形成一个会议备忘录，他们好拿回去汇报，他表示赞成。下来后，我们则继续围绕划转做准备，并采取一切措施确保企业正常运行。

无独有偶，没几天，市发展改革委一位副主任带着市级下属企业的负责人也来到市政委。他们揣着一位领导的批示，直端端地要求集团将清漂业务移交给这家企业，说移交后可解决这家企业的危困。

对方刚介绍完情况，我还没开口，与会的章董事长早已按捺不住心中的火气，大声说道："都是企业，你们要发展要吃饭，难道我们就该不发展饿肚子？有本事自己干嘛，干不起来怎么就跑到别人锅里舀饭来了，天下哪有这等好事？"章董事长如此激烈的言辞，让对方大吃一惊，弄得大家面面相觑。其实，环卫集团每年的清漂作业经费微乎其微，即便全部移交，也解决不了对方的实际问题。

企业不景气，不想办法自救，却跑到这里来了？听说要划转，环卫集团居然成了唐僧肉，个个都想来吃两口！不景气就病急乱投医？也不知是谁出的这馊主意，我也有些气愤，但当着对方的面没有发作。最后他们见额度太小，远不如所愿，还弄得大家不高兴，颜面也失尽，只好怏怏而回。这之后，上面也没有再来催促，此事不了了之。

折腾来折腾去，事到临头，随着划转的具体难题不断显现，谁也无法解决，谁都不愿接招，而我们又不断将大量客观真实的情况向政府请示反映，派来具体划转的部门也不得不向领导反馈实际情况。于是，划转一事搁浅。这正应了一条毛主席语录中的一句话：错误和挫折教训了我们，使我们比较地聪明起来了，我们的事情就会办得好一些。是的，大家都变得聪明起来，就连一直紧追不舍准备随时接收兼并环卫集团的那家公司，和曾竭力主张划转的某些市级部门一样，再也没有提划转之事了。

几个月后，还发生了另外一件事情。

多年来，市里对主城建筑弃土消纳场缺乏统一规划，导致管理混乱，乱建乱倾倒，甚至一些弃土消纳场长期被少数人恶性垄断，使城市环境严重污染，市民对此怨声载道。虽然每年都在进行专项整治，由于没有从根本上解决问题，实际收效不大，面对混乱无序的状况严重失控，上下都感到束手无策。

市政委为履职尽责，于2007年8月向市政府呈报了专题报告，提出6条建议意见，其核心是规划新建一批建筑垃圾资源化利用处置场，下决心实行统一规划、统一标准，由环卫集团统一建设，统一营运管理，并辅之相关配套政策，确保此项工作落到实处。

一周以后，市政府批示同意，并要求即办，力图从根本上解决问题。遵照政府批示，市政委配合市规划局，经过近一年的时间，完成了规划的编制及项目建议书和可研报告，并按程序上报政府。然而就在市政府主持相关部门的审批会上，个别强势部门的发言对刚调来不久的政府分管领导有所误导，最后议定的结果竟改变了前任政府领导的意见，不同意新建建筑垃圾处理场由环卫集团充当建设业主，而确定由各区自行引进民营企业负责建设，规划即未通过。

我对这个决策深感意外，心里在想，这项工作怎么就没有一点连续性呢？我们也是按照市政府要求在落实啊！于是，我在会上据理力争，希望能影响政府最后决策。我说道："各位领导，我来自区县基层，调市政委分管市容环卫工作以来，深感各类垃圾的处理是其中的重中之重，不敢懈怠。若今天如此决策，等于是放弃政府作为，这对城市环境污染的治理将是一种贻误啊……”与会人员听我这样说，个个瞠目结舌，一下都盯着我不出声，会议形成僵局。最后，主持会议的领导说，既然意见形不成统一，那就先放一放，下次再议吧。他说完便宣布散会。这次会议未能形成纪要。

回到委里，我心里越想越不是个滋味，打算第二天再到市政府详细汇报。此时随我一起参会的同志都力劝不要再去，他们担心我情绪激动，若控制不住，会导致更加被动。我说不去可以，那就给领导写封信吧。下午，我在办公室奋笔疾书，一气呵成，整整写了5页。我在信中陈述：

……新建建筑垃圾处理场如果按照某些市级部门所言都由各区独立所为，这实际上不具操作性。主城是一个整体，而各区建设发展不平衡，地域面积差异大，发展需要与资源条件不对称……所以需要统一规划，打破行政区域界限，由市上统筹。各类垃圾的处置，都应由政府直接掌控，以政府企业为主导建设和营运管理。这对于保证城市环境的规范有序和经济社会可持续发展至关重要。如交由各区自行把握，无异于又回到老路，管理无序，自生自灭，污染环境的状况将继续恶化。

至于如何推动下步工作，我在信中还建议，当务之急是尽快按程序审批出台规划并协调加快可研进度，然后本着区分轻重缓急、突出重点、先易后难的原则，对需要建设的几个建筑垃圾资源化利用场，由环卫集团依循规划选择两个试点，争取年底开工建设，并赋予环卫集团建筑垃圾特许经营权，待取得示范效应后再逐步推开。对另外的建筑余泥处理场，则可交由各区依循规划和标准实行市场化运作，吸收民营资本参与。这样有统有放，分类分期推进，突出了重点，又兼顾了区上，比较符合目前实际。

我最后写道：

这是一项异常艰巨的工作，真正实施起来绝非易事，在节奏把握上需循序渐进。整个实施过程需要市级相关部门、主城各区的大力支持和密切配合，需要配套的相关政策和法律法规作支撑，还需要考虑许多具体细节，一些不稳定的因素更是不可忽视。

我相信，有政府的坚定领导，是能办好这件事的。对我市生活垃圾、建筑垃圾的处理，上至市委市政府领导如此高度重视，下至市民百姓无不倾心关注。自己作为部门具体分管，确实不敢懈怠，以至上次会上，直抒己见，显得过激，还望海涵。以上考虑不尽成熟，仅供参考……

我曾将此信送市政委国主任过目，他未持异议。

没想到，信发出后的第二天，那位主持会议的领导便及时作出了批复。他在信上批示：“同意规划先上政府常务会议审定，然后先进行试点。感谢老鲁直抒己见。”除此之外，他还在一些具体的建议内容上画了着重符号，多处注明“同意观点”的话语。这让我出乎预料，也让我很感慨！在目前困难重重的情况下，一个能实事求是认真履职尽责的官员，一定是一个胸襟宽广的人，是一个务实明白的人，也是一个能体察下情并有着深厚百姓情怀的人。

这之后，这位领导对市政委的工作更是支持有加，不时率相关部门到环卫集团调研垃圾处理建设项目的推进情况，每次来，他都深入查看现场，认真听取汇报，并现场解决一些工作难题，这不由让我十分感动！

至此，重庆主城建筑垃圾资源化利用很快步入良性循环，和餐厨垃圾无害化处理一样，这项工作后来也成为引领国家同行业发展的典型，受到国家建设部门的公开表扬。市政府对环卫集团企业发展的支持，更是件件落到实处，划转一事也开始出现转机。

第二年年底，上面终于接受市政委意见，划转一事解扣。市政府派了一位副秘书长率队来到集团，实地查看现场后，立即召开了当事部门、企业参加的协调会。会上正式明确，由于相关条件不尽成熟，许多情况也发生变化，环卫集团划转一事宣布告停。

我和国主任都参加了协调会。

会上，国主任当着与会人员的面，说了一段意味深长的话：都说决策应该民主化科学化，但具体实施起来却有些难。我一开始就认为，将环卫集团划转这个决策，既不民主，也不科学。说它不民主，就是决策前，连主管部门的意见都没有征求，意见听不进，更莫说采纳；说它不科学，是此事没有认真组织过论证，最后实施不了，不了了之，自然不科学。还好，现在终于又回到从实际出发上来，我们都应该感到欣慰。但愿这类事以后不再发生。

国主任的话，让我记起十多年前我写的一篇题为《如何当好下级领导者》的文章。我在文中写道：

……对待上级的批评，能够虚怀若谷，而对于上级领导的错误，则敢于在适当的时候通过适当的方式提出；对上级决策的偏差和失误，在维护上级领导权威的同时，敢于提出自己的建议并尽可能设法修正和弥补。这不但能保证上级领导工作的正常开展，还可有效推动自己负责范围内的工作……

一段时间以来，因划转因素，促使环卫集团的整个工作立足于准备转型，即怎样把垃圾真正当成放错地方的资源，去探索谋划和开发利用；并通过外出比较考察，在项目的优化实施上，如何做到储备一批，可研一批，动工一批，完工一批，持续保持企业的发展势头。几年后，环卫集团的创新发展走在了全国前列，餐厨垃圾、建筑垃圾处理等上百项核心技术获国家专利，多个项目、多项工作达到国内领先水平，在全国引人瞩目。

第六章 离岗以后

一、父亲母亲

父母在我退休前都已去世。父亲于2002年10月先于母亲离去，享年82岁；母亲去世于2013年8月，享年91岁。

父母去世前，均没有明显病患；饮食未停，睡眠延长，油尽灯灭，无疾而终。他们在世时，早已随我和二哥、弟弟在黔江定居，生活起居还算安定。我们兄弟6个，平时各忙各的工作，各操心各的小家庭，未曾细想太多。直到父亲母亲相继走后，我们才猛然觉得，父母一生，实属不易。

父母出生于国衰乱世，从小历经艰辛。婚后，从武汉辗转长寿，又带领我们由长寿迁居龙潭，度饥荒，历动乱，挺过艰难时世。为将我们抚育成人，一生心血，全部耗尽。

父亲兄弟三人，排行居末，幼年丧父，家境贫寒，仅读私塾3年；14岁在堂兄所辖会计事务所学徒，满师留用在所。此前，全家4口，靠祖母苦耕几亩薄田和做些针线零活维持生计。父亲工作后，月薪除留自己基本生活开支外，其余全数上交，贴补家用。父亲虽然有了这份差事，但对于供养老人和维持后来的婚后生活，仅靠每月微薄的收入显然入不敷出。经人介绍，他又跑起了单帮，以赚些活钱，改善家用拮据状况，并间或资助尚在乡下的弟兄。

父亲跑单帮期间，经常来往于香港、九龙和江南一带商贾重地，见过不少世面，也免不了受些惊吓。一次他与一个伙计到苏北，在某地偏僻之处，遇到一支服装杂乱、武器破旧的队伍。当弄清父亲他们的身份后，一位长官模样的人动员他们留下入伍。父亲以为遇上了土匪，心里极度紧张，不敢拒绝。后一寻思，家中上有老下有小，就这样不明不白入了伙，岂不让家里焦急牵挂，以后日子咋过？于是又壮着胆子，恳求回家打个招呼后再来。对方看出父亲并不愿留下，不但没有强迫，竟然爽快地放了他们。父亲说，现在看来，那支队伍有可能是新四军游击队，不然他们不会通情达理放人。

父亲给我们讲述这段经历时，处于“文化大革命”初期，各地正热演样板戏《沙家浜》。新四军指导员郭建光，在小孩子心目中留下很深的印象，我和弟弟也不例外。我们对父亲当时未留在部队无不惋惜，对父亲说，要是你那时留下，说不定现在已是一名大官了呢。父亲则回答，若那时我真的留下，恐怕现在就没有你们这些伢们了。父亲还向我们讲述，鲁家祖上就有一位明代一品官员，名叫鲁铎，曾被派往安南代表大明王朝管理安南国，是此期间安南国最高长官，任满回朝后任国子监祭酒。2014 年由荣文大哥编译并重新修订的鲁氏宗谱（甲戌 1934 年春重修版）《鲁铎生平》中有如下记载：

鲁铎（1461—1527），字振之，景陵（今湖北天门）人，好学不倦，不喜交游。弘治十五年（1502）中进士高第，授翰林院庶吉士。太子少师李东阳爱其才，任编修，预修《孝宗实录》。正德五年（1598），奉命出使安南（今越南），赐一品服以行。谢绝一切馈赠，深得安南人称赞。次年，迁任国子监司业，旋又提升为南京祭酒，不久改调北京。在国子监供职时，教学有方，造就很多从学者，后以病辞官。嘉靖初年，因朝臣推荐，又以原官起用。次年又辞官归籍，后多次征召起用，均被辞绝。著有《戒菴文集》二十卷，《鲁文恪公文集》十卷。

父亲一生为人刚直，率性而为。

听母亲说，1939 年武汉沦陷，日本兵侵入后，烧杀抢掠，无恶不作。当时年仅 9 岁的堂兄荣海，险遭侵入朱鲁湾的日本兵焚烧；一次父亲出门办事，在汉口街被两个日本兵拦住暴打，关押一天。此后，父亲决心习武练国术；每天清晨，他坚持拳打墙上的日历牌，打一张撕一张，不久便能直击砖墙。后来在长寿纱厂，一位工务股长无端挑衅，突然用算盘砸来，被父亲隔开，回击一拳，竟然打断对方的鼻梁，引起全厂轰动。父亲回来对我母亲说，可能待不下去了，准备回汉口吧。那时我们家住在秦安纱厂原料仓库的一间房子里。

“文化大革命”时期，父亲独自在一处偏远山区工作，那个地方信息闭塞，环境恶劣。相对于本地人而言，父亲算得上见多识广，加之平时收音机不离手，国内外形势了解颇多。因说话口无遮拦，卷入派系纷争。可以说，这是父亲一生中最为艰难和孤独的时期。

当得知父亲的境遇后，母亲特别牵挂。父亲每次来信，母亲都要我连念两遍给她听，然后又催我按她口述及时回信，好免去父亲的担心。有时稍长时间不见父亲来信，母亲的焦虑经常挂在脸上，成天唉声叹气，情绪低落。后来，她亲手扎做布鞋，并想方设法准备一些父亲喜欢的食品，独自搭乘运输木料的货车，前去探望。

亲情的眷顾，使父亲的精神状态很快恢复正常，心里也有了些底气。即便在那种情形下，父亲顾恋家庭之情也从未减弱。

除了正常按月给家里邮寄生活费外，每年春节，都要腌制不少腊肉、香肠带回，野生蜂蜜、鱼肝油也是父亲经常带回的物品。

他还想方设法，代二哥插队落户的生产队购置化肥，为二哥多挣劳动工分出力。每次来信，除了询问我们兄弟的学习外，特别要问及我的身体状况。对我小时候患严重的支气管哮喘病，父亲一直非常关心。他一次回家，曾教我几个健身强体的基本动作，嘱我一定坚持锻炼。为了强化我的身体韧性和毅力训练，他还专门带我冒着酷暑，沿川湘公路步行上百里，到秀山县城看病，第二天又步行返回。

随着“文化大革命”结束，中央拨乱反正开始，父亲也终于迎来自己的春天，和许多人一样，重新恢复了应有的尊严和正常生活。父亲退休时，我已在黔江工作，父亲和母亲随我们小家庭居住过一段时期，后来搬到同在黔江工作的二哥家隔壁，有了自己独立活动的空间。二哥原在酉阳双河区任中学校长，后调地区粮食局工作。父亲母亲与他们相邻而居后，平时的起居饮食多由他们照料。

父亲从小就喜欢书法，特别钟情颜字，在读私塾时已练得有些功底。退休后，仍每日坚持。他说颜字浑厚，苍劲有力，一笔一画都显一种气势，做人亦当如此。我平时找了不少旧报纸，去看望二老时顺便带去，供他每日挥毫书写。兴致所来，他也会铺好宣纸，书上几幅，然后踱来踱去，自我欣赏。每逢春节，他总要写上几副春联，给家里增添一些喜庆。

除了练字，父亲还坚持步行锻炼。黔江城的大街小巷，都是他常去的地方；毫无目标、信马由缰地行走，已成为他退休生活的一大乐趣。有时见他不知从哪里弄来一两株植物，带回栽入盆盆钵钵，时常浇水，精心摆弄，乐不可支。

平时我们兄弟回家团聚，母亲将饭菜做好后，父亲也会主动帮忙，或亲自上厨，或端碗拿筷，招呼大家上桌用餐；有时他也动手做一两道拿手菜，一改过去不理厨务、只顾上桌等饭等菜的做派。饭后，他便独自回到房间，专心听那台袖珍收音机。对一些时政新闻，他偶尔会出来和我们聊上几句；见我们兄弟正在谈工作上的事，他不便打岔，又悄然退回房间。看得出，随着年龄越来越大，父亲的心性也变得温和细致起来。

父亲去世前两年，有一次我去看他，他少有地与我谈了一次心。他说："这辈子遇到你母亲，实在难得，真是人老了才明白，她不仅对你们六兄弟的成长劳苦功高，对我一生的陪伴更是周到细致。我已年过八十，能有你母亲和你们几个儿子，我已死而无憾了。"

父亲 82 岁那年无疾而终。送葬时，我们兄弟守护在他身旁，随着灵车缓缓驶向墓地，我们都默然无语。父亲平凡、普通一辈子，没有像其他一些父亲那样充当着家庭的摇钱树；走后，也没有给我们留下任何物质性财富。但他一生刚直不阿、率性而为的洒脱，不畏艰险、闯荡人生的气魄胆识，胸怀坦荡、战胜逆境的人生态度，却是留给我们兄弟的珍贵遗产。

治丧那天，看着那具已没有一丝生命迹象的瘦弱遗体，我不由扪心自问，对于已从这具躯壳中离开的那一个灵魂，我们作为他的儿子，到底了解多少呢？我们再也没有机会与他交流了。多年来因忙于工作，对父母关注甚少，"子欲养而亲不待"，我们心中的内疚，却永远无法消除。

母亲比父亲小两岁，4 岁时父母双亡，与她两个姐姐相依为命，寄居在汉口舅舅家度日。由于家境贫寒，母亲更是没上过一天学；扫盲时粗识一些字，能勉强读懂来信大意。父亲为着全家生计，长年累月四处奔波，除了按月寄回生活费外，平时少有在家。抚养我们六个兄弟的重担，自然压在了母亲身上。

后随父亲工作调动，母亲携全家迁往龙潭定居，既要养活我们，又要供我们读书。没有工作之前，母亲不得不通过织毛衣、打猪草、做零工，挣些小钱贴补家用。后来参加工作后，母亲十分珍惜来之不易的岗位，深知这对于拖着六个孩子的家庭是何等的重要。所以，无论起早贪黑、熬更守夜，还是严寒酷暑、肩挑背驮，母亲都能默默忍受，以自己的付出，赢得人们的尊重。

正因为母亲的坚守，使我们全家在龙潭这座小镇立住了脚，为我们兄弟后来的发展奠定了基础。从小的生活磨难和长年的艰辛，铸就了母亲坚韧果敢、宽容大度、勤劳节俭、从善如流的品性，这深深地影响着我们的成长。

我们稍稍长大，母亲就经常叮嘱：我们是外地人，你们兄弟千万不要出去惹是生非，“吃得亏，打得堆”，遇事要忍，要好好读书。她说得最多的一句话，是“吃得苦中苦，方为人上人”。我们参加工作独立生活后，她告诫我们，这世上没有事事都顺心的事，更不可能万事都如意，遇事要“提得起，放得下”“诚实守信，做事凭良心”。当我们小有成功开始沾沾自喜时，她又提醒“不要老虎还没下山就把皮剥了”，要我们学会沉得住气。

有次我回家看望，她戴着老花眼镜，一边对相册里的老照片擦了又擦，一边漫不经心地要求我们“不忘过去，展望未来”。这新词从她口里脱口而出，让我们感慨，也让我们大吃一惊。那时她已是 85 岁高龄。

有一件小事，我们兄弟至今难忘。母亲不吃牛肉已经几十年了，我们都不曾问过这到底是什么原因。母亲 80 岁那年，一次我们围坐一起听她拉家常，她无意中讲出一段故事：她十三岁那年生了一场大病，由她大姐带她去庙里求神拜佛，烧香作揖，几日后病果然好了。按照佛规，应该给菩萨还个愿。母亲想到了耕地的老牛，辛勤耕耘，忍辱负重，还常被鞭笞，太可怜了；于是下决心不再吃牛肉，直到去世前也不曾动摇。

母亲目不识丁，一辈子都相信神灵，时时怀着敬畏之心，并以此教育我们，做人始终要凭良心，既要对得起自己，也要能面对神灵。这种以信仰为支撑的灵性良心，通过母亲的言传身教，却让我们终身受益。

母亲活到91岁，和父亲一样，无疾而终。临终前没留下什么话语，悄声无息离开我们。在举行对她的遗体告别仪式时，大哥代表全家追述了她的一生，我们兄弟妯娌望着母亲的遗容，听着大哥的追忆，忍不住失声恸哭。母亲的去世，带走了她平凡的一生。生活中的她离去了，母亲的精神品格，却深深地根植于我们心中。现将大哥在母亲追悼会上的悼词附录于此，以示缅怀。

在母亲追悼会上的致辞

各位来宾，各位亲朋：

首先，我以母亲长子之名，携兄弟6人并全家，向今天参加母亲追悼活动的来宾和亲朋表示深深的谢意！

母亲龙纯智，出生于1922年农历九月二十一日，于2013年8月7日9时30分在重庆无疾而终，安然离世，享年91岁。

母亲出生于国衰乱世，年幼痛失双亲，寄人篱下，艰辛度日。从小温顺善良谦和，克勤克俭，乐善好施，自立自强。虽目不识丁，却品行高尚，性格坚毅，面临艰难时世和家庭重担，勇于担当，广结善缘。母亲在酉阳龙潭长期生活和各种岗位的后勤工作中，深得师生员工由衷地敬重和爱戴。几十年来，母亲以她柔弱的身躯和坚韧的毅力，护佑我们，从战火纷飞的湖北原籍，几经辗转，定居偏僻小镇，度过不堪回首的饥荒年月，历经动乱的十年“文化大革命”，立身改革开放的时代大潮。正是有着母亲孜孜不倦的言传身教，精心哺育培养，使我们在逆境中能够茁壮成长，始终沿着人生正道行稳致远。从小失去母爱的母亲，却以她伟大的母爱，在疾风苦雨中，为我们兄弟六个撑起一片温暖的天空。今天，我们回报社会，成家立业，生活幸福，枝繁叶茂。母亲的精神品格，永远都是大家庭不竭的动力和感召。

“谁言寸草心，报得三春晖”。千言万语，道不尽母亲饱经沧桑的人生和对我们的母爱深情。生活永恒而生命有期。所幸，母亲重德轻利，从善如流，自强不息的优良基因已经传递给我们，根植于我们的精神世界，使我们安身立命具有了定力和底气；母亲的无私奉献，成就了大家庭的兴旺发达，世代繁衍，生生不息；母亲暮年，已是儿孙满堂，重孙绕膝，其乐融融。母亲的生命，正以她特有的方式传承于后，已经融入大家庭之中……九旬天年的老母，当可含笑九泉！

慈祥的母亲大人，安息吧！

2013 年 8 月 9 日

父亲母亲一起生活了整整 60 年。这 60 年里，他们共同支撑着这个家。父亲代表了血性、力量和一种潜在无形的担当；母亲则集中体现了博爱、坚韧、宽容和细致。无论是遗传，还是平时的潜移默化，父亲和母亲都深刻地影响着我们兄弟的成长，这之前，我们却未能细微感知。

父亲母亲也有吵架红脸的时候。听母亲说，她年轻时，有一次去探望住在汉口城里的大姐，路上不小心，将父亲跑单帮时给她买的一枚戒指丢失。母亲在大姐那里住了几日回家后，父亲不见母亲手上的戒指，便询问缘由。母亲如实照说，父亲却不相信，认为母亲将戒指送给了她大姐，便指责母亲不该不经商量就擅自做主，还拒不承认。

母亲自然不接受，认为实在是冤枉，感到十分委屈。反复解释后，父亲仍然听不进，结果他们大吵一架，几天互不搭理。好在我祖母明晓事理，自然站在母亲一边，她训斥父亲说，这枚戒指莫说没送给她大姐，就是送了也应该，她从小就是由她大姐辛辛苦苦带大的啊！父亲不敢再吭声，以后也不再提及此事。

父亲与母亲之间的关系看起来平平淡淡，有点让人琢磨不透。但仔细观察便会发现，他们之间其实很默契，相互维护已成为自觉，其感情交流有自己独特的方式。母亲不时会在我们兄弟面前埋怨甚至指责父亲这不对那不是，我们有时也附和参与，表示站在母亲一边。殊不知，我们这样做，并没有起到宽慰母亲的作用。后来我们发现，其实母亲并不想我们掺和，内心深处更不希望我们对父亲有半点不恭。

母亲长年累月和我们生活在一起，直接把我们养大成人，我们与母亲自然要亲近一些，有什么话、有什么心思也愿意向母亲诉说，但并没有真正走进母亲的内心。而对于父亲，似乎有一些距离，也许是长期没生活在一起的缘故，到底是什么原因，我们从来没有去想过。

回想起来，父亲退休之前，劳碌奔波，长期与家庭两地分居，仅靠每年 12 天的探亲假和家人团聚，他何尝不愿与妻儿朝夕相处，其乐融融？这是我们的忽视，更是对父亲认知的肤浅，缺乏心灵深处的探究。事实上，母亲对父亲的所谓埋怨指责，是患难夫妻之间的一种磨合，也是日常生活中的一部分。父亲与母亲朝夕相处几十年，他们之间的相互埋怨、包容和默契，都是一种常态，随着年纪越大，越发显得弥足珍贵，越发感到离不开对方。

父亲母亲先后离我们而去后，有一桩平凡普通的事让我们兄弟难以忘怀。父母生前曾不约而同地主张，任何时候都不要为他们兴师动众，大操大办庆生贺寿，只赞成家人在一起表达心意就行。多年来，我们兄弟一直按父母的意愿行事，包括他们八十、九十整寿，也是家人围坐一桌相聚，没有请客办席。

或许这有些违背常理，或许会让我们后悔，热热闹闹办一下又何妨？

经历许多事情以后，再想想父母的主张，让我若有所思：其实生命的存在价值，真的不需要刻意装点和肆意张扬，生命从来到这个世界到最后离开，其活着的意义全由自己诠释。有的人证明自己活着，有的人证明自己活得自在，还有的人活着时更在乎曾经照耀过这个世界。这种照耀，更多的是普通的蜡烛之光，既照耀了自己，也照耀了别人，照耀了这个世界。

父母生前不可能想这么多，也不一定会这样想，他们只是不知不觉地、朴素地在这样做。不！或许他们在很多方面早已想深想透，只是没有像我现在这样说出来。他们在晚年时，却更加本性甚至有点佛性地遵从了自己生命的逻辑，以自己平凡的一生，以自己的蜡烛之光，照耀了这个世界，体现了生命的价值。

二、退休

还没来得及细想，这一天就到了。如同船到码头车到站，我也就停靠了。2014 年 4 月 2 日，我拿到重庆市委组织部颁发的退休证。

在家闲暇不再上班，身边的人都担心我闲不住，于是问我：整日不干工作的时光如何打发？曾经的大忙人习惯吗？家人还将上班多年，你往后的生活怎么安排？甚至有人担心这会影响我的情绪，说弄不好还会无端生事呢。

我笑着告诉他们，你们想多了！过去当官呀什么的，我就没将那顶官帽当回事，如今回归老百姓，感觉与原来没什么两样。何况过去当的也不是什么大不了的官，现在轻松了，不正好解脱了吗？

是的，解脱了，退休后我的生活有些自由散漫了。

清晨，我睡到自然醒；晚上，我看书上网到深夜也不用担心第二天起不来；白天，也无须再参加什么会议和接待应酬。不再上班，就不用再操心操劳单位上的这个人那个事了。明明感觉甚爽，却老有人问我退后习不习惯，我每次回答都一样：若再让我继续上这个班，才真的不习惯哩。

但刚退休那段日子，我确还有些不习惯。

退后的第一天，我突然接到一个电话，对方的声音很熟，我很快就分辨出是我原来的一位同事，他年龄比我大两岁，退休后长期在外地他女儿家居住。他在电话里告诉我，他前几天回渝，刚才驾车去办点事，事办完，才发现停在路边的车被上锁。交涉无果，情急之中，忽然想起我分管市政执法，便一下从手机里翻出我的电话。听他讲完，我说，自己刚刚退休，闲着不再管事，不过这件事还是可以去问问具体情况的。我试着拨通了市政执法总队的电话……事后，这位同事连声称谢。而我，竟有一种难言的惺惺相惜之感！

白天妻子上班后，我的日常生活只得自己打理。

一次去逛超市，走时忘了关燃气，结果炖的肉汤煨干，锅底烧穿，一时烟雾弥漫。幸亏那天妻子到江北观音桥办事，鬼使神差提前回家。见状，急忙关气灭火，开窗散雾，才避免一场火患。我回家后，见她坐在沙发上，满脸通红一声不吭，仍在生气，也不搭理我。我知道自己犯下大错，正想开口和缓，未待我开腔，她便抢先斥责一通：亏你原来还管过安全生产呢，若这次酿成火灾事故，我看你怎么交代，必受处分无疑！她说得很肯定，语气也很严厉。我无语。

还有一次，我出门晨练，完后去一家小店吃早餐，吃完馒头稀饭，便甩手离开。不料刚出门，就被一店员叫住，提醒我钱还未付呢。此时我才发觉身无半文，不仅如此，手机、钥匙也忘带身上。无奈中，只得取下手表抵押。店员见此，顿时脸现惊讶，但马上又转而带笑，连说不用不用，几个馒头值不了几个钱，下次补上就行了。我不好意思地怏怏离开。回到家，却又无钥匙开门，只得借物管的手机与正在上班的妻子联系，叫她托一位驾驶员赶快将钥匙送来。我站在小区门口，足足等候了半个多小时，直到钥匙送到，方才开门进屋。此类尴尬，竟发生过好几次。

这之后，妻子索性用电脑打印了一张醒目写着“关气、关水、关电、手机、钥匙、货币”警句的纸页张贴门后，并以严肃的语调提醒我：“我再一次告诫，张贴的内容一定要牢记在心，每次出门前先看看，不然会麻烦不断！”这招果然很灵！自那以后，安全隐患消除，我再也未犯类似大错了。

不仅如此，她还与我商量，明确我和她在家里各自的“分工”。

她说："退休后你还是继续'分管'环卫吧。比如指导钟点工打扫卫生、定时倾倒垃圾，外加浇花、缴纳水电气各种杂费什么的，这些事都由你负责，你的工资卡也自行保管。这样，你在家就有事可做了，思维也不会停滞，好处多着呢！"

她同时也明确了自己的"职责"："我就管家里的'市容市貌'吧，各类衣物鞋袜的收拾摆放、衣柜整理、废旧物品的淘汰，还有被条的换洗晾晒等，都由我负责。你看怎样？"我还能怎样？她还要我每天早晨空腹饮一杯温开水，早餐吃一个鸡蛋、一个苹果、喝一盒牛奶，苹果下午还可以吃一个……她说了这么多，一串一串的，这岂不成了"几个一"工程？我听起来不那么入耳，答应先试试吧。

"分工"明确后，我难免也有不落实的地方。比如家里有几盆花，我尽了心，费了神，水不是浇多了就是忘了浇，要不就是土壤的问题或杀虫灭虫未跟上，不知什么原因，总之没有养好。几盆芦荟及君子兰、虎尾兰，先后都养死了，其他一些花也都变得奄奄一息；摆在阳台上，实在是大煞风景！几天后，她悄声无息给我转来一条微信：《献给那些养花却总是把花养死的人……太全了》……

还有一些小事，由于连续失误，总被"无限上纲"。每次她都少不了一惊一乍："快过来看，你又犯了一个错误，说过多少遍了，怎么就记不住呢？"每每如此，我回答她，凡事都有个过程，慢慢来吧。有时我也懒得理，便装装傻，好蒙混过关！

平时我去超市缴纳各种杂费，装修房屋到银行取钱打款、验货和购置各类小物件，常遇上许多特别麻烦的事。当然，这些麻烦，最后都变得不再麻烦了，我渐渐也变得老练起来，灵醒起来。每办好一件麻烦事，我会沾沾自喜，甚至希望能有人夸奖夸奖，表扬表扬。

而这期间，当我看到在超市附近、在小区门外和在一些不打眼的偏僻角落里，一些磨菜刀的、擦皮鞋的、卖麻糖的、烤红薯的、炒板栗的和铺地摊卖新鲜时蔬的……不时被城管撵来撵去的情形，我胸中有一种难言的不平，一股复杂的情绪在心里涌动。

一次家里菜刀卷了口，我逛街时，好不容易发现一磨刀人正在超市附近招揽顾客，便连忙回家取刀。当我取刀返回时，磨刀人早已消失，我只得扫兴而归。而当我专门带着菜刀上街以备随时取出时（绝不是防身），磨刀人却无影无踪。有时我去这类地方想买点新鲜蒜头拿回家泡进菜坛，或称点刚出锅的热板栗尝尝鲜，却总不见卖主的踪影。

我退休前在部门曾分管全市市容环卫，也管过市政执法。过去职责所在，我特别看重市容市貌、街容街景，经常带队检查，派人暗查，这当然是必要的也是应该的，这也是民生。而眼下不时遇到的这些驱赶，是我在位时亲历体会不到的。如今成了老百姓，不再管事了，经常碰上，体会就不同了。

我在想，但凡这些小贩有点其他门路或能耐，还会一次又一次地被肆意驱赶、四处撵来撵去吗？当一个人、一些人群连基本的生存都难以为继时，社会应当怎么帮他们？这到底是谁的职责？该谁管？怎么解决？谁来具体落实？是不是也该来个检查考评、路街办公、明察暗访什么的，从中找到一个根本的解决办法、一个兼顾各方需求的结合点呢？

这之前我曾调研过。随着社会的发展和城市化进程的加快，农村进城人员急剧增多，城市各类人群对就业谋生的需求已大大超过现阶段城市的承载，也超出了现有就业保障机制的扶助能力。而基于就业谋生的本能需要，以及自身缺资金、缺技能的客观情况，不少人员选择了占道经营这一投入少、产出快的谋生方式，社会中的就业矛盾在一定程度上已转移为占道经营与市容秩序的矛盾。如何从根本上找到综合解决困难群众的“肚皮”问题和市容市貌的“脸皮”问题的办法，是城市政府面临的一个难题，也是政府必须统筹解决的一个问题。

退休前几个月，我刚好参加了国家行政学院举办的市政行政执法培训班学习。我利用这个机会，结合重庆城管执法的实际，写了一篇《城管行政执法隐忧及对策》的文章，从面上的角度，提出了几条对策性建议，希望能引起国家重视。

建议提了，我却退休了。眼下还想着那些事，是不是有点咸吃萝卜淡操心呢？但此事却总是萦绕脑际，我似乎比过去更关注更在乎了。诸如此类，我也在反思，过去为什么就没有现在体会深呢？受这种情绪的影响，不知不觉，我平时的一些行为举止，竟悄然发生了一些细微变化。

比如我进超市买菜出来时，每次经过一些小菜地摊，或碰上夏日卖嫩苞谷、冬日卖腊梅的板车，我都要停下来看看，随意买一些，从不问价更不讨价还价，买好即离。这当然不是想买点什么便宜货或图个方便。有时同样的蔬菜我在超市已经买好，从超市出来我又会到地摊重复购买，我也说不清这是为什么。我一边买一边不时问他们来自哪里，家境如何，摆这地摊有无赚账等，他们见我刚走出超市又来“光顾”，自然很高兴，话也多了起来。

一天，有两位守着板车卖嫩苞谷的中年妇女见我前去，便一边主动为我挑选，一边与我搭话。她们自称来自附近的大竹林地处，并告诉我，那一带出的苞谷又甜又糯，远近闻名，每年这个季节，不少人几乎天天都要食用，有的还用来当饭吃！她们还说，这只是她们其中的一项营生，每到苞谷成熟的季节，都要忙一阵子，虽很辛苦，却也习惯了。苞谷鲜嫩味甜，5 块钱一斤，我家里平时人少，一次只能买三四斤。当我提着苞谷离开时，明显感觉到她们的快活。这种快活，其实也感染了我，感染了每一位光顾她们游摊的过路人！

退休之后，不用忙工作了，这颗心也开始变得柔软，感时伤事的情怀油然而生。过去许多缠绕于脑的东西，什么宠辱得失、功名利禄，此时已清淡如水。而过去没顾得上的东西，心里却有了分量。比如，希望圆过去的梦，做自己喜欢的事；在乎家人间的陪伴，朋友间的问候。一次真诚暖心的看望，一次会心的交流，一个久违的电话，甚至一个善意的微笑，都会让人乐不可支。

一天中午，我突然接到过去一个下属的电话，她问我此时空不空，说若空的话想请我吃碗面条。我一时感到诧异！她在电话里接着说，记得过两天就是你的生日，我来接你，想提前请你吃碗寿面，为你过生。这朴实的约请，让我惊喜。

她开着车，我们到了一处她早已看好的面庄。这里环境幽静，雅而不俗，颇有特色。她叫了两碗面，其中一碗是盛有荷包蛋和红烧排骨的寿面，看上去精制鲜美。她先吃完，然后一旁陪着，见我吃完这碗面，显得比我还快乐，这让我感动。她听说我正在写回忆录，还特意买了两盒蒸气热敷眼罩送我，并睁大眼睛歪着头，一本正经地向我介绍，说这种眼罩是新产品，对消除眼部疲劳极有“特效”，嘱我一定试试，还说若效果好她会再买来送我。我自然高兴地收下，然后喝茶小聊；半个多钟头后，她又开车送我回家。

还有一位与我同龄的退休职工，每年都要去远在美国定居的女儿家住上几个月。每次返渝，他总不忘带一些小礼品回单位，送给曾一起工作的同事，并专门来我家中看望，送上特地为我买的运动服装、保健药品；鼓励我坚持锻炼，保重身体。他言语不多，情之切切，也让我感动。之后，我将正在撰写中的书稿陆续在微信上发他，他阅后颇有感慨，还用心点评。平时，我们保持联系交流，互致问候。

一位原工作单位的小青年，曾患危症，经治疗终已好转，并交上女朋友。前两年国庆节假的一天，他专门来家请我参加他的婚礼，希望我能当他们新婚的证婚人并出面讲话，说这一天他已等了好几年。尽管我早已退休，他仍执意请我充当这一角色，我欣然接受。婚礼临近前几天，他还专门将漂亮的未婚妻带到我平时练乒乓球的地方，介绍与我见面，让我分享他们的喜悦。目前他们已有一个男孩，一家人过得甜甜蜜蜜。

他们还将出游拍摄的风景照、个人影像照传我分享，与我交流读书的心得，让我分享快乐，希望我“点赞”。而我那时初学微信，不会也不习惯“点赞”，居然一个“赞”未点！见面后，他们都说我，现在不忙了怎么还那样“老套愚笨”？于是，他们又教我发电子邮箱，用电脑写作改稿；每见我小有进步，便及时地夸奖我：你的脑袋真是太聪明啦！真的变聪明了吗？我一点不信，但很高兴。

不知不觉，我的心境发生了变化，似乎一下年轻了几岁。

一次步行去一里外的地方办事，出门未带雨伞，返回时突遇暴雨。正值闷热，我索性像毛泽东青少年时期那样，豪情满怀，雨中淋浴……冒雨行步，自然全身淋湿；到家后，急忙冲澡换衣。雨未停，我禁不住又到阳台，听风观雨，顿觉畅快无比！顷刻间，我忽然想起了什么，便打开手机，乘兴也时髦一回，将此情景分别向几个小年轻微信一番。一位问："怎么没带伞？您应该等雨小点了再回呀！"另一位来得干脆："不要耽搁，赶快喝杯防感冒冲剂！"还有一位则感叹："哇，还是退休了好，难得的雅兴。点赞！"此时，我已无须再喝什么冲剂！

……

这一桩桩平凡的小事，让我深有感触。生活中，人性的光辉，时常在温暖着每个人的心灵。它源于内心深处的流淌，源于心灵之间的感应，源于相互真诚的慰藉。它就像阳光雨露、像空气一样珍贵无比，却又无时无处不在。就看你能否去细微地体察感知，去享受和珍惜，去以心待心……

一路走过，总少不了要问问自己：我是怎么到的主城，到的黔江？怎么度过幼童年少那些岁月？怎么从农村当知青出来读书然后参加工作？小时候，我们全家怎么就由长江边的县城去一个偏远的小镇落户？若没有当年的迁居龙潭，后来的人生之路又会怎样呢？还有，从政几十年，当过不大不小的官，到底是怎么走过的，这官是怎样当的？都干了些啥啊……

退休后的第二年秋天，我和弟弟去南方一个小岛住了一周。弟弟比我小两岁，年龄到点后也办理了退休。我们沿着海滩散步，看潮起潮落，在海边冲浪；一起坐咖厅、品小吃、打乒乓球，还饶有兴致地观看岛上的书法展览。观展时，一管理人员见我们兴趣甚浓，攀谈中得知弟弟亦喜欢书法，便请他当场挥毫。弟弟兴致所来，也未推辞，便即兴书了几幅，竟引来不少人围看。管理人员连赞弟弟的字写得比馆里展出的还好哩，便要求奉送馆藏。由于未带印章，弟弟只得空印送存，惬意中留下一点遗憾。

这期间，我萌发了写回忆录的想法。

告诉妻子后，得到她的鼓励。她说趁现在想写又能写，就要动笔，写出来后，别人怎么看不必在意，自己写自己读，重走一遍过去的路很有意义。她还告诉我，她已下决心要学会游泳和坚持每年读几本好书。我们互相督促，都说到做到。不到一年，她已能连续游上一千多米蛙泳，我写的回忆录也拉出 20 多万字的初稿……

三、重逢

还在黔江工作期间，我就得知，当年的知青同伴华仲从农村出来后当了医生。他先是被招到酉阳县卫生培训班学习，结业后分在后溪镇卫生院，后来自己开了一家诊所。另一知青同伴艺新，酉师校毕业后，则一直从事教学，先是教小学，任过龙潭小学校长；后来教中学，在龙潭区中任语文教师。

黔江地区成立之初，华仲曾来我家中看望，并带来几件他的根雕作品。之后，我们再也未曾谋面。后来收到过他的一封信，是他在后溪卫生院期间写给我的一封工作建议信。我那时在行署办公室供职，看了来信，便转县上处理。县上很重视，曾派人四处打听写信者为何许人，直到查询了六七位与他同名同姓的人后，才找到他本人。

分别多年，早就想去看望，却一直未能成行。直到 2005 年的初冬，我由市上去渝东南几县调研，从秀山返回途中，便绕道去了一趟后溪。

到后，通过当地干部相约，得知他正好在镇上。见面后，我们紧紧地拥抱；阔别多年，彼此都很感慨。我们围坐在河湾的木船上，品茶饮酒，快活惬意，似乎又回到过去的岁月。

除了叙旧，他还摆谈了他当年从农村出来后的情景。

他说：“这世上也有难得的好人，有侠肝义胆之人，庆幸在一些关键时刻都被我遇上了，当年若不是他们出面相帮，就过不了一些关口，过不了，我就不是今天的我了！后来为了生存，自己没有本事跑外面闯，便与妻子苦守着这个小诊所，一守就是几十年！所吃的苦，也只有自己最清楚，若要细说，恐怕几天几夜都摆不完。”

他终于熬过了，挺将过来了。不仅如此，在巨大的生存压力下，他仍保持了平和的心态，一直未放弃读书，并坚持笔耕，获得精神上的充盈。他作为县作协会员，创作的草根文学作品，不时在市县报刊上发表，正计划集辑出书，重庆日报副刊对他也有专文介绍。我忽然觉得，他本人就是一本书！

如今，他在镇上建有自己宽敞的住房和医疗室，其医术在当地颇有名望，找他求治的患者不少。闲暇之余，他除了写作，还喜欢收藏奇石、鼓捣根雕和制作一些颇具地方特色的工艺品。其中吉祥物“柚子龟”，被市上列为非物质文化遗产，他被确定为传承人。他还曾是连续几届的县政协委员，每次开会，他都要为县上的发展建言献策。

聊天中，他自然谈到了艺新。我参加工作后，与艺新见过两次面，一次在成都，一次在黔江。

在黔江那次，正值他任龙潭小学校长，来地区争取一个项目，我给了他小小的支持。在成都那次，则处于上一轮改革开放中期，当时我正处理一件棘手的合资纠纷，忙得不可开交，在黔江驻蓉办事处与他偶遇。他说他与一位名叫长江的朋友停薪留职出来打拼，想见见世面也碰碰运气。我们简单寒暄之后，便分手各忙各的事。

或许出来打拼不适合于他，不久他便回龙潭，继续教他的书。他那位朋友则坚持了下来，后来听说干得不错。自那以后，我们再也没有联系。

艺新酉师校毕业先分在与黔江相邻的酉阳黑水小学，调回龙潭后，便一直稳定在镇上，也是哪里都不想去，哪里也没有去，依旧教他的书，日子照常打发，一家人其乐融融，日子过得闲适，生活中也有许多乐趣。

他平时喜欢钓鱼，常独自持竿外出，天黑才归，多数时候收获颇丰。有时兴致所来，也写点散文和文学评论文字，自己写自己看，偶与朋友交流，或直接寄给作者本人。一位名叫老村的北方作家，对这位陌生人直率真诚的评论文字很是在乎，却素不相识。一次老村到了后溪，竟一口认定华仲就是艺新！

我和华仲临别前，在河湾的木船上留下合影，他给我赠送了他亲手制作的柚子龟。前几年我母亲去世，他得知后，专程由后溪赶来参加葬礼。闲聊中，他对我说："你现在太忙，以后退休不操心工作了，就不要老待在城里，一定去后溪住些时日，多呼吸新鲜空气，吃点本地土味；来后也千万莫去住宾馆，也无须县上这个那个陪着，就住在我这里，清清静静，无人打扰。"

他还说，在这里可以自由自在地读书写作，闷了就一起去漂酉水，岂不悠哉乐哉？

退休后的一个初秋，我和另一位名叫邦国的发小同学又去了一趟后溪。邦国与我同年，当年插队在白竹公社香树大队，离我落户的董家坝较远。他和我同一年从农村出来，考进酉阳县师范校，毕业后先在乡镇学校任教，后调县级多部门任职，2011 年调重庆主城直至退休。

这次相聚，华仲的徒弟小白开着自家的木制机动船，陪我们一起，沿酉水河畔，一路欣赏清悠的水面，两岸多姿的山景。然后到酉酬镇，到秀山县的大溪乡，还到了我们当年插队的白竹公社地界。我们坐在船头，享受着凉爽的河风和初秋的阳光……

这位小白还特地带我们参观他未来的“庄园”基地，并采摘了荷叶、莲子、葫芦瓜和香瓜。在船上，华仲亲自下厨，为我们烹煮了享有盛誉的“荷叶锅盖莲子豆腐鱼”。

不料那天发生了一点小插曲。

这豆腐鱼刚煮好，正待入口品尝，由于架锅的三脚其中一只稍短，满满的一锅豆腐鱼突然失重，顷刻间，朝我和邦国坐向倾倒，散落一地。顿时，大家目瞪口呆傻了眼！

见此情形，我连忙说道：“不要紧，这船舱刚刚清洗，将鱼铲起来入锅，再加点河水煮开就行。”邦国也连说就这样，先赶快铲起来。我还说在垫江住队时在住户家也曾遇过，刚炒好的肉菜被弄落在地，还不是照吃不误！那年月，这东西还能有丢的？再说我们当过知青的什么吃不下，何况这豆腐鱼？！

小白一下释怀，连忙将鱼铲进锅，掺水重新煮开后，大家随即动筷，吃在嘴里，依然鲜美。我们边吃边聊，更加欢快随意。这小小的折腾，如同增加了一道佐料，别有一番风味、一种氛围。主人的尴尬顿时全无。

几天来，我们品着美味，喝着油茶，望着一汪汪碧水、一处处石岭和曾经走过的路、长粗长高的树，真是感慨万千！几十年过去了，这条河，还是那样碧绿，清悠；朱红的石岭，层层叠叠，依然多姿多彩；那条曲曲弯弯的山路，它的周围，仍是满山遍野的灌木林丛和岁岁枯荣的野草。而现在的我们，却也正是当年“喜送公粮”到后溪粮站的下乡知青！

我从后溪回后不久，华仲去龙潭办事，他特地看望了艺新，并将我正在写作的部分回忆录书稿带给了他。艺新读后，当即给我写了一封3000多字的长信。他在信中写道：“几十年不通音讯，甚是想念，我们都越来越老了！你的所有文字，我都想尽快读到。我还期盼着哪一天，我们能重逢见面相聚，能再次听到你昔日悠扬的二胡独奏曲呢！”

于是我们商议，确定去西湖、绍兴、黄山等地重逢一游。2017年初夏，我和弟弟与华仲、艺新一道，由重庆启程，结伴而行。一路上，白天览景摄影，晚上谈天说地，谈一切有趣之事和一吐为快之事。

我与艺新上次在成都偶遇以来，已有20多年未曾谋面。在杭州期间，我特意和他同住一个房间。这次见面叙聊，当聊到某个话题，某个人物，某件事情，甚至电视剧中的某个情节时，他都会摇头叹气，觉得怎么会是这样的呢？为什么会这样呢？感到大惑不解，不可思议。而就另一类话题，他却两眼放光，就像变了一个人！

比如聊到文学，他告诉我，他最喜欢的作家有两个，一个是法国的巴尔扎克，一个是国内的老舍。他曾读过不少巴尔扎克的小说，对作者塑造的众多人物形象赞不绝口。对老舍的作品，他说印象最深的是作者的语言文字，既纯正又接地气，他不仅喜欢，还上心着迷，每每品读，都感觉越读越有味，是一种享受。

谈到他平时写的一些文字，我问他为什么不拿去投稿发表？他则回答：水平不够，不想拿去献丑；再说古时的人写东西不也是自己写自己看或与朋友交流吗？甚至哪里黑了哪里歇，哪里写来哪里丢，心无杂念，文思如泉，这样写出来的东西才叫真东西！他们活着时，压根儿都没想到要拿去发表出名啊！不像时下，并无深厚的生活经历，为了名利，却无病呻吟，闭门造车编故事，还大言不惭地称之为文学构思。这种东西谁愿看？谁读得进？如今文坛难出大家，作品少有名篇，恐怕这也是其中一因吧！

他长期生活在小镇，教书一辈子，也读书一辈子，平时少于接触外界，显得有些封闭。然而多年来，他的心灵却未受到大的扰动，相应也少了许多烦心事，多了些情趣和从容。这次出行，他觉得事事新奇，快乐无比，以至沿途观物览景老是掉队。那几天我在想，相对于某些精明灵醒、装出一副什么都懂什么都知、对什么都不屑、常常自觉充当人生导师的“场面中人”来，意味着什么呢？

一个偶然的机会，我又联系上小学时期的同学英卫，和她在一家咖啡馆见面。交谈中，她给我看了一张 50 多年前龙潭镇幼儿园的原版师生合影照。

据英卫说，她们全家也是 20 世纪 50 年代中期，由山城重庆迁到龙潭的。

她父亲原在重庆上清寺一家电信部门工作，母亲在小什字筷子街幼儿园当老师。因支援山区，服从组织调动，举家迁往龙潭，也是一路辗转跋涉，与当年我们一家迁居龙潭镇的情景相似。在龙潭定居后，初始生活比较安定，未料 1957 年，她父亲受到运动冲击，后来失去工作，自然影响到家庭，她母亲日渐消沉。

我们在龙潭小学住家时，她们家与我们家相邻。她母亲曾先后在龙潭镇幼儿园、龙潭小学供职。她父亲失去工作后，她母亲拖着3个小孩，靠帮人织毛衣贴补家用度日，加之举目无亲，整日忧虑，精神崩溃，三次寻短，均被我母亲及时相救。那时她们兄妹年龄还小，据她回忆，当时我母亲苦口婆心力劝，叮嘱她母亲，为了3个孩子，什么艰难困苦都要挺住，再苦再累再承受不了，都千万不能再做傻事。

镇上开始知识青年上山下乡后，她母亲将她过早婚嫁。后来她被安排在一处基层诊所工作，她母亲则长期疾患缠身，50岁不到便过早离世。谈起这段身世，她有些感慨，也有些后悔，觉得当时还是该下乡当知青，所遇的坎坷都得过，人生在世，在那个年代，更应该顺应时势。

她现有两个孩子，大儿子早已成家，现在酉阳城区工作，二儿子在身边，也成了家。她退休后定居重庆主城，闲暇有余，却未闲着。她每天上老年大学，坚持跳拉丁舞，不时会会同学，也常外出旅游。看得出，虽历经坎坷，她仍充满自信，热爱生活，日子过得有滋有味。

通过英卫“滚雪球”，后来还联系上杨琼秀、孙月榴、夏禾苗、吴礼昌、赵毅令、宋豪志、夏平和、刘林贵、肖芳淑等发小同学，我们相约在一家名叫“老灶房”的饭馆相聚。阔别几十年又相逢，大家既兴奋，又感慨，无论男生女生，虽年少相貌不在，聊起天来，却还是那种语气，那副神态，那些年代的话语。

杨琼秀、孙月榴也下乡当过知青，与我不在一个公社。杨琼秀从农村出来较早，招进四川维尼纶技校学习两年，毕业后分在长寿工作直至退休。

孙月榴从农村出来后读的也是酉阳师范校，毕业后分到一偏远小学教书，后调黔江工业技校工作。席间，她一口气背出那时流行镇、街的顺口溜：地质队，票儿长；汽车队，油衣裳；建华厂，花大王；食品厂，尽吃香……她这一背诵，竟引发出一段段熟悉的童谣来，大家一起异口同声：

张打铁，李打铁，打把剪刀送姐姐；姐姐留我歇，我不歇，我要回家割老麦；老麦里面有条蛇，把我耳朵咬出血。孙悟空，跑得快，后面跟了个猪八戒。猪八戒，鼻子长，后面跟了个沙和尚。沙和尚，挑着箩，后面跟了个老妖婆。

……

夏禾苗是我上初中耕读班时同学，读小学和我同一年级，曾是学校少先队大队委员。她个子较高，品貌端正，家庭条件相对优越，加之是外地人，显得引人注目。她父母那时都在镇上 107 地质队工作，由于享受国家对艰苦行业的特殊照顾政策，这位夏同学没当过知青。在我们下乡前，她就被招工进地质队，后调市地勘部门工作直至退休。

听了我们下乡的经历，她深有感触，说当年虽然没有下乡，在地质队时也从未出过野外，却因此少了很多人生经历，比起你们来，我吃的苦太少了！她弟弟妹妹 5 人，她为年长。退休后，她仍喜欢阅读，关注时政，并经常外出旅游，生活自在闲适。

吴礼昌当年则考上重庆航务工程学校学机械专业，毕业后不断打拼，有成功也有教训。退休后他们夫妇定居成都，与女儿住在一起。他一直喜欢唱歌和拉二胡，还学会“走秀”！他还是那么侠义耿直，说起话来，一脸的快活喜形于色。

夏平和是夏老师的大儿子，我们从小在龙潭小学一起长大。他小学毕业后未能上初中，为求生存，他 16 岁不到就下乡插队，在农村整整待了10年。后通过自学考上秀山县师范校。毕业后子承父业，从事语文教学，退休后夫妇也到了主城，与女儿生活在一起。大家见面相聚，他感慨良多，当即在微信上抒发：“五十年后一遇，五十年后再聚，五十年的沧桑，五十年前童趣，五十年后再叙，五十年同学情，五十年后再续，真的是不容易……”

这之前，我与前面提及的另一位发小亚敏也取得联系。亚敏是我小学同班同学，我们都住龙潭小学。1968年中小学复课后，她几经蹉跎，与我弟弟同上初中，后又四处辗转读上高中。

她高中毕业后下乡当了知青，国家恢复高考后，令人羡慕地考上湖北建工学院。毕业后曾在四川绵阳市多部门供职，其间又攻读中国政法大学法学学位，直至当上省内一所院校的教授、硕士生导师及负责教学管理的副校长，并著书立说……退休后仍定居绵阳。我们联系上后，开始在微信上交流，我还告诉她我正在写回忆录的事。

这位当年的发小学霸，初览我正在修改中的书稿后，通过电子信箱肆意“侃”了我一回：“读者如果不认识你，会以为这笔者是科班，我很熟知老早的你，依然说——到底是科班！阁下是不是一直写日记？是不是有很早的哲学启蒙？是不是少年老成直接享受大哥二哥的开小灶？是不是……？我们有一段不短的路径极其相似，可我怎么就那么迷迷瞪瞪，如今被这家伙的丰富厚实震了个直发懵懂！”

亚敏的母亲姓袁，原是龙潭小学教导主任，也是当时镇上受人尊敬、少有的知识女性。她在职时，兢兢业业从事教学管理，善解人意，和蔼可亲。袁主任给我的印象：说话简明扼要，办事干练得体，善于排忧解难，总给人自信和依靠。我还记得我小的时候，她常夸我母亲泡制的泡菜色鲜爽口。冬日时节，每逢晚上过路上下，母亲都要招呼她进屋坐上火箱。她一边吃着香脆的酸萝卜，一边与母亲聊天。

我在黔江工作期间，一次到绵阳考察学习顺便看望了她，她很高兴。后来她在黔江与我母亲相聚，多年不见，两位老人都喜出望外，摆了不少“龙门阵”。她还关切地询问我的身体、家庭生活以及工作上的事，我至今印象极深。

或许亚敏从小就受其母亲影响，喜欢读书，性情沉静。她不仅专注于所学专业，还一直坚持阅读，敏学善思，充满才情。其思维其境界明显高于同辈，文学素养、阅世观察能力过人。通过交流能感觉出，她的内心世界丰富，处世安然。退休在家，生活得怡情益智，充实有品。

2017 年 10 月下旬，受华仲、艺新夫妇邀请，亚敏从绵阳赶到重庆与我和弟弟会合，驱车再去后溪。在后溪逗留的两天中，我们住在河湾水上酒店，白天荡舟酉水，四处游览；晚上夜话古今，也讨论我的回忆录书稿。

之前我已请亚敏为书稿写篇东西，她一直希望能与我当面交流，这次正好是个机会。吃过夜饭，大家便围坐在室外廊道讨论。亚敏一边操作电脑，一边侃侃而谈；她快人快语，直言不讳，就书稿后期修改提了不少意见。华仲、艺新、弟弟也发表了看法，特别是艺新，一开口就是：“反正，这稿子我已读进去了，若还要删动，我认为，需慎重，慎重啊……”

我忽然觉得，此情此景，似乎又回到小学时光，回到了当年的龙潭小学六年级二班！我更觉得，这部书稿已超出它本身的意义：它联结了众多发小，促成一次次重逢；它唤醒了儿时记忆，沟通了逝去的岁月；它对于早已退休的我们，是一次心灵的提振！

两天后，我们又由后溪出发，览红石野岭，回插队故地，领边城风情，寻古镇过去。所到之处，感触良多，一路心绪纷飞……

四、路在心中（结语）

60年来，经历了，奋斗了，该坚守的也坚守了，这人生之路似乎快走到了头。回望走过的路，我时常在想：如果让我重新走一遍，我还会这样走吗？

我从小过早失学，便想方设法弥补；受家庭熏陶影响，养成阅读的习惯。随着成长的脚步，视野的拓展，已逐渐形成自己的生活信念和价值取向。无论干什么，都力求将自己的能耐至性发挥，这已成为我人格的一部分。若将其去掉，那就不再是我，这之前的路也不会这样走了。

我是个性格不温不火，谈不上特别勇敢随时都能挺身而出的人。但我对自己内心深处不认同的东西，会本能地予以排斥，或保持相对的距离，决不随意迎合。而内心认定了的原则，会固执地坚守，甚至抗争。对一些别人看起来微不足道从不在意的小事，我却表现出与生俱来的认真。

我从小时候起，就特别注重诚实守信守纪，无论在校内还是校外，在职在岗还是退休在家，若哪次不经意有所违背，就像是做了一件亏心之事，心里老觉得不安，生怕有负于别人，也愧了自己。我以为，这类区区小事，恰恰是人与人人与社会相处最基本的东西。

我在某些事情上也喜欢较真，除因职责所在，也源于自己的内心；一旦被触及，就会有所反应，而决不会熟视无睹，绕边而避。

此时的我会变得不那么守常规，一根筋扛出头，谁也挡不住，这却与我平时的循规蹈矩形成反差，有时让我莫衷一是。

无论做人还是为政，我都力求远离喧嚣，避免浮躁，顺其自然，自得踏实。而这种踏实，却总是伴随着内心的孤独和无奈，往往被强固的社会所遮掩。尽管如此，我内在的本性却始终占据着上风，进而觉得，内心多一些净气，身上就会少一点俗气。在有些人看来，这是一种任性，一种不成熟，若吃了“亏”，却是自作自受。也许我这人太专注于自己的内心，也就太认真，太认真就会让人觉得另类。“另类”的印象一旦形成，在一些人的心目中就不大可能抹掉。这自然于我不利，我却老是改不了，也未真正下决心去改。

曾有人对我说，你这一辈子，去的地方太少，朋友不多，麻将打不来，牌也玩不转，人生的意义何在呢？他们担心我此生很难快乐。

诚然，我确有许多地方没去，朋友也不多。就整个人生而言，我去过的地方虽少，但每去一处，却不会忘记回家的路。这个家，就是自己的心灵世界；这个路，即是通往心灵的路。

人对社会的适应力，大部分取决于想象力，人类社会也总是伴随着各种丰富的想象而发展。而想象力往往在独处中产生，它来自内心，来自于与灵魂的交流。唯有在独处和孤独中，人的灵魂才能与神秘、与宇宙的无限之谜相遇，才能与纷繁的世俗生活拉开距离，才能获得看世界和人生的一种新的眼光。若一个人始终静不下来，其内心会逐渐变得弱小干枯，灵魂会变得静止而不再鲜活。人若失去灵魂，就如行尸走肉，与一般动物别无二致，还何谈什么理想、什么正常的人生呢？

我的朋友确实不多。其实，人这一生，能有几个真正相投的朋友足矣！遇上了，就是你的福气，你的缘分；没遇上，也不必介意。用一句老套的话说，这叫可遇不可求。

我不喜欢玩牌打麻将，却不反对别人有这方面的兴趣爱好。人上一百，形形色色，兴趣爱好各不相同，比如我就喜欢打乒乓球。虽无天赋，起步也晚，退休后，则兴趣甚浓，玩了直拍又学横拍，玩来玩去，感觉甚爽。这在别人看来，也是件不可思议的事，我却乐此不疲。

谈到快乐，这世上各有说法。我崇尚“知足常乐”。这种快乐，在于“知足”，在于内在的感觉，在于对待生活的态度，在于永远不被无止境的欲望所束缚而回归宁静的心灵，在于追求心灵生活的真实和品质。若常有这些保持，便常有快乐，快乐就会持续。

当然，若还能坦然面对生命之苦，承担生命的重任，良性地影响社会，做自己力所能及之事，做内心认可坦然之事，就会获得更多的快乐，人生就更有意义，也就更有幸福的感觉。

人生充满了机会，也充满着压力；机会诱惑人去尝试，压力驱使人去奋斗。工作中生活中，我们都有着自己的理想和预期，但也有自己的局限。一个人一生能干点什么，能干到什么程度，不完全取决于自己的喜好和愿望。既此，我们不仅需要丰富自己的心灵世界，与灵魂对话，还需要从理想的执迷中解放出来，认识现实的演进逻辑，不苛求社会的纯粹性，不当懦夫，不当逃兵，不当“奥勃洛摩夫”。既要勇敢地面对社会，站在现实的水平上，与现实对话，与实践同行，同时又要活出自己的境界。

在不同的人生阶段，每个人都有自己的人生转换，有对生命更清晰、客观的理解和对现实的透彻认识和把握。当我们一路走过，回望不复再来的岁月时，会更加在乎自己的身心，更加珍惜当下，更加坦然地面对曾经发生或难以预料的人生磨难和艰难险阻。这时候，人会变得超然起来，简单起来，坚强起来，内心也会变得宁静，这恰恰是人生的一种自然转换和回归。

明白了这些，心里便一下释怀，知道活在这世上，哪些该在乎，哪些应看轻看淡；义无反顾走好自己的路，才是自己的秉持。

回到原来生活、工作过的地方，会遇到不少熟悉、关注我的人。有的还亲热地叫着我的小名，和我共同忆起一些往事；包括我过去的生活，农村插队的经历以及对我后来工作的种种传闻。他们很好奇我的所谓官场生涯，想知道与他们想象中的有什么不同。

如同对所有从龙潭出去的从政之人一样，他们总要评价一番，议论一番。对我亦是：或乐善仗义，或冷峻默然，或孤傲拘谨，或难以合群，等等。让我欣慰的是，如一位儿时同学所言：大家对你的评价，其实最有价值的，莫过于“几十年的官场生涯，仍不失赤子之心”。

想着过去的一幕幕，我突然发现，自己并没有太大的变化。

我的性格依旧如初，生活信念稳定。眼前的我，还不就是昔日那个病恹恹的忧郁少年（幸运的是早已告别支气管哮喘病的折磨），那个整日出勤挣劳动工分、会拉点二胡并喜欢读几本书的下乡知青吗？再不就是那个学医猪医牛在农村蹲点住队的年轻工作队员，或那个腼腆少语能写点简报广播稿的小字辈机关公务人员吗？也许，人这一辈子很难改变，内在的东西一旦形成，在不同的场景中，呈现出不同的形态罢了。

一位思想者曾经说过：无论时间对生命施加怎样的影响，无论风霜雷电怎样残酷对待过他，无论他徜徉过多少温柔富贵之乡，灵魂深处中那个最基本的“我”是不变的。即使到了垂暮之年，体现为情感认知状态的生命激情不会有丝毫减弱，它绝不会发生颜色和质地上的改变，不同点仅仅在于受生物性条件的限制而已。而出于生存需要或志向的追求，我们每个人一生中，自觉或不自觉地会扮演各种各样的角色。但无论扮演什么，扮演得怎样，都将成为过去，一旦经过，便无法改变。那个最切实的存在，仍旧是我们自己的存在，我们也还是原来的那个自己。

曾经的扮演已经结束，新的扮演或将继续，所有的东西都将逝去，所有的扮演都有落幕之时。所以，无论任何时候，都应当感谢曾经照耀到身上的缕缕阳光，也不要忘记那看起来并不起眼的蜡烛之光。

仔细一想，人生不过是一次独自远行。旅途中，大都不甘寂寞，不避热闹，会遇到各种人，历经各种事。可是，最有价值的，却是在某一瞬间，遇见并重新认识了自己，那一刻才幡然醒悟。最后接纳你的，还是那颗久违的心，那颗不应忘记的初心！

在人生的道路上，人的觉悟是无限的，人的经验世界和精神能力也是无限的，人生也因此具有了无限的魅力。一路走来，付出太多，历经不少，外在的种种结果早已显露无遗，似乎已经走完行程。但这并不等于人生之路已走到头。人生走到头，也就是为自己的心灵安一个家，找到一条通往内心安宁的路，通往灵性良心的路。

这路，就在心中。

2019 年 8 月 15 日全书最后定稿

后　记

让其自然流淌

《荀子·劝学》云："故木受绳则直，金就砺则利，君子博学而日参省乎已，则知明而行无过矣。"我自问跟"博学""知明""行无过"都还有很长的距离，但退休后，通过用文字来回忆和总结自己走过的这段岁月，可以算是一种"参省"。殊不知动笔后，一些人一些事不断地跳了出来。在家人和一些朋友的鼓励下，竟越写越一发不可收，就有了现在的这部文稿。

一位从小一起长大、多年不见的发小同学看了初稿，以独特的视角和笔调，接连向我发出六问："哪来那么详实的素材？哪来那么早的成熟？哪来那么不俗的觉悟？哪来个性十足却能够不温不火地处事和表达的修为和强大？哪来临缸不染的坚守？哪来永持本真的定力？粗览了一遍，这几句是我的第一感觉，不假思索的所问，与你的作品小相关，与你这个大活人有大相关。先写下来免得忘记了，因为再读的时候反应不是这样的了……下次聊作品。"

如此"咄咄逼人"的发问，我才被震懵懂了！懵懂之中，像是被拿脉点穴，让我醒脑提神，一下恍然。我哪来她发问的那么多“那么”？老来动笔，没有压力，没有包袱，没有陈规讲究，没有功名追逐，于是放开了手脚。动笔后，还极不低调，也不藏藏捏捏，遮遮掩掩，却四处征求这个那个意见，甚至有违“不要老虎还没下山就开始剥皮”的母训之嫌。或许，这也叫无知无畏无忌不合时宜吧，秉性也。

发小同学所言，激励鞭策有加。所问所涉，什么叫觉悟？什么叫本真？什么叫坚守？什么叫人格？什么叫人性？什么叫人的灵性良心？人生在世，若对此能有所领悟并曾影响过自己，亦不枉度一生，心也就安了。写作中，感到生命里有一种东西在驱使着我，应尽量将自己的亲历和感悟表达出来；为自己，为家人，也为我们那批人，更为生活过的土地和难忘的岁月。

历史的真相，往往通过一些个人化描述点点滴滴地自然显露；人类社会的历史，正是由各个个体的生命事件和故事构成。我平实地写出那些年的经历，那些人物，那些感受，意在唤回记忆，沟通岁月，体悟人生，并点滴折射我们这个民族的文化根性。同时，也想从凡人个体的角度，见证社会的进程，反映时代的发展，以及我们是怎样跟上这个时代，回报这个社会，铸就自己的人格品质。

写作过程中，不少朋友也惊讶地问我，你是不是从小就坚持记日记，不然哪能记起那么多真实的情节和人物活动场景？

我从来没有记日记的习惯。我所体会，凡能记住的东西，一定是有深刻印象的东西。由于种种原因，有深刻印象的东西又不可能都在书中一一展现。未展现的，只能永远储存于记忆之中，给自己和读者留下一些遗憾了。

书中所叙，以时序事件为经，参省感悟为纬，秉持内心，立足真实，没有整体的构思，没有刻意的追求。随着岁月的脚步，忆到哪写到哪，实话实说，真情实抒，正如我走过的人生，让其自然流淌。或许这就是本书的写作特点和风格吧。

这本书的写作，从开始动笔到完稿，就受到不少朋友、同事、同辈及过去老领导的热切关注和鼓励，书中的内容也在部分人群中引起共鸣。这对于从未写过书的我来说，是莫大的激励和启发。特将部分读感按时序收入附录（见“关注与鼓励”），以示感谢，也飨读者。

本书得以成书，首先要感谢家人，感谢一起工作过的领导、同事以及对我的写作给予鼓励支持的各位朋友。

感谢为本书的修改倾情相助且不吝笔墨撰写书评的资深学者杜亚敏女士。

感谢对本书写作给予指导并为本书作序的重庆市作家协会主席陈川先生。

感谢热心为本书写跋的酉阳籍诗人蔡利华先生。

感谢为本书部分内容提供展示平台的《作家视野》以及该平台文学编辑张华先生。

感谢对本书出版给予指导帮助的赵宏女士以及精心编辑本书的李小草女士、陈兴先生、张海洋先生、孙静女士，感谢中国法制出版社！

感谢为我的写作提供各种支持和方便的重庆市环卫集团以及利用工作之余为本书辛苦录入文字的熊正利女士。

感谢在本书的写作过程中与我一路同行的其他朋友们、发小们。

感谢本书的读者朋友，特别是一起走过这段岁月的同辈朋友。如果书中所叙还能引起你们的共鸣、思考或批评，即是我作为作者莫大的幸运。我的邮箱为 3280167798@qq.com，欢迎读者朋友与我交流！

附　录

关注与鼓励

夏禾眉（儿时同学、原供职重庆市地勘部门）

那么多当过知青的同学，从未有人详细地回忆并记录这段难忘的经历，未这样深刻地认识这段经历。说实话，读了你农村插队这段回忆，我真没想到你们下乡后生活得那样艰辛，也有绝望的时候。特别是面对招工招生时的心情，我完全体会不到。虽然我读过一些关于知青生活的文艺作品，都不如看你写的令人感到真切。也许正因为有了这段经历，才使你在往后的学习、工作中有一种坚韧不拔的毅力，一股不服输的劲头和勇往直前的精神。这让我很佩服。比起你们来，我吃的苦太少了。

刘仲华（知青同伴、酉阳县作家协会会员）

以我的审美观，这部回忆录应界定为长篇纪实散文。不知别人以为然否？全文立足于真实，自成体系，没有枯燥的说教，不见高大全，更无矫揉造作之词，它源于生活，出自成熟的世界观、人生观，具有很强的可读性。

特别是反映插队知青生活的《知青年代》部分，无论是视角还是表达，均有别于已有的“兵团知青”“支边知青”“农场知青”一类作品的描写。

其中“串队”“闹五爷”“这里的姑娘”“夜路”等节，我是含泪读完，太感人了。

历经几十年的官场生涯，却仍不失赤子之心。这是当年我们很多知青战友对作者的看法或称评价。很想接着读下去，盼早日成书。

刘作禄（涪陵农校同学，曾与作者共事于黔江地区行署、黔江区人民政府）

一口气读完，思绪还停留在那些年代。你的记忆真好，很多事情我都想不起了。在你的笔下，生活琐事也显得丰富多彩，人物个个栩栩如生。觉得很自然，很真实，寓意也深刻，勾起我很多回忆。要说，由于视力原因，这两年我已很少读书了，但你的文章很有吸引力，读起来是一种享受，余兴未尽，还想继续读下去，也唤回自己。期盼下文！

李安娜（重庆市作家协会会员、国内研究女性问题专家）

怀着好奇和敬佩的心情，我慢慢地读完这部长篇自传体小说。

我将此称为“小说”，是因为它的可读性和从中领略到作者的文学素养和功力。那些真实的事件，在作者的描述下，栩栩如生，天作而成。我感觉是在读一部鲜见、无任何虚构、极富吸引力的特殊作品。吸引力来自真实、自然、得体，美也在其中了。这也许就是作者的一个非常了得的创作特点吧。

很喜欢这本书的风格和厚重。它不仅展现了家族、个人的经历，也展现了中华人民共和国成立以来相应时期中国社会的时代场景，从中透出浓郁的历史气息。那些难忘的岁月，是我们这一代人共同的记忆，作者不仅从一个侧面作了真实反映，同时还写出了自己的思考。许多情节就像在回放昨天发生的事件，是那样的清晰、贴切，读起来真切感人。

书中的人物描写也很成功。一些不经意的细节却表现了不同人物的个性和特点，让人读后有很深的印象。比如对家人的描写中，母亲、父亲、玉琼等人物形象，是那样生动自然。特别是主人公和玉琼情真意切的异地之恋、生死之恋，落笔自然，用情至深，感人肺腑。尤其是在妻子走后主人公的极致思念和哀伤，更是深深触动了我的内心！

整部书让我最为感叹的，是主人公一生波澜起伏，以及在复杂多变的社会环境中所展现出的智慧。很多棘手的问题，处理得如此得体和圆满，让人叹服。

还有与事件紧密联系、充满哲理的人生思考，这正是作者几十年来人生历练的积累。其中也让我明白了，一个人的知识、机会固然很重要，但若格局太小，少于智慧，缺乏担当，就很难走向成功，走向精彩。

感谢作者用手中的笔记录了自己平凡而又不平凡的一生，让我和更多的人看到了他，遇见了他，与书中的他有更多的链接和交流，从而获得更多的人生智慧和开悟。这是我看完本书后最直接的感受。

等待着此书的早日面世！

黄　红（现供职重庆市南岸区人民政府）

我花了一个周末认真阅读，感到情节并不复杂，却比有精彩情节的小说更有吸引力和耐人寻味。回忆一生中，上一次读到这样震撼心灵的厚重文字，是20多岁时读路遥的小说，即《平凡的世界》。

已不奢望再能读到路遥的文字，却遇到了作者的独白；感觉人生又落在了坚实的大地上一样，倍感庆幸。

人区别于动物的关键是思想，是思考的能力。

而推动我们这个苦难的民族和国家前行的，不仅有思想，还有内心的叩问、责任和良知的坚守。

可能到了我这样的年龄，情节、文字都不太重要了，重要的是人格和人品之下的情怀，是自然流淌的真情，是孜孜以求的思考，是为人做事的正道……

感谢分享作者生命和生活中最有分量的积累。正能量是真正的人生智慧！

感慨万千！读一遍是不够的，再一次掩卷长思……

余新艺（儿时同学、知青同伴、退休中学教师）

老鲁啊！

几十年不通音讯，并非将你遗忘。相反，一旦静下来，你的模样会时常闯进我的脑海，以至终生难忘。想我一辈子的交往中，你始终是我诚挚珍贵、幸运得以交往的友人。早就想详细了解你的人生轨迹，以慰拳拳关注之心。今皇天不负有心人，我在龙潭从刘仲华手中拿到你所写回忆录部分书稿后，迫切想与你交流，便用原始的铺纸手写方式，提笔给你写这封早就想写的信。

读到书稿中的伤心之处，我竟忍不住泪流满面。老鲁啊！想不到你这充满理智、善良却又无比坚韧的人，在人生旅途中竟遭遇如此失妻之痛、让人难以承受的大悲大苦，这真是上天对你不公啊！好在你已经坚强地走过来了！如今，我们虽已进入垂暮之年，不想再有什么惊人之举，但在坐享盛世荣华之际，还是可以有点作为的。

你在自序中所言：“芸芸众生，相对于宇宙的存在只是瞬间一刹，对于个体，却是生命的全过程。人类社会的历史，正是由无数个体承前启后构成，无论英雄豪杰、达官贵人，还是庶民百姓，均遵循自身生命的逻辑；他们相互作用，共同推动着社会的演进。”这真是一段独到精确的历史见解啊！它不同于“英雄史观”忽略百姓的存在，亦不同于“人民史观”忽视英雄的作用。你却一语道出历史的本来！

书稿中一至二章，以朴实纯正、生动流畅的语言，真实勾勒了那个时代的面貌，散发出浓郁的历史气息，相信读过的人都会感同身受。其中涉及的家人、同学、熟人、友人以及生产队、大队、公社、本地、外地的人物和事件，描述细致入微，自然得体。

你在记述这些大小事件时，不仅记叙了事件本身，并能引申出其中的意义，这种贴切而又不经意的抒发，恰恰让人留下深刻的印象。又由于你的真情实感和朴实的内心表达，让人读起来一点也不觉得枯燥乏味。其中对夏老师、利川老伙计以及冉老先生、闹五爷、小珍姑娘等众多普通人物观照人性的描述以及民风民俗的介绍，都深深吸引了我，引起我的强烈共鸣！

书中提到我们到白竹插队落户的情况，让我忆起未下乡之前的那几天，我曾专门约你商量究竟去哪里，成天东跑西跑，四处打听，后得知白竹公社如何山清水秀，如何收入可观，粮食产量如何稳定等信息后，我们才相约申请去了白竹。

我下乡不到一年，承蒙你主动放弃推荐名额，促成我考进酉阳师范学校，比你先一年离开农村，这一义举让我终生难忘。须知那是一次命运攸关的抉择啊！在那个特殊的年月里，面对艰难的生存环境，你毅然主动放弃，实非常人所为也！而当年你母亲的豁达大度，我却全然不知！

这里，我得深深地感谢你母亲龙大孃的成全！虽然这感谢已整整迟到了45年！这里需提及的是，其实当年你若未放弃推荐名额，我也决不会与你相争。后考虑到我家弟兄姊妹六个无一就业，也就心存歉疚、惴惴不安地接受了你的承让。没想到第二年，在推荐无望中，公社让你顶替被政审刷下后空缺的名额，又恰遇当年考试的简化，你终于得以跳出“农门”，真是天助你也！好心很快就得到了好报啊！其中一些情形我也是后来才知晓。

自从你参加工作以后，我便时常关注你的荣辱升迁，不时从旁人那里打听到你的一些情况。自小就觉得，你是一个足以应对各种挑战、既沉稳又敢于特立独行的杰出之人，心想用不着我们同辈多余操心，我也更没有任何能耐帮得上你。既是如此，不如不去打扰你为好！每每有你的好消息传来，我都暗自为你高兴。我在龙潭小学工作时，一些老同学曾劝我，说过去我们俩那么要好，建议我找你帮忙变动一下自己的工作，都被我一一回绝。我想，你曾为我付出很大牺牲，我不能贪得无厌，给你再添任何麻烦了。故一直浑浑噩噩、按部就班地打发日子。

说这些似乎与主题无关，但这是我多年来一直想说的话，也想写信告诉你。

读了你的书稿，我特别惊异于你超凡的记忆。在没有任何资料可查的情况下，你完全凭记忆着笔，谋篇布局，合理顺畅，一气呵成；且有寓意有高度，文字简朴干净。

书稿中，你在黔江为政部分是我阅读的关注点。总的印象：充满了那个年代官场的正能量！里面不仅展示了你本人兢兢业业、极富智慧的工作状态，也回放了一批有血有肉的官员形象。在你的笔下，他们既富有正义感、事业心，也有领导才能和务实精神，还能吃苦耐劳，贴近群众，真是“宁愿苦干，不愿苦熬”的黔江精神之感召啊！他们相互之间虽有差别，却不乏个性，充满活力。从他们身上，再次看到了当年黔江发展的希望，也体现了你对那段历史群体角色形象的把握。

你的记述同时又让人明白，在我们国家的不同时期，都有一大批称职合格的干部与广大底层群众一起，共同创造着历史，创造着辉煌，这是不容否认的事实。如今改革开放的崭新面貌，人民政权的正常运行，国家和民族的兴旺发达，实现中华民族的伟大复兴，均与他们的努力分不开。

你对他们客观真实的描述，对于鲜知官场的人来说，无疑提供了新的了解视角。

你在书稿中对爱妻何玉琼的缅怀追忆，更让人动容。你饱含深情地用文字再现了她坚持以民本为宗旨可歌可泣的动人事迹，读起来真实感人可信。她无愧获得基层百姓的尊重爱戴和上级组织的认可！她曾连续两届被选为全国总工会执委，实为当之无愧！她不仅工作出色，且对百姓乐善好施，对亲人体贴入微，对职工热情相帮。在她身上，既有一股正气，又集中体现了中国妇女的传统美德。她的不幸离世，不仅是你个人的最大悲痛和损失，也是她的所有朋友、战友和富有良知的我等同辈的悲痛和损失！我曾有幸见过生前的她，那时你还在涪陵工作，第一次带她回龙潭家中过春节，我与你俩见了面，至今还记得。

老鲁啊！为你此生能与此女结为夫妻感到幸福和骄傲吧！她不幸离世的消息我久久不得而知，否则，我是决不会无动于衷的！如今她已离开我们10多年了，正如你曾所说，“精神的她将永远与我们同在”。相信你早已从悲痛的阴影中走出，望你依然幸福骄傲地安享晚年吧！

以上内容写完没几天，又收到你通过邮箱发来的全稿。重新通读，更让我唏嘘震撼！你调市里工作后，对事业忠心耿耿，尽职尽责，以罕见的担当，令人刮目相看。这在当今的官场，实在难得！书稿中，你对自己的剖析，对父亲母亲的深情缅怀，对众发小不忘初心的细致描述，对人生对生命以至宇宙的感悟，乃全稿之魂啊！其思考其见地和认知，体现了你对人性的了悟，对底层的体恤，对生活的热爱，对生命的尊重。令人振聋发聩！

不仅如此，你从不同的角度并用相当篇幅，结合自己的人生经历，娓娓道来，从人生境界、价值取向、心灵追求、灵性良心等层面，以独白的方式作了探讨，且不空洞，不虚妄，不矫情，不做作，自然而然，让人猛醒。我相信对于为官之人，若通读此稿，确能让他们更加珍惜这个舞台。

这里忍不住还要多啰唆几句。读了穿插于书稿中《论务实》这篇政论文，也让我心生感慨。你近20年前发表的这篇短文，针对领导干部最基础、最迫切、最有必要且又最难以为之的话题展开，其务实主张深得人心民心，深受社会各界和广大百姓的普遍认可和期盼！在行文特点上，此文就像一篇檄文，铿锵有力，切中时弊，读后激荡人心。而那时你在黔江已是一名颇有影响力的领导干部，竟能引火烧身，敢于触碰这一敏感话题，主动接受百姓监督。无论在当时还是现在，都很难有勇气做到和为之，你却做到了也为之了！

老鲁啊，读了书稿，真的让我又重新认识了你！你不但记忆超群，没想到你头脑里竟装了那么多东西，我既佩服你的过去，更不得不佩服你的后来和现在。虽然我们都已经老了，你不愧还是原来、却又早已远远超越原来！

末了我不得不说，你这一路走来，勤奋好学钻研，脚踏实地苦干，恪守信念，忠于职守，无怨无悔地一直干到退休，退后你又继续向自己挑战，仅用一年多时间就写成这部长篇书稿，不得不让人惊叹！

几十年不见，甚是想念，我们都越来越老了！以上絮叨，借用你后记的说法，让其自然流淌。你的所有文字，我都想尽快读到。我还期盼着哪一天，我们能重逢相聚，能再次听到你昔日悠扬的二胡独奏曲呢！

牟绪珩（曾供职黔江地区行署、黔江地委、四川省人大常委会）

你托步新带来的回忆录初稿，我于 2 月 20 日通读了第四章、第五章、第六章及后记等。阅读其文，如见其人。你朴实、流畅的文风和真诚、谦逊的人品自然呈现。

书稿构思清晰，取材得体，叙述自然，事实真切。其中不少描述，勾起了我对 20 多年前在黔江工作情景的深深怀念。那种艰苦、清贫、繁忙、有序的工作环境，再苦再累却无怨无悔的工作态度，敢想敢干敢于担当的拼搏精神，简单纯真、似乎忘了钩心斗角的人际关系……这些仿佛就发生在昨天，令人难以忘记，无不感慨！

你我都是过来之人，深知那是百姓的期盼，时代的造就，形势的逼迫；或许也有当时黔江用人导向“凭党性干工作，靠团结打胜仗，重民意看政绩用干部”的激励。

人们常说“为官一任，造福一方”，“官好当，当好官不易”。文章通过叙述做人、做官的真实故事，折射出当好官不易，造福于百姓亦非轻而易举。

其实在同样的体制和环境下，之所以出现形形色色的官员形象，至少涉及两个关键问题。

一是对比物的定位对不对？如果当官的始终是以老百姓的生存环境、生活水平为尺子，他的贪婪欲望会时刻受到自我抑制，务实拼搏精神会不断提升。

二是对实事求是的把握准不准？这是造福成就大小的关键。善于实事求是靠调研和智慧，敢于实事求是凭胆略和气魄。如果决策正确，又实施有力，让老百姓真正得到实惠，自然有好官的口碑。

总之，好说不好做。官场之事，说不清道不明；功过任人评，清浊皆有鉴。扪心自问，无愧于良心，无愧于百姓，就是最大的安慰。

你我都老了，当年的小鲁如今称老鲁了。我从官位上退休已达十余年。不做官了，更要做好人。当官之前是老百姓，当官为了老百姓，当官退休后回归老百姓。当好普普通通的老百姓，或许是我们这类退休官员做人的底线。

我退休之后，碰到的第一个问题，就是不少亲朋好友提醒，一定要放平心态，才有利晚年健康。我想来想去，要真正平和心态，只有一个定位，就是从骨子里把自己置于老百姓的位置。老百姓的种种不便，甚至被歧视、被冷遇等，都有可能落到自己身上。一定要有老百姓的承受能力，唯此一通百通。可以相信，只要有承受能力，又能与时俱进，退休后的晚年生活就一定会有滋有味！

读你的作品真有点联想难眠，聊天难收。已离题太远，到此为止吧。

愿你的著作早日出版！

吴建国（中国作家协会会员、现供职重庆市委有关部门）

收到书稿后，我利用双休日认真拜读了一遍。抚卷追昔，感受良多。

这是一部有价值的书稿。从中华人民共和国成立之初到改革开放三十多年，中国社会发生了翻天覆地的变化。这里，既有艰难探索的蹉跎，也有蒸蒸日上的畅快，是一段值得书写的历史。作者的自传主体正好处在这一阶段。由于作者自身的环境、经历和视角，这部书稿除了具有个体的口述史价值，也为宏观了解社会进程提供了一个不可多得的好文本。

这是一部风貌朴素的书稿。在阅读体验中，其中最令人动心的是这本书稿的朴素。这种朴素不单纯来自文风，更来自作者的精神世界。由于工作关系，我接触回忆类文字的机会较多，我感觉比较难处理的，就是如何摆脱后天的粉饰，让它整体朴素起来。读完全稿，我觉得作者做到了。

这是一部内心诚恳的书稿。一部文字作品，我认为诚恳的态度远比技巧重要。在这部书稿中，无论是生活细节还是邻里、朋友、同事的呈现；无论是“过五关斩六将”的小得意，还是“走麦城”的沮丧，里面都充盈着作者对人事的诚恳、做人做官的坦荡。从某种意义上说，诚恳是这部书稿的底色或原色。

鲁荣文（作者长兄、原供职武汉第一冶金建设公司）

我读过不少类似自传的作品，概属以“自传”为体，撰写“小说”为实，不乏悬念巧合、引人入胜之趣，虚构夸张多于真实，美其名曰艺术渲染。

然而，童麟这部纯写实的“自传”，不落俗套，可读性强，结构紧凑合理，文风朴素平实，内容真实可信，同样引人入胜。笔耕之勤勉，叹为观止！这样真实的叙事，实为鲜见。一些公认的典籍，随着年代的久远，都面临改写之虞。童麟此作，应无此忧！

这部书稿弥足珍贵，不仅具有史料价值，更是家族的精神财富，当纳入家谱，以传后世。好文章是改出来的。定稿付印之前，再认真修改，精准推敲，以至能经得起时代变迁的磨砺，历史的拷问。

徐恭位（重庆市作家协会会员、现供职重庆市政府研究室）

读完您的书稿，字句之外，我读到了价值取向、理念坚守，读到了岁月峥嵘、铁骨铮铮，甚至读到了苏东坡《定风波》里的词句：“一蓑烟雨任平生。”

您对社会、对发展、对改革开放的深刻认识，给了我很多启迪；您对亲情、对爱情、对友情的至性，让我心生感动；尤其您对人性的审视、对生命的探求，直指人心，让我十分佩服。

六旬提笔，殊为不易！然老马识途，旨在导引；老骥伏枥，志在千里。您的从容入世，淡然出尘，令众多后生晚辈景仰，亦让很多同辈中人点赞。您的大作付梓之后，必会让更多的人从中受益。

孙明（曾供职黔江地区行署、机关事务管理局）

读完书稿，思绪万千，大有迟读为憾的感觉。

说实话，自入仕以来，就很少沉下心来畅读万字以上的文学纪事作品了。退休十年，由于视力老花，更是没有看过长篇文字材料。然而，这部文字简洁准确、语言朴实流畅、谋篇布局合理、叙事真实可信、议论是非分明及可读性极强的自传体文稿，却深深地打动了我。文稿不失鲜活生动，既无华丽辞藻，也无豪言壮语，却从一个侧面，展示了时代的画面和作者的心路历程，从中也彰显了社会期盼的浩然正气。全稿长达 20 多万字，读起来却无冗长累赘之感。字里行间的亲情、爱情与友情，感人至深，催人泪下，令人为之动容。这部文稿，确实堪称我所读过的“自传”“回忆录”之类作品中的上乘之作。

之所以能在电脑前一坐就是两三个小时，执着地读一部如此长篇的文稿，答案很清楚，除了上述因素以外，文中描叙的不少人物、事件以及所思所悟，都引起我强烈的共鸣，也勾起我对那段难忘岁月的深切回忆。

文若其人。作者与我虽是 30 多年前的同事、20 多年前的同僚，但由于工作单位的变迁，聚少离多，各忙各的，因此对其了解并不完整和深刻。这次得以通读书稿，对他又有了全新的认识和深刻理解。尤其是作者本人的为官之道，令人感佩。前些年，官场乱象、社会浮躁。作者身处其中，却能“出淤泥而不染，濯清涟而不妖”，实属不易，这大概也是价值取向和秉性使然吧！

敖波（原供职黔江地区行署办公室，企业家）

拜读《自然流淌》，感觉余味悠长。

作为 50 年代初出生的人，在特殊的时代背景下，作者一路走来，经历了不少的人生艰辛和困境。然而在整个书稿中，看不到抱怨和消极悲观。呈现在作者笔端的，是明净坦荡、乐观豁达、引人向上的人生态度和浩然之气，许多童年、青少年时期的青春趣事也跃然纸上，不觉让人会心一笑。

跟着作者的思绪，我见证了他笔下所述的许多往事，其中让我产生强烈共鸣的，是我及我的同事们在黔江地区行署办公室工作的那段经历。可以说，那段经历于我和当年的同事影响极深。有些是人生观念的转变，有的是仕途前程的改变，如果说我们后来曾获得过某些成功，这与那段经历的严酷磨砺分不开。

那段激情燃烧的岁月，是我们难得的人生经历，也是我们的一笔宝贵财富。这笔财富，已使我们受益，并将使我们受益终生。

杨长江（酉阳籍作家、企业家）

泛读书稿。此作平铺直叙，以拙胜巧，质朴诚实之笔直抵人生际遇。从“小处看”，即为一部个人的成长史、奋争史、生活史、人生史；从大处看，即为一代人的求索与一段历史图画的回忆史和时代的“实录性人文纪实”作品。

田维清（儿时同学、原供职某核工业勘察设计院）

通读全稿，文若其人，朴实诚恳见底；字里行间，观照人性，读后共鸣甚深。恍如穿越时空，所叙所述，似曾相识；如同矿石样品，自然朴素，却显独特价值。

蔡利华（中国诗歌协会会员、重庆市作家协会会员）

用时一天，拜读完毕。

那个时代我也是经历者，读后很有同感。从中体味到，每个人的成败，皆因自身本性而定。一些先天的东西，在日后的发展过程中，起着决定性作用。而这，与一个人的知识无关，与他的文化有关。

这是一部了不起的回忆录，最难得的是真实。它贯穿了一代人在时代潮流中的风风雨雨，再现了一代人的精神，一代人的品格。书中一些无意识的表述，见证了我们国家从积贫积弱走向繁荣昌盛和强大，它是那段历史的真实写照。我相信，此书的问世，将产生不同凡响的效应。

从文学的角度看，它是散文，而且是优秀的散文系列。能让读者一口气读完的作品，一定是好作品。如果陈述上没有文学功底，定不能感染读者。散文没有一定之规。要说有规则，那么，创新、出其不意就是散文的根本。全稿行文自成体系，有别人不具备的精彩视角，更有一些突破，十分难得。别用伪文学的规则来读这部作品！

杨颖嘉（原供职于重庆市委党史研究室、重庆市人大常委会内务司法委员会）

感叹你的记忆和积累，喜欢你的文字朴实、情感蕴藉，佩服你的鸿篇大制和潜心写作。这是热爱生活、热爱文学的真心之作。经历是人生的宝贵财富，记述经历使这一财富价值倍增，并折射了时代社会。作为同龄人，读来同感与共。

冉　健（原供职于重庆市电信公司）

写得真好。或许是同年代人，行云流水的文笔把我也带入早已逝去的年月。特别认同作者的感觉和表达，虽然是作者个人的回忆录，其实也留下了我们这一代对那个年代的共同记忆。

冉光海（涪陵农校同学，曾供职于涪陵地区党史研究室、涪陵区社科院、社科联）

这部回忆录通篇富含文采、思辨及良知良能，读后感触颇深，如“闹五爷”一节很精彩，作者对生命存在与坚守之抒发可谓神笔。书中许多内容也引起了我的回忆和思考。从一定层面上看，体现一个人活在世上的价值的无非责任和使命。读了全稿，觉得作者对家人对工作是尽责的，是个有使命感的人；这部书稿，严格意义上也成就了作者个人的另一番价值。

期望以后能继续读到作者的心路之作。

吴建明（涪陵农校同学、原供职于涪陵地区农业局）

人老眼花，终于读完，感慨颇深。我以为，这部作品是我们那个时代的缩影，是一部朴素而又富有内涵的人生大著；它也是一部深含寓意、给人慰藉、让人遐想的抒情散文；它更是一组用蹉跎岁月谱写、令人难以忘怀的歌，一组能引起强烈共鸣、百听不厌的歌……

谢谢老同学的《自然流淌》！

夏和平（发小同学、退休中学教师）

拜读《自然流淌》，最佩服的是作者的博闻强识，许多小时候的事情，许多细节，是那么的真切感人。

再就是文笔的自然流畅，语言的简洁清新。作者侃侃而谈，娓娓道来几十年普通而又不凡的人生经历，就像一股清凉的甘泉，缓缓流入读者心田，让人感到久违的清新。

从文中阐述的观点和见解、叙述的从政经历来看，作者仍然保持了正直、勤奋、朴实的本色，他还是几十年前我认识的那个发小！作者做人为官，仍能保持本心，立足于普通百姓，离开政坛后并没有失落，这是许多从官场退下来的人难以做到的。

如果硬要白壁求瑕，我觉得文中描写的笔墨似乎淡了一点。某些使人动情的场面、让人难忘的细节，如果描写的笔墨再多一点，会更能感染和打动读者。外国文学重描写，中国文学重情节叙述。从这个角度来说，也许这部作品正是承继了中国文学重情节叙述的传统吧！

最后我要说的是，作者的这部作品，是我们这代人的一块瑰宝！

石邦国（发小同学、原供职于酉阳县、九龙坡区药监部门）

我看过不少各个层面的回忆录、自传之类的书，但像《自然流淌》如此有特色的实为鲜见。若潜心下来，从不同角度去认真发掘、系列点评，将是一篇大文章。可以说，这部回忆录无论是纪实、描写、议论，还是抒情达意以及它的整体风格，读来都让人耳目一新，区别于其他。我个人认为，在同类作品中，这部回忆录堪称上乘之作。我相信，它的面世，将经得起历史的检验和时代变迁的磨砺。

此书具有收藏价值。盼早日出版！

任川东（原供职于酉阳县龙潭区供销社、黔江地区驻成都办事处）

全稿思路清晰，有骨有肉，有情有义，且文风朴实，语调平和，可谓文如其人。其叙人叙事，真实亲切，悟之透彻，就像现场回放，让人跟进融入。

对作者的感恩之心深有感触。感恩父母，感恩老师，感恩伯乐，感恩社会……对在那个年代伸出援手的普通街邻、小学教师，作者也没齿不忘！其记述让人印象深刻。

情怀满满，是这部作品的另一特点。作者与玉琼的夫妻之情，感人至深，令人动容。其兄弟情、同窗情、发小情、知青情、同事战友情也让人感动。农民情、百姓情和对生命的尊重，更透视出作者的悲悯情怀！难能可贵的是，作者一生为政，却始终未忘初心。

全稿朴素自然，娓娓道来，并无溢美、饰非、矫情之词，这也是作品的一大特色。

王荣华（原供职黔江地委组织部、现供职重庆市委组织部）

这天正好是周日，早上7点多钟，收到作者的《自然流淌》电子版书稿，甚是高兴，便迫不及待地翻阅。吃罢早餐，看到窗外淡淡的阳光，我拿着手机，来到附近的南开中学校园，坐在僻静处的木凳上，一页一页细看，直看到下午2点多钟才回家吃午饭。午饭后我又接着看，一直看到凌晨。要不是第二天要上班，真想一口气看完！这些天在去上班的途中等公交车时看，坐在车上看，工作之余也抓紧时间看……

说实话，由于身体原因，这些年很少有这般读书的热情和激情。这部书稿，真的感动了我，感染了我，读着读着，时常会情不自禁地流泪。书中的人物、情节，不时在脑海中浮现。那年那月，那人那事，那情那景，是那么熟悉亲切，那么值得回味，那么让人怀念，仿佛让我又回到那段难忘的岁月！并且，阅读这部书稿，再次感受到作者的本色，同时也鼓舞、激励我更加忠实于内心，坦然面对一切考验，走实走稳今后的人生路，过好每一天，心安即可！

我赞成作者的知青同伴刘仲华老师的看法，《自然流淌》是一部长篇纪实文学作品，书中的人物真实自然，情节生动感人，文字朴实干净，真的是自然流淌！

读完书稿，十分感佩作者记录时代、再现历史风云的气魄，感佩他求真务实、不遮不掩的勇气和换位思考、将心比心的为民情怀和实干苦干、善干能干的本领，也特别佩服、羡慕他超强的记忆力和扎实的文字功底。

跋

人生最是高峰时

蔡利华

到了退休年龄，与外界的关系越来越淡，越来越归于安静。我不知道这样的心境，是不是了却了尘世的烦恼，是不是超越了自我的樊笼，使自己变得谨小慎微，走入了自身的狭隘。事实上，世界上有许多事情，总是出乎自己的预料，不说自己是否无所适从，至少说，所有的不期而遇，总是带着那么一点惊讶，让自己不胜欣喜，同时也让自己快要封闭的内心，豁然间脑洞大开。

事情是这样的。今年四月的某一天，远在后溪乡的刘仲华，从微信上转给我一篇文章，说是童麟写的回忆录中的一章。刘仲华与童麟曾是知青同伴，他告诉我，童麟在文章中回忆了我的兄长蔡利川，以及关于我的只言片语，让我读一下。我回复刘仲华说，那就让我看看。言下之意，有些不以为然，因为像童麟这个级别的干部写回忆录，大有人在。我就遇见过几个当领导的，委托我的文学朋友帮忙写回忆录，所以才有了我的不以为然。因听刘仲华说，回忆录中写有我和我兄长的事，我便打开文档仔细阅读起来。确实，文中对我兄长的忆述不吝笔墨，充满深情。于是乎，我不禁有了激动，而且是有了非凡的激动。我兄长去世已经三十八年了，至今还有朋友挂念，并写入回忆录中，不由得我不激动。激动之余就有了我对作者的感动，有了对我们儿童时代、少年时代的回忆。感动之余，我又不得不感谢刘仲华，他似是懂得我心思一样，在转给我童麟的文章时，一并把他的电话号码和微信号告诉了我，使得我在感动的第一时间，加了童麟的微信。

取得联系后，童麟将所著《自然流淌》全稿通过电子邮件发给了我。我打开首页，一个让我此生永远不会忘记的名字跃入我的眼帘。我急不可耐地，用欣赏的眼光读完她写的书评，胸中免不了的是心潮澎湃，久久不能平静。她对童麟的评价极高。冲着她的评论，以及我想对童麟这个准发小的人生有一个比较完整的了解，就一口气读完他的《自然流淌》。结论是：果然！

我与童麟从小认识，虽然他比我大，也算得上是发小。在我年少时节，童麟、写书评的杜亚敏和我的兄长蔡利川，都是我的偶像。他们的好学，他们的人品人格，他们对人间的认知，都深深地影响了我，使得我从年轻时节，就有了明确的人生目标。虽然今天的我依然一事无成，比起哥哥姐姐们，我无比汗颜，但是我还是能坦然地面对生活，至少能做到真诚地生活。

在实际的生活中，自我离开家乡，走向流浪人生至今，也没有与童麟、杜亚敏发生过交集，我们都生活在各自的领域，各自的地位，无有信息交往，更无思想和情感的交流。大家只凭借着年少时节形成的世界观生活着，“老死不相往来”。这倒不是我们矜持、傲慢、不可一世，的确是因为空间上、时间上无法发生交集。由此说明，信仰相同、秉持相同的人，不管被丢在什么样的环境里，自己的初衷都是不会改变的。

我以为，一个当领导的人，从二十世纪九十年代到今天，从政几十年，依然能朴实无华，保持一颗参省之心，是一种高贵的纯洁。我非常明白，我们国家需要的，是充满正义感，以国家利益为最高原则，以民众的需要为最高愿望的干部。那些具有一身浩然之气的人，才是我们国家和人民期待的人才。我以为，童麟在他的作品中，虽然写的是一些个人经历，却侧面反映了一代群体。这个群体，与中国的政治生态的发展、社会的发展、人们生活方式的变迁，有着不可分割的联系。这些联系，在这部回忆录中得到了真实地反映。这一点，正体现了这部回忆录的真正价值。

我无意去虚夸一个退休老干部。我的目的，不过就是借此表明我的人生态度和期望：我爱自己的国家，热爱自己的民族，希望祖国伟大富强，希望我们这个民族兴旺发达！而要实现这个愿景，期望有一大批优秀的干部，带领民众向美丽的愿景靠近。如此，中国才能始终向前发展。

几十年来，我的人生也经历过阵痛，平淡的生，平淡的活，平淡的生老病衰，我无所怨言。因为阵痛之后的我，反观了我走过的六十年里中国所取得的发展；许多的从无到有，改变了几百年来中国在世界上的地位。这其中包含了个人的种种付出甚至不幸，这付出和不幸，已汇入滚滚向前的历史潮流。所以，我竭力推荐童麟的这部作品，亦是推荐我自己，推荐那一时代的那个群体。

我也退休了，与作者一样，渐渐离开了社会的中心地带。然而我们的心里，依然在观察着社会的发展，验证着自己的人生观。兴许，我们正走在人生下一个高峰的路上。非常感谢，在失去联系几十年后，一次偶然让我们又重新相见。这一见真是：

少时未说糊涂期，

蹉跎岁月了无痕。

时光陡泄桃花渡，

不留遗憾在凡尘。

天若因兹惜故友，

自叹高贵难归还。

一握红霞声声慢，

三言两语话桑田。

以此三言两语，代表我的兄长蔡利川，感谢童麟兄的纪念！也借此表达我对童麟兄的敬意！

2018 年 9 月 1 日于重庆渝北

图书在版编目（CIP）数据

自然流淌 / 童麟著 .—北京：中国法制出版社，2020.1

ISBN 978-7-5216-0813-7

Ⅰ . ①自…　Ⅱ . ①童…　Ⅲ . ①回忆录–作品集–中国–当代
Ⅳ . ① I251

中国版本图书馆 CIP 数据核字（2020）第 010178 号

责任编辑：陈　兴　孙　静　　　　封面设计：杨泽江

自然流淌

ZIRAN LIUTANG

著者 / 童麟

经销 / 新华书店

印刷 / 三河市紫恒印装有限公司

开本 / 880 毫米 ×1230 毫米　32 开　　　　印张 / 11　字数 / 261 千

版次 / 2020 年 1 月第 1 版　　　　2020 年 1 月第 1 次印刷

中国法制出版社出版

书号 ISBN 978-7-5216-0813-7　　　　定价：56.00 元

北京西单横二条 2 号　邮政编码 100031　　　　传真：010-66031119

网址：http://www.zgfzs.com　　　　**编辑部电话：010-66070046**

市场营销部电话：010-66033393　　　　**邮购部电话：010-66033288**

（如有印装质量问题，请与本社印务部联系调换。电话：010-66032926）